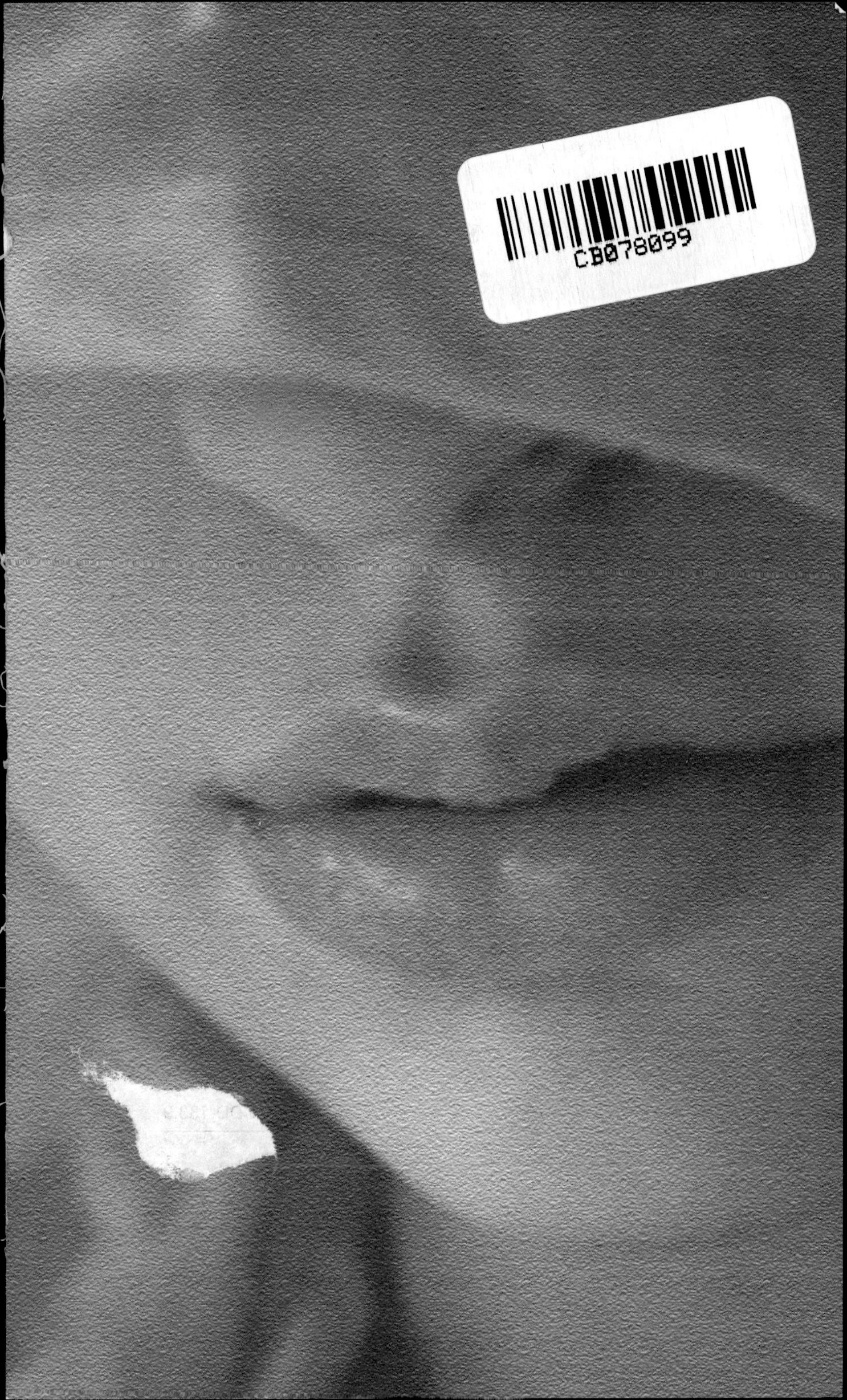

Dados Internacionais de Catalogação na Publicação (CIP)
(Câmara Brasileira do Livro, SP, Brasil)

Célia, Nelli
A lua por testemunha / Nelli Célia. -- Catanduva, SP:
Boa Nova Editora, 2010.

ISBN: 978-85-99772-53-9

1. Espiritismo 2. Romance Espirita I. Título.

10-07158 CDD-133.9

Índices para catálogo sistemático:
1. Romance Espírita : Espiritismo 133.9

Impresso no Brasil/*Presita en Brazilo/Printed in Brazil*

NELLI CÉLIA

A LUA POR TESTEMUNHA

boanova editora

Instituto Beneficente Boa Nova
Entidade coligada à Sociedade Espírita Boa Nova
Av. Porto Ferreira, 1031 | Parque Iracema
Catanduva - SP | CEP 15809-020
www.boanova.net | boanova@boanova.net
Fone: (17) 3531-4444

1ª edição
10.000 exemplares
Fevereiro/2011

Capa
Direção de arte
Francisco do Espírito Santo Neto

Capa e Diagramação
Tutano Design Editorial

Coordenação Editorial
Júlio César Luiz

Revisão
Cláudia Rocha

O produto da venda desta obra é destinado à manutenção das atividades assistenciais da Sociedade Espírita Boa Nova, de Catanduva, SP.

1ª edição: Fevereiro de 2011 - 10.000 exemplares

SUMÁRIO

APRESENTAÇÃO

Quantas vidas teremos que viver até atingirmos a essência sublime do ser criado por Deus? Quando será essa volta ao Pai Criador, essa lapidação total de nossas almas, esse arranco de tantas misérias humanas que abrigamos em nosso ser e que fizeram com que nos afastássemos do Eterno Criador?

Tal qual uma criança em longa infância, ainda permanecemos diante da Espiritualidade fazendo promessas que, na maioria das vezes, não cumprimos ante ao Pai Supremo, quando do início de cada jornada nova ao corpo físico.

Habitamos planetas, adaptamo-nos às suas condições; porém, quando será que conseguiremos realmente evoluir a ponto de fazermos parte deste Todo, sem o macular?

A Lei está à mercê de nosso conhecimento, não somos mais ignorantes diante da vida, sabemos distinguir o bem do mal, possuímos razão, inteligência e discernimento para agir com certeza, e, se falhamos, a nossa consciência nos aponta de imediato o erro, todavia falta-nos a humildade de saber reconhecer esses momentos e de usar o perdão infinitamente diante dos percalços alheios.

A felicidade ainda é, para o homem, alcançada somente quando o dinheiro acompanha essa fase da vida. Os momentos de ternura diante da beleza da natureza nos passam muitas vezes despercebidos e falta-nos tempo para olhar e admirar o sorriso de uma criança, o desabrochar de uma flor.

Voltaremos ao Pai assim? Incapacitados de entender e seguir as lições do Mestre Jesus? Somos inteligência e energia e não usamos nem mesmo 30% delas para colaborar com o nosso mundo e conosco mesmos. Assim as dificuldades estarão sempre caminhando conosco, pois não sabemos "transportá-las para fora de nós".

Existe "o Caminho, a Verdade e a Vida", e, se o seguirmos, chegaremos ao Criador. O tempo que gastaremos não importa, somos parte de uma Eternidade e através da benção maior que é a Vida, renasceremos quantas vezes for necessário para essa evolução.

Somos parte desta Criação Maravilhosa, portanto vamos honrar a oportunidade de vida e caminhar para frente, colaborando com um mundo melhor.

Neste romance, acompanharemos os protagonistas nesta lição de vida, começando a se desenrolar em nossa frente por volta do século VIII, personagens que estão ligados por laços de compromissos assumidos no pretérito e que voltam nesta história de amor, emoção, lutas e reencontros, tendo o deserto como cenário e como título "A Lua por Testemunha."

Muita Paz a todos

Companheiros da Luz

Ao Leitor

Inspirada por nossos amigos espirituais, tive a felicidade de receber o livro A Lua por Testemunha e me propus a escrever com todo o meu carinho e dedicação. É um trabalho literário espiritualista que acompanha os trechos da vida dos dois personagens centrais, os mesmos que foram "Angelique e Daniel", em Novamente a Caminho dos Sonhos; "Natasha e Kolosk", em Natasha Staliwisk, uma História de Amor, os quais, com toda a certeza, outras vidas juntos já compartilharam, buscando nas lutas do dia a dia o crescimento interior, mas se deparando sempre com a força maior do amor ainda não sublimado.

Entre erros a acertos, vão os nossos personagens resgatando os compromissos que assumiram no passado e tentando acertar mais a cada existência, confrontando com afetos e desafetos, alegrias e tristezas, caindo e se levantando, sabendo, é claro, que a ponta deste novelo de lã ainda não foi descoberta e que neste longínquo passado muita coisa aconteceu para que todos esses personagens se entrelaçassem, se amando e se odiando . Mas a vida é contínua, e a morte somente é uma separação temporária que, tal qual a crisálida, nos faz ressurgir com outra roupagem, para voarmos a caminho do sol, buscando encontrar paz e entendimento, neste aprendizado permanente e evolutivo.

A Lua por Testemunha é uma saga de acontecimentos que vai nos envolver prazerosamente, levando-nos a percorrer a região do deserto de Saara e a imaginar a beleza das "mil e uma noites" como cenário deste romance.

Cenário de Nossa História

A história se passa no século VIII, quando toda a região do Saara registrava um notável desenvolvimento devido à impulsão dada pela presença árabe ao comércio do ouro. Situação que cresceu muito em tal período. O Saara Ocidental, situado na fronteira entre Magreb e a África Negra, servido pelo Atlântico, tornou-se o ponto estratégico para as trocas entre essas duas regiões. Ao mesmo tempo, pela sua posição geográfica, no extremo da expansão árabe e no limite das grandes estradas saarianas, difíceis de serem percorridas, porém com uma magia especial sempre presente.

Saara significa no idioma árabe "planície dura ou campo de areias". Seu solo, composto de montanhas, depressões fechadas e areia, possui temperatura muito elevada durante o dia, de 60° a 80° graus C, sendo que na sombra o calor atinge 50° C, porém à noite a temperatura cai para 10° C, chegando a menos 6° C.

Ventos a soprar continuamente, às vezes com tanta violência que causam as temidas tempestades de areia.

Há lugares que ficam anos sem ter chuvas, e, quando elas vêm, não passam de chuvisqueiros. Por isso chamam o Saara de o país da sede.

Os viajantes do deserto, os beduínos, embora de pele morena, usam roupas brancas (túnicas), de tecidos leves, para cobrir todo o corpo, se protegendo do sol e amenizando o calor. Cobrem também a cabeça com grandes turbantes para suportar o calor do deserto enquanto o percorrem a pé, a cavalo ou sobre a corcova de um camelo.

Os oásis nascem nas encostas de rochas e são banhados por lençóis de água, permitindo o crescimento de vegetações, tais quais as palmeiras, as tamareiras e o tradicional cultivo da hortelã, tudo isso faz do lugar um sonho, principalmente em noites de luar. Os oásis são verdadeiras ilhas no meio do oceano de areia e pedras, o ponto desejado e esperado por todo o viajante que percorre o deserto, é o paraíso para quem mora ao redor.

Os moradores simples desta região do deserto, pequenas aldeias, constroem suas casas de adobe, mistura de barro, seixos e palha; outros armam suas tendas e as transformam em lares. Há os afortunados que constroem palácios, para viver em seus haréns, porém todos sempre procuram um oásis perto de onde escolhem morar.

As pessoas dessas aldeias construídas no deserto levam uma vida de muito sacrifício, pois longe estão do comércio, tentam sobreviver do que armazenam e do pouco que plantam, quando têm a sorte de ter um oásis por perto, o que é muito raro.

Mas a alegria do povo é contagiante. As meninas são encantadoras; desde criança já aprendem a dançar e, quando adultas, podem se empregar nos palácios dos sultões, basta ter beleza, sensualidade e ritmo, fazendo parte de seu grupo de dançarinas, as famosas odaliscas.

Neste cenário repleto de mistério e beleza, ocorrerá a a história, passada há tantos e tantos anos e que nos chega hoje como um presente para a nossa jornada no mundo em que vivemos, tão modificado por tantas tecnologias e avanços científicos.

As noites árabes são representadas pela lua na fase de quarto crescente, com as estrelas cintilando no céu azul, tão presentes em tantos contos e histórias, juntando-se com as areias brancas e frias sob a abóbada celeste, completando-se com toda essa magia, que, espero, fazer os vossos corações vibrarem de emoção a cada página lida.

Por que o Plano maior me inspirou esse romance, não sei responder, todavia nada é por acaso. Sendo assim, sou eu a primeira a aprender com estes personagens a lição que a espiritualidade nos dá. Sabemos que nada acontece sem ter um porquê e tampouco sem ter a permissão do Criador. Sabendo disso, deixei fluir em mim essas energias, vindas do cosmo maravilhoso, essa inspiração poética, e ofereci a minha contribuição através da escrita. Faço votos que todos tenham tanto prazer como eu tive ao realizar este trabalho.

Muita Paz!

Nelli

Primeira Parte

Capítulo 1

"O Barco do Pacto"

CAPITULO 1

"O Barco do Pacto"

"Parece que vejo novamente aquele dia. A água estava fria, o inverno refletia-se somente no líquido do oceano, pois sobre o barco, nós, os viajantes, sentíamos o calor do sol, que, embora tivesse nascido há poucas horas, já se fazia soberano lá no céu".

Os braços fortes e morenos, queimados pelo sol, o rosto sisudo, a barba grande, faziam Hors parecer mais bravo do que já era.

A marca visivelmente estampada do guerreiro exalava pelos poros de seu corpo, grande e cheio de músculos. O olhar revelava a violência. A cobiça e o poder estavam fixados nele, não deixando que realçassem o azul petróleo, tão frios em relação aos sentimentos.

– Não falem baixo! – gritou para Haniu, marido de Marian, e pai da menina Jamile, que viajava com eles.

– Não estamos falando nada que o senhor não possa ouvir, é que a nossa pequena Jamile só entende o nosso dialeto, foi por is...

Hors não deixou que terminasse a frase e retrucou gritando:

– Já disse para falar alto, do contrário fiquem quietos, e você, Marian, tire a minha camisa do baú e venha me vestir, o sol está ardendo minha pele.

Marian deitou a filha no colo do marido e logo estava com a camisa nas mãos e chegando perto dele, receosa e com medo, começou a ajudá-lo a vestir.

Os olhos de Hors pousaram nos olhos dela e isto a deixou tremendo e abaixando a cabeça, falou:

– Senhor, precisa de mais ajuda?

– Agora não, vá sentar.

A travessia naquele barco era precária, tornando o percurso mais longo ainda. Fazia um dia que tinham saído da metrópole distante, rumo ao deserto. A pequena família pertencia à Hors, deviam a ele os favores por não terem sidos mortos quando roubavam para comer. Hors prometeu a fuga, já planejando a recompensa pelo favor. Marian servia-lhe como escrava e como amante, sob o olhar de Haniu, que tudo permitia por medo, pois conhecia os feitos de Hors nos combates e nas lutas violentas que executara. Impiedoso a tudo, destruía pelo simples prazer de fazer.

A lua saía no céu escuro, aquela noite seria a última da viagem, Jamile dormia perto do pai, e Hors se servia de Marian. Depois de tudo terminado, ela muniu-se de forças e perguntou a ele.

– Senhor, o que vai ser de nós nesta nova cidade?

– Vocês ficarão sob a minha guarda. Serão meus e eu voltarei daqui a alguns anos e tomarei o que é meu de direito, e olhou para Jamile, que dormia apertada com o pai.

– Por que o senhor olhou para minha filha?

– Acha que ficarei com você para sempre? Já está ficando velha, olhe para você, deve ter por volta de 22 anos. Quero a sua filha; quando eu voltar, ela será minha.

— Ela é uma criança — soluçou a mãe só em pensar que a filha passaria por tudo o que ela passa, e continuou a chorar.

— Você prefere que eu a leve agora? — riu ao falar e tornou-se imediatamente agressivo, gritando a ponto de acordar o pai.

— O que está acontecendo? — perguntou timidamente Haniu para a mulher.

Quando Marian começou a contar, Hors tomou a frente e esbofeteou a mulher, que caiu no chão do barco, e diante de Haniu falou, segurando-o pela roupa.

— Olhe aqui, quem manda sou eu, vocês me devem obrigações e quero receber o pagamento do meu jeito. Vou ficar com Jamile quando voltar, e até lá você vão tomar conta dela para mim. Se acontecer alguma coisa com minha prenda, você pagarão com a vida, entenderam?

Os dois concordaram, pois não tinham outra saída, estava nas mãos de Hors o destino dos três.

A noite foi de pesadelo para os pais de Jamile, somente Hors dormiu um pouco enquanto Haniu tomava o controle do barco.

O sol estava raiando e todos dentro do pequeno barco já haviam acordado e olhavam na direção da orla, na qual viam a entrada da cidade.

— Enfim — pensava Marian — estamos chegando, e talvez neste novo lugar possamos ter melhor sorte.

A noite inteira a pobre mulher pensou no destino da pequena filha e no que Hors dissera a respeito do futuro de Jamile. “Quanto infortúnio estará para ela preparado, meu Deus.” E chegaram à pequena aldeia contornada pelo oceano.

Havia pessoas esperando por Hors. Todos eram também guerreiros e logo foram chamando-o para perto deles, e, afastados da família, falavam quase que gritando e gesticulavam muito, para após se afastarem prometendo se ver mais tarde.

— Andem, estou com pressa e não tenho todo o tempo do mundo. Novas lutas me esperam, andem, seus imbecis.

Jamile tinha medo dele e agarrou na saia da mãe, o que foi logo notado por Hors, que, enraivecido, puxou a menina para perto dele e disse secamente, atemorizando ainda mais a garota:

— Não gosta de mim? — deu uma gargalhada e continuou: — Vai chegar um dia que irá gostar, pode ter essa certeza. O que tem a fazer agora é crescer e se tornar uma bela moça para mim — depois disso empurrou a menina de volta para perto da mãe e saiu andando na frente e ordenando para eles o seguirem, sempre exigindo mais rapidez.

A moradia localizava-se nos arredores da cidade, era bem pequena e de altura baixa, Hors era obrigado a se curvar para entrar. Os moradores do local eram todos pessoas simples e trabalhadoras, viviam da pesca; outros seguiam para os poucos campos que havia ao redor da cidadezinha. Havia os que atravessavam o deserto participando do comércio, ligados a outras cidades.

Os três adentraram o ambiente sem falar nenhuma palavra. Foram logo conhecendo o estreito lugar, onde seria a nova morada deles.

A casa era de Hors, ali ele fazia as paradas quando vinha

descansar das lutas ou refugiar-se dos inimigos.

— Aqui terão um lar, se é que sabem o que é isto. Deem valor para o que estou lhes emprestando. Quero que vivam aqui para guardar o que é meu, e, quando eu precisar voltar, vocês me devolverão o quarto e ficarão na sala. É o que merecem, ou talvez nem isso vocês merecessem, porém quero a minha prenda bem guardada.

Os pais de Jamile se entreolharam e ficaram calados, somente pensando no malfadado destino a eles reservado naquele dia em que roubavam e foram socorridos por ele.

— O senhor vai ficar aqui esta noite? — perguntou Haniu com receio de ouvir a resposta.

— Não. Parto ainda essa noite com meus companheiros, novas lutas me esperam, mas voltarei ainda este ano para ver se permanecem aqui no meu abrigo, ai de vocês se tramarem algo contra meus planos. Sabem que vou persegui-los até o fim do mundo, e tenham a certeza de que os acharei, e então... pobres de vocês.

Os dois protegidos tremeram de tanto medo e abaixaram a cabeça, evitando o olhar de Hors.

Jamile, que estava na parte de fora da casa brincando com a areia do chão, somente percebeu a movimentação de dentro da casa quando viu Hors sair apressadamente e passar por ela jogando seu olhar de dono e senhor de tudo.

— Mãe, por que ele foi embora tão bravo? — perguntava a menina sem nada compreender.

— Graças a Deus, minha filha, graças a Deus — foi a resposta da mãe, que se sentia aliviada por não precisar servi-lo naquela noite.

Capítulo 2
"Adaptação"

CAPÍTULO 2

"ADAPTAÇÃO"

A cidade era dividida entre o artesanato feito pelos moradores e o feito pela pesca, e todos viviam das vendas de seus trabalhos.

Embora pequena, a movimentação era sempre constante, e nas ruas estreitas homens e mulheres com suas vestes longas, para se protegerem do calor, transitavam gritando e oferecendo os produtos na disputa de ter o melhor lucro.

As lojas feitas em portas de moradias eram cobertas de produtos expostos, e o cheiro das tintas e dos peixes se misturavam, deixando um odor insuportável, somente sendo aceito pelos que nasceram no local, pois os demais que por lá passavam em curtas horas protegiam o nariz para não sentir a fetidez.

Os empregados dos sultões da região eram os únicos que vinham mais protegidos para as compras, e sempre recebiam as mercadorias melhores, que os vendedores já separavam para os poderosos e ricos, sabendo que o pagamento era sempre a mais do que eles pediam. Assim, a melhor venda já era reservada.

A família de Jamile estava aos poucos se adaptando ao lugar. Haniu conseguira trabalho junto aos pescadores, e Marian limpava algumas lojas em suas horas vagas de dona de casa e mãe da pequena Jamile, que já fazia amizade com outras crianças da redondeza.

— Havia um comerciante chamado Jonaste que já viajara por muitos lugares e que reunia as crianças para ensinar-lhes noções de letras, a fim de que começassem a formar algumas palavras. Jamile quis pertencer a esse grupo, que era formado por 11 meninos e quatro meninas, incluindo ela; as demais meninas com a idade de 10 anos iam aprender a dançar, pois o sonho de todas era ser a favorita do sultão, ou pelo menos pertencer ao grupo de dançarinas dos palácios.

— Jamile, você não quer ser uma dançarina? — perguntou certo dia uma colega de turma.

— Dançarina? Nem sei o que é isto, mas agora quero aprender a ler. O sr. Jonaste tem sido muito bom para nós. Gosto de saber juntar essas letrinhas e formar grupinhos que se transformam em palavras.

Assim era o começo da vida dos devedores de Hors, e mesmo com todas as novidades, a mãe sempre estava apreensiva. A cada chegada de barco na cidade, ela corria para verificar se Hors viera em algum deles, e suspirava aliviada quando voltava para casa ciente de que o perseguidor estava longe.

Em modesta casa quase ao lado da vila em que a família de Haniu morava, vivia Zamir, rapazola de seus dezoito anos, que ganhara, há três anos, uma bolsa de estudos para futuramente ser mais um construtor de belíssimas casas para sultões e pessoas de posses que pelo deserto viviam por causa de seus negócios na África.

Circulava muito dinheiro entre essas pessoas, que já dominavam o local e ficavam por lá enquanto as negociações fossem vantajosas.

Zamir era muito inteligente, esse foi o motivo de o sultão Abindar, senhor de muitas terras e dono de um palácio suntuoso bem longe daquele lugar, no qual vivia com suas mulheres e a família, se interessar pelo jovem.

Precisando de reformas em seu palácio, certa vez contratou uma equipe de pedreiros de uma aldeia distante, indicada por conhecidos, um dos rapazes era Zamir, em quem viu vontade de aprender e habilidades no ramo da construção. Sabendo da situação financeira do rapaz, ofereceu-lhe o curso de construtor, que existia em uma cidadezinha afastada dali.

A vida do rapaz era simples e se dividia entre os estudos e o trabalho em outro período vago. Vivia somente com o pai, que era carpinteiro na aldeia, e juntos eram felizes com o pouco que tinham.

— Sabe, meu pai, um dia chegará uma moça por quem vou me apaixonar e com ela irei casar, e teremos muitos filhos.

— Não sonhe tanto, Zamir, a vida pode não ser como você deseja, deixe as coisas acontecerem e depois você decidirá o que fazer dela.

— Falta pouco para eu terminar meu curso, e o sultão já me prometeu emprego direto em sua casa, permitindo-me atender também fora dali.

— O sultão é pessoa muito boa e gosta de você, meu filho, mas sei também que você é especial. Às vezes o vejo orando e sinto que você tem fé na vida, pois nenhum rapaz de sua idade age assim.

— Pai, minha alma precisa de oração. Existem coisas que aparecem em minha mente que não sei de onde vêm. Outras vezes parece que ouço vozes, quando estou sozinho, tenho receios.

— Lembra-se do acontecimento da semana passada, quando a filha do senhor Jualdi se queimou e eu fui socorrê-la? Vi nela outra pessoa, diferente daquela que estava ao meu lado quase morta, era outra pessoa, outro lugar, mas nós estávamos juntos e eu cuidando dela também.

— Filho, você imaginou isso porque conhece a moça e também estava cuidando dela, afinal vocês cresceram juntos.

— Não, pai, não gosto dela. Esse é o motivo maior da minha dúvida. Por que me via com ela longe daqui? Ela sempre foi para mim antipática, pouco amiga e muito presunçosa. Socorrer ela naquela hora de sofrimento foi algo que fiz com o meu coração, e faria sempre. Mas ter que conviver com ela, isso não. Somos completamente diferentes um do outro.

— Está bem, Zamir, você quer ouvir de seu pai que você conhecerá uma moça linda, maravilhosa que o fará feliz por muitos e muitos anos — e gargalhou alegremente!

— Não ria, meu pai, não ria. Ser feliz para sempre é conto das Mil e Uma Noites, isso eu deixo para os sultões, mas que vou conhecer alguém especial para mim, isso com certeza irei.

Certo dia chegou à aldeia um faquir que iria se exibir em troca de algumas moedas para a sua sobrevivência. Todos ficaram em polvorosa. As famílias se aprontaram como se fossem para uma festa, e na hora marcada lá estavam todos. Crianças e adultos, todos se misturavam na rua apertada, para verem o estranho homem, deitado em cama de pregos, seminu, com um turbante enrolado em sua cabeça.

Era magro e feio o pobre homem; recebia a todos com um sorriso amarelo, sem entusiasmo, mostrando certo desconforto no corpo.

A família de Haniu também fora ver o evento. A pequena Jamile estava eufórica, pois suas colegas durante aquela semana não falavam de outra coisa que não fosse o faquir. Inventaram histórias horripilantes, dizendo que ele iria ficar ali até morrer e que todos o veriam fazer suas necessidades, a criançada queria mesmo impressionar as meninas medrosas, e Jamile era uma delas.

Moscas eram atraídas pelo odor do faquir exposto em plena rua, ficando apenas sob tenda de tecido ralo que mal impedia de o sol entrar. A promessa do faquir era de ficar durante todo o dia em exposição e todos os visitantes colocavam em seu cofre a quantia que quisessem, contribuindo com aquele feito.

Na noite que antecedia o evento, a menina mal pôde dormir. Tivera pesadelos e se agitou tanto na cama que fez a mãe levantar diversas vezes para reconfortaá-la.

– Mãe, será que vou ter medo dele? – perguntou Jamile com os olhos assustados.

– Filha ele é apenas um homem, que para ganhar dinheiro vai deitar sobre pregos, nada mais.

Só que, na cabeça infantil, tudo cria dimensão maior quando não se conhece o fato ou quando não é bem explicado; e Marian não tinha também conhecimento das coisas, assim explicou para a filha uma versão do faquir que ela imaginava, pois também nunca tinha visto um antes.

Com licença – Zamir tentava entrar no meio das pessoas para ver o faquir.

– Calma, meu rapaz! Nós também queremos ver – respondia com aspereza um outro curioso.

Com muito custo, Zamir conseguiu chegar perto da cama do esquelético homem e teve um arrepio que percorreu todo o seu corpo.

Naquele instante, como se fosse transportado para outro lugar, viu vultos de homens escuros, feios e que gargalhavam e dançavam ao redor do faquir.

Zamir lembrou-se neste instante de orar, e logo voltou à realidade, quis fugir do lugar, fato que o pai não entendeu.

– Pai. Vou embora, espero o senhor lá em casa.

Quando estava saindo, às pressas, deu um encontrão em uma menina, que caiu ao chão e foi logo erguida pela mãe.

– Jamile, minha filha, levanta. Você se machucou? – Marian levantava a filha, limpando a poeira do vestido da menina.

– Não, mãe. Não me machuquei.

Neste instante Zamir parou e se desculpou com a menina pelo esbarrão, e foi embora.

No caminho, lembrou-se do olhar de Jamile.

– Que olhos lindos. Olhou-me de um jeito, parece até que me conhecia.

Quando as duas, mãe e filha, conseguiram chegar perto do faquir, Jamile desmaiou com a cena que viu, e foi carregada nos braços pelo pai, que já estava no local quando as duas chegaram.

Naquela noite Jamile teve que dormir entre os pais, pois tivera medo do que vira.

Na manhã seguinte a estes fatos, pai e filho conversavam a respeito da noite anterior, e Zamir começou a explicar ao pai o inexplicável.

– Sabe, meu pai, aconteceu uma coisa muito estranha ontem ao me deparar com aquele homem.

O que foi, meu filho? Você saiu tão apressado que fiquei sem entender a sua atitude. Tudo bem que o tal faquir era realmente feio, mal cheiroso e a cena não era das mais interessantes, mas o que houve de fato com você?

– Quando cheguei perto daquele homem, senti um nojo muito grande, não só pelo cheiro que exalava dele, mas o aspecto era muito deprimente, foi quando naquele exato momento eu me vi em outro lugar, muito escuro, com pessoas, quero dizer, vultos sinistros, que estavam gargalhando e dançavam ao redor do faquir como se ele pertencesse a eles. Aquela cena me fez muito mal e, quando voltei a mim, quis sair o mais rápido possível do lugar.

– Filho, por que você vê essas coisas? – o pai não conseguia entender esses fatos. Criara o filho sozinho e era a joia rara que ele tinha e amava muito.

– Não sei, meu pai, não sei. Minha cabeça às vezes gira em pensamentos confusos e eu não entendo nada. Bem, agora tenho que ir para o meu curso; adeus, pai, e fique em paz.

Zamir beijou a testa do pai e partiu em direção ao aprendizado que tanto gostava, pois seu sonho era se formar logo e começar a construir as novas residências da região, e quem sabe até do outro lado do continente.

— Jamile, venha aqui, minha filha — Marian queria entender por que a filha tinha desmaiado no dia anterior. — Sei que você está fraca hoje, porque não dormiu bem, mas sente aqui em meu colo e conte para mamãe o que aconteceu.

— Sabe, mãe, aquele homem me deu muito medo. Aqueles pregos enfiados em suas costas, nem quero me lembrar novamente, nem do rosto dele, não gostei, tive medo dele e das pessoas que o acompanhavam.

— Como? Que pessoas? As pessoas eram todas conhecidas nossas, aqui de nossa aldeia, como você teve medo destas pessoas?

— Estavam todos escuros e parecia que dançavam sobre o faquir. Mãe, não me fale mais deste homem, quero esquecer.

— Filha, você imaginou isso, mas tudo bem minha filha, não vamos mais falar. Mas olhe, você precisa ser mais forte e não ficar tão impressionada com as coisas que vê — neste momento, Marian lembrou-se de Hors e dentro dela também sentiu um enorme medo.

— Mãe, o que foi? —Jamile viu o rosto da mãe se contrair e percebeu que ela não estava bem.

— Nada, não foi nada. Só não quero que você sofra. Agora vá para a aula com o Sr Jonaste.

A filha pegou a sacola que carregava para as aulas, despediu-se da mãe e seguiu rumo à aula alegre e gostosa com as outras crianças da aldeia.

Na porta, Marian ficou observando a filha seguir o caminho e começou a chorar ao lembrar-se da ida deles para aquele lugar e no que Hors falara na noite que antecedeu a chegada deles.

– Minha filha ele não terá, não deixarei que isso aconteça, basta o que ele faz comigo – entre soluços, Marian orou a seu modo: "Deus meu, não deixe isso acontecer com a minha Jamile".

A vida deles continuou assim por dois anos. O trabalho de Haniu mal dava para a comida, às vezes Marian conseguia algumas lojas para limpar, e Jamile crescia feliz, ajudava a mãe nos trabalhos de casa e continuava a estudar com o professor da criançada.

Estava com doze anos e via-se nela uma beleza marcante. Tinha os olhos bem vivos e espertos, falava através deles. Assim, era difícil de mentir, pois eles demonstravam se estava ou não falando a verdade.

Era querida pelo professor e tinha muitos amiguinhos entre a molecada, nunca faltava as aulas do querido professor.

– Jamile, está ficando uma mocinha e já é na hora de começar a retribuir o que recebeu.

– Seu Jonaste, o senhor quer que eu pague o que me ensinou? – perguntou naquele dia, quando o professor a chamou para conversar após a aula.

– Claro que não. Mas você pode retribuir me ajudando a ensinar outras crianças que estão chegando, é uma maneira de agradar a Alá, que lhe permitiu esse aprendizado.

— A Alá ou ao senhor? — perguntou marotamente a menina.

— A Alá; pois, se não fosse por Ele, eu não estaria aqui com a minha experiência a lhe ensinar. Foi Ele que me deu essa oportunidade de aprender e de passar para vocês essas lições.

Assim, Jamile assumia mais uma tarefa: a de ensinar o que já sabia a outros pequeninos. Somente a aula de dança, que as meninas de sua idade já faziam, é que nunca lhe interessaram. Quando era convidada, sempre dava uma desculpa e nunca ia com as coleguinhas.

Marian, nestes dois anos que se passaram, estava mais magra e não sorria mais. Era somente o trabalho do lar ou o de fora que atendia, não havia lazer. Pouco conversava com as outras mulheres da aldeia. Em seus pensamentos somente a presença do Hors era constante. "Quando ele virá?", vivia apreensiva. E a indagação sobre quem chegava nos barcos era o que mais fazia.

Eis que certa manhã, antes do sol aparecer, batem na porta de casa, e, pelas pancadas, o casal se levantou às pressas, e Marian sentiu o coração descompassadamente: "Era ele".

— Pensei que teria de arrombar essa maldita porta — gritou Hors, mal-humorado, adentrando a casa como se tudo lhe pertencesse.

Os dois correram para ceder-lhe uma cadeira, e Marian foi logo fazer um chá para dar ao recém-chegado. Haniu começou a falar e Hors pediu que calasse a boca e saísse, pois queria descansar em silêncio na casa. Marian, ao levar o chá, viu que Hors já estava sem roupas e começou a chorar.

— Cale esse choro, ou quer que eu acorde a sua filha?

— Não senhor. Já não estou mais chorando e estou pronta para servi-lo.

No quarto ao lado, de tão pequena a casa, se ouvia tudo. A pequena Jamile ouvira e se escondeu embaixo da pequena cama de tábua, feita pelo pai, e chorou baixinho. Não entendia por que a mãe tinha que passar tudo aquilo nas mãos daquele homem horroroso, sentiu medo também, não gostava dele e ficou quietinha a ouvir o barulho que do outro cômodo chegava até ela.

Demorou pouco e logo a mãe veio ao quarto buscar a filha para tomar chá e leite. Estava abatida e trêmula.

— Mãe, "ele" já foi?

— Sim, saiu um pouco, mas voltará, quer ver como você está.

— Não gosto dele.

— Filha, você não tem que gostar, mas deve ter respeito por ele, é melhor para nós. Eu não deixarei que ele toque em um fio de seu cabelo.

— Por que vocês precisam aquentar tudo isso?

— Na cidade em que você nasceu, certo dia, fomos acordados com saqueadores invadindo a nossa casa e roubando tudo o que tínhamos. Conseguimos nos esconder deles até irem embora. Aí ficamos a vagar pelas ruas por muitos meses, não havia trabalho, pois o vilarejo era muito pequeno. A fome foi tomando conta do lugar e nós resolvemos pegar estrada e seguir viagem em busca da sobrevivência. Quando chegamos à cidade mais próxima, deparamos com uma cidade com grande prosperidade. Tinha um bom comércio e gente rica andando pelas ruas, fazendo compras.

Começamos a pedir esmola, pois trabalho ninguém queria dar a seu pai, devido à sua figura maltratada. Magro, mal vestido, barba por fazer, cabelos em desalinho. Assim foi que, um dia, com você dizendo que estava com fome, e nós, quase que desmaiando, vimos uma dama muito rica a descer de seu camelo e entrar na loja, quando deixou cair a carteira que continha o dinheiro da compra. Seu pai correu e pegou feliz, pensando em comprar comida para nós; neste instante, saímos correndo, fugindo do local, e entramos num beco sem saída. Todavia, lá estava Hors em pé na nossa frente.

— Vi tudo, seus vagabundos. Roubaram a mulher do Sultão mais importante nesta cidade. Sabem o que vai acontecer com vocês? Vão apodrecer e morrer em porões sujos e cheio de ratos.

— Senhor, estamos com fome e nada temos. Seu pai falou para nos defender.

Neste instante ele olhou para nós duas e falou:

— Bem, podemos fazer um trato, não os entrego para a guarda do sultão, mas vocês vão ficar me devendo essa ajuda.

— Seu pai, que não conhecia Hors e com medo de sermos presos e morrermos no porão sujo, aceitou a proteção, pensando que iríamos trabalhar para ele. Mas Hors achou você bonita e a quis como prenda.

— Mãe, eu sou criança!

— Eu sei, filha, mas ele disse que vai esperá-la crescer.

— Mãe, eu não quero este homem para meu marido. Espero um homem bom para viver comigo, quando eu for moça, e ser feliz. O que será que ele viu em mim?

— Não sei, porém vamos ter paciência e saber lidar com a situação. Seu pai disse que daqui a dois anos iremos embora. E ele jamais saberá para onde fomos.

Ao se retirar para ir à aula, Jamile deparou com Hors, que arrumava o cavalo para a viagem. Ele parou e veio na direção da menina.

– Veja só, como já cresceu... – e contornou a menina, que, assustada, ficou imóvel sob os olhares da mãe que assistia a tudo da porta. – Muito bem, vai ficar uma bonita moça!

Ao subir no cavalo, olhou mais uma vez para Jamile e, virando-se para Marian, disse:

– Cuide de minha prenda, você sabe de nosso trato, ai de vocês se alguma coisa acontecer com ela. Vou para bem longe e talvez passe muito tempo sem vir por aqui, mas voltarei, espere que voltarei – e saiu galopando o animal em velocidade total.

Mãe e filha se abraçaram, chorando, e depois que se acalmaram Marian voltou ao serviço doméstico e Jamile foi para a aula. E a vida continuou.

"Pelo menos teremos uma trégua de paz e saberemos o que fazer". Pensou Marian.

CAPÍTULO 3
CINCO ANOS DE PAZ

CAPITULO 3

CINCO ANOS DE PAZ

A vida de nossos amigos seguia tranquila em se tratando do cotidiano. Haniu e Marian trabalhavam incessantemente para manter a família unida e evitavam pensar no futuro, e tampouco em Hors.

Jamile estava uma adolescente formosa e meiga, e sua participação nas aulas do professor Jonaste progredia, e a cada dia que passava ela sentia mais amor pelo que fazia e procurava sempre aprender com o mestre querido.

Nas aulas de que fazia parte com os demais colegas, Jamile sempre era questionada pelas companheiras sobre por que não ia fazer aula da dança do ventre, pois era o que todas as garotas queriam fazer. O maior sonho dessas jovenzinhas era serem convocadas para dançar nos palácios dos sultões.

— Eu já falei que não quero ser dançarina, quero ser professora e lecionar para as crianças que moram distante da cidade e que não podem frequentar as escolas como nós.

— Você vai sempre ser bem pobre, pois essas professoras ganham muito pouco. Como dançarina você pode ganhar muito, além de poder ser eleita a favorita de algum sultão.

— Prefiro ganhar pelo meu valor e não cobiçar a mais,

sem me vender aos caprichos de homens que querem nos fazer de escravas deles.

— Jamile, minha filha - falou o professor, que ouvia a conversas das meninas: — Você dança muito bem e nem mesmo fez aulas, imagina quando estiver aprendendo com pessoas capacitadas, será um espetáculo. Toda arte é bem-vista aos olhos de Alá, através delas encontramos momento de ternura e dedicação, pois deixamos que a sensibilidade fale através de nosso corpo e de nossa mente.

— Obrigada, professor Jonaste. Eu gosto de dançar, mas quero dançar sem ter compromisso de me expor aos olhos de nenhum sultão que anda a cata de donzelas indefesas. Se um dia vier a dançar, será por amor e não para ter posição melhor na vida.

— Fico feliz, minha filha com essa opinião. Sei que dia virá em que você dançará com amor e por amor, é só questão de tempo. Vamos confiar no Criador, que nos fez para termos uma vida repleta de oportunidades, de crescimentos diante Dele, e assim termos uma alma digna de sua grandeza.

— Vamos então esperar esse dia; pois, com toda a confiança que tenho no senhor, estou um pouco descrente — Jamile riu da possibilidade de dançar, ainda mais por amor.

— Bem, vamos agora ao trabalho. Hoje, depois da aula, gostaria que você me acompanhasse em uma visita que farei a uma pequena doente, e preciso de sua ajuda.

— Como, professor? Eu não sei cuidar de doentes... Aliás, tenho pavor de chegar perto de quem está doente.

— Jamile, não precisa ter experiências para me ajudar a tratar desta pequenina. Preciso simplesmente de seu amor fraternal e de sua boa vontade, para tentarmos curar essa criança.

— Mas, professor, o senhor não é médico, como vai curar essa menina? — Jamile desconhecia esse lado do professor, o de socorrer os doentes.

— Talvez eu seja médico de almas. Sabe, eu era ainda muito jovem quando minha avó materna morreu, sofri muito com essa separação, pois nós éramos muito ligados um ao outro. Foi ela quem me orientou na parte filosófica da vida. Ensinou-me a crer, amar e respeitar "Algo Maior", que nem ela mesma denominava de Pai Criador.

— Pai Criador? Por que não, Alá? — Jamile perguntou dentro da sua ingenuidade e de suas poucas primaveras.

— Ela dizia que esse Algo Bom, esse Alá, esse Deus, era realmente um grande Pai, pois nos dava a vida, abundante de oportunidades de sempre estarmos bem e de fazermos o bem, dizia que o paraíso era a nossa terra, bastava a gente viver dentro de harmonia com tudo que existe, porque todos dependem um do outro, seja em que reino for. O equilíbrio está em nos harmonizar com toda a vida neste planeta.

— Como sabemos que existe mesmo esse Criador?

— Jamile, as verdades não são somente o que vemos com os nossos olhos do corpo. Depois que minha avó partiu, fui passar algum tempo com os Homens Santos em suas madrasas[1], nem sei bem de onde eles vieram, porém chegaram aqui e, no deserto do sul, fizeram um recinto onde

[1] Madrasas - (Madrasah): Escolas religiosas

prepararam pessoas para a vida além da morte.

— Professor, como? Vida além da morte existe?

— Quando olhamos para o céu adornado de estrelas, podemos imaginar que essa vida deve com certeza existir, e muitas outras também. São mundos que transitam em dimensões e espaços ilimitados. Esse Pai Criador deve estar incessantemente criando seres em diversos estágios a caminho da evolução; os quais, um dia voltarão à essência maior, fazendo parte deste Todo. Por enquanto estamos todos em busca do elo perdido de nossa origem.

— Nossa, quanta coisa que eu nunca ouvi ninguém dizer, e também ainda não consigo acreditar. Mas vamos falar de nossa visita. Como vou poder ajudar o senhor?

— Vai doar amor, enquanto faço a aplicação da benção[2].

— Como posso doar esse amor? —Jamile estava interessada em ajudar, era uma experiência nova e da qual nunca participara com ninguém.

— Apenas pense com muito carinho e fé no restabelecimento da pequena. Imagine ela dentro de uma imensa luz, toda envolvida, é isso que eu preciso de você, minha querida.

— Então vamos, professor, quero muito ajudar o senhor, não sei se vou fazer certo, mas vou tentar, eu prometo.

— Isso é o início desta colaboração.

Ambos partiram ao encontro da menina enferma que há mais de um ano estava sobre um catre, nua, apenas coberta por folhas de plantas que conseguiam nos oásis, longe dali.

[2]Aplicação da benção: Passe de cura (O Livro dos Médiuns - Allan Kardec - Cap. IV - Item 7)

O percurso foi longo, e o sol escaldante queimava a pele, embora protegida pelo tecido branco que envolvia o corpo de todos que andavam sobre as areias do deserto, mas a vontade de ajudar a pequena doente deu forças aos dois socorristas que aos poucos foram avistando a casa de adobe[3].

Quando lá chegaram, foram recebidos na porta da pequena habitação pelo pai, que, aflito, logo conduziu os dois visitantes para o local em que estava a filha.

Os dois adentraram o recinto com calma, diferente da entrada do pai, que refletia toda a aflição pela dor da filha.

– Entre, por favor. Eis a minha pequena Ondine, olhe como sofre, pelos Deuses, salvem minha filha, salvem.

De seu corpo minava um líquido contínuo e ela gemia de dor. Somente a mãe, moça ainda, mais parecia uma anciã por acompanhar tanto sofrimento da filha, noites e dias sem ter o descanso necessário, estava ao seu lado, repartindo essa dor.

A mãe em um canto, de mãos cruzadas, expressava toda a angústia que trazia na alma e baixinho chorava.

O olhar vazio da pequena doente percorreu todos os presentes, indo se apoiar nos pais e, sentindo-se reconfortada e segura, suspirou profundamente e se aquietou, perguntando:

– Papa, quem são eles?

– São amigos, e vieram trazer benção para você, minha filha.

Naquele instante o professor pediu um copo com água e uma bacia com uma toalha branca e começou a fazer a sua reza.

[3] Adobe - Casa de barro, fragmento de rocha e palha.

— Jamile, lembra do que lhe disse? — Jamile acenou com a cabeça afirmando que sim, o professor continuou — Comece a pedir, minha filha, com todo o seu amor.

Jamile, de olhos fechados, imaginou ver o recinto todo iluminado por faíscas de luzes e ficou muito emocionada, evitando olhar para a pequena doente. Estava muito impressionada com todo o seu aspecto, mas fazia toda força em colaborar com o professor.

Depois da oração o professor pegou a toalha e molhou na bacia e refrescou todo o corpo da menina. Enquanto fazia este ritual emitia um som que saia como que um murmúrio, acalmando todos ali presentes.

No final, deu água do copo para a pequena beber e em seguida conduziu o pai para fora, para melhor conversar sobre a menina.

— Meu amigo, você precisa ter muita força para suportar toda esta dor e para ajudar a sua filha, sinto que é muito grave o estado dela.

— Então não adiantou nada a sua vinda? — perguntou aflito o pai exaurido.

— Sempre existe um alívio quando transmitimos ao doente o nosso amor. Mas, além do que vemos, há outras dimensões em que as nossas almas já viveram e das quais, por motivos que ainda desconhecemos, trazemos marcas em nosso corpo atual, em forma de males, quando elas aparecem, vem como uma depuração para a essência maior que habita dentro de nós, a que chamamos de alma.

— Minha filha é inocente e não tem que depurar nada, é uma criança.

— Hoje ela está uma criança — o professor, vendo a dor

do pobre pai e sabendo da limitação de seu entendimento, não se aprofundou e terminou dizendo: – Vou rezar muito pelo senhor.

– Não é para mim que o senhor deve rezar – quase que gritando o pai respondeu.

– A sua filha está abençoada e amparada, o senhor e sua mulher é que precisam de força, de calma e de sustentação.

Jamile e o professor deixaram o local e rumaram de volta para as suas casas. Pelo caminho ela foi perguntando.

– Professor, a menina vai sarar?

– Só o Criador pode saber. Somente sei que ela está sem energias e está perdendo o pouco que tem, somente nos resta pedir por ela.

A vida na aldeia continuou na mesma rotina de sempre. O professor Jonaste, a cada dia que passava, mais se aprimorava nas aulas. Cada aula sempre continha coisas novas e interessantes, que despertavam nos alunos maior interesse em aprender.

O único acontecimento que abalou a todos foi a morte da pequena Ondine, ocorrido há um mês, desde a visita dos dois. Todos da classe foram dizer adeus à pequena.

– Professor, eu não gosto de ver defunto – falou um de seus alunos quando estava saindo para o enterro.

– Ninguém gosta de ver uma pessoa morta, Sam. Mas é o abraço fraterno que iremos levar para a família, pois nesta hora todos precisam se sentir amparados nos amigos, e também devemos nos lembrar de que precisamos nos acostumar com a vida e com a morte, pois ambas caminham juntas.

Os alunos pararam para ouvir o que o professor explicava a Sam e a lição continuou a rolar instintivamente.

— Quando nasce um bebê, todos ficam alegres, cumprimentando os pais pela vida que começa. A morte também é o início de outra vida, a vida do espírito, desta energia que está dentro de nós e que, nesta hora derradeira, desprende-se de nosso corpo e volta ao cosmo.

— Quando a gente morre, não morre tudo, professor? — perguntou Hanna, a amiga querida de Jamile.

— Hanna, quando uma boneca sua, que você ganhou na época em que era criança, se torna um objeto velho, que não serve mais para brincar, você joga a boneca fora?

— Oh, professor, boneca é outra coisa, estamos falando de gente, retrucou com educação a jovenzinha.

— Você não me respondeu. O que faz? Joga fora? Insistiu o professor.

— Eu tiro a roupa e guardo como lembrança, mas...

— Veja, minha filha, se você, que é ainda muito jovem, guarda alguma coisa de lembrança, como o Criador não guardaria algo desse ser que ele criou?

— Ele também guarda a roupa? — perguntou um aluno ainda muito criança, sem entender a situação.

— Não, Tisso. Ele guarda a essência que habita dentro de nós.

— Guarda para sempre? — foi a vez de outro aluno perguntar.

— Não, Ele guarda até que outro corpo possa receber

essa essência.

– Professor, isto é estranho de se acreditar – falou Jamile.

– Vocês ainda são muito jovens, porém um dia acreditarão, podem ter certeza. Bem, agora vamos dizer adeus à pequena e reconfortar os pais.

–Jamile, por que você não gosta daquele homem grande que é o protetor de sua família?

– Protetor? Ele é o dono de nossos destinos, Hanna. Está somente cevando-nos.

– Como assim? – perguntou amiga sem entender a resposta de Jamile.

– Não sei bem o que houve em outra cidade conosco para que meus pais deixem que ele nos mantenha presos assim. Quando ele vem, minha mãe fica desorientada e triste, pois tem que servi-lo em tudo e meu pai sai para não ver o que acontece com ela dentro de nossa casa, se bem que a casa é de Hors e não nossa.

– E você?

– Eu sempre me escondo quando sei que ele está por perto. Tenho muito medo dele. Embora traga alimento para minha família quando vem. Sabe, quando ele me olha, sinto um arrepio percorrendo todo o meu corpo.

– Nossa! Ele não é feio, mas assusta a gente, realmente – falou Hanna, dando o seu parecer sobre Hors.

– Ele tem na alma o inferno. Aliás, ele próprio diz que tem muita amargura e isso o torna ainda mais violento.

– Penso que todos os guerreiros sejam assim, por isso

que é bravo e mau.

— Vive em lutas pelo deserto afora e atravessa oceanos em busca delas, não descansa nunca, está sempre correndo atrás desses combates.

— Ele deve ser um homem triste por não ter paz e nem um lar, nem mesmo uma família, esperando por ele — comentou piedosamente a colega de Jamile.

— Lar? A casa dele é onde ele está; e as mulheres, quando ele sente desejo, são dele a qualquer preço, respondeu Jamile muito irritada com a conversa.

— Bem, vamos mudar de assunto, pois estou vendo que você ficou agitada por demais.

— É, vamos — aceitou com prazer a mudança da conversa e continuou: — Sabe, Hanna, o filho do seu Nasceb?

— O Zamir? Claro que sei, às vezes encontro com ele na aldeia passeando, quero dizer, quando não está estudando, e quando tem folga do palácio onde trabalha.

— O que ele faz? — perguntou Jamile interessada no moço.

— Ele estuda para ser construtor de casas. O sultão para quem ele trabalha é quem financia estes estudos, que são fora daqui. Ele está indo muito bem, gosta do que faz. Mas... por que este interesse todo? — maliciosamente a amiga perguntou.

— Hanna, não é nada do que você está pensando, e as duas começaram a rir gostosamente.

— Ele é bem bonito. Dizem que é um jovem muito bom a exemplo do pai. O professor Jonaste diria que "é um jovem do bem".

— É, deve ser, gosto dele, respondeu espontaneamente Jamile.

– Ah! Sabia que tinha alguma coisa especial!

– Mesmo morando perto de minha casa, quase não o vejo, pois sai muito cedo para ir ao palácio do sultão e nunca se sabe quando volta. Eu o conheci no dia em que aquele horrível faquir veio aqui em nossa aldeia, ele me empurrou quando se retirava rapidamente do lugar. Depois disso não o vi mais.

– Quando ele está na casa do pai, costuma passear no final da tarde na vila, dá a impressão de que é o seu descanso. O sultão deve exigir muito dele.

– Ele deve estar cansado de tantas idas e vindas, pois o palácio é bem distante daqui, e os sultões são muito exigentes – falou Jamile como se conhecesse algum sultão.

– Quer ir até lá para tentar encontrá-lo? – perguntou Hanna curiosa.

– Não, hoje não, outro dia talvez.

– Pai, que bom encontrá-lo ainda acordado – disse Zamir alegre por falar com o pai.

– Que surpresa me espera, filho querido?

– Quando o senhor me chama assim, tenho a impressão de voltar à infância, mas já sou homem feito, senhor Nasceb – responde o rapaz.

– O que o homem feito recebeu para deixá-lo tão feliz, posso saber?

– Pai, o sultão pediu para eu reformar o quarto de sua filha doente. Quer que a menina consiga ver ver o jardim de dentro do aposento, bem como a fonte, jorrando água incessantemente, as palmeiras, como as demais flores existentes no belo jardim do sultão.

— Mas... Ele já tem pedreiros no palácio com mais experiência, por que escolheu você que ainda é um estudante?

— Por confiar em mim, e disse-me que, sendo jovem, devo saber os gostos de uma jovenzinha. Aliás, sou eu que faço os pequenos consertos no palácio.

— Sim, sei disso, tanto é que foi por este motivo que ele lhe proporcionou seu estudo. Ele sabe que você leva jeito em construção — falou orgulhoso do filho.

— Vai ser muito bom, muito bom. Além de ter a oportunidade de mostrar ao meu benfeitor o que já aprendi, estarei colaborando para o bem de sua filha. Sabe, pai, ela não fala, emite som e gesticula com as mãos para se fazer entender um pouco. Mal consegue ficar em pé e sente muitas dores.

— Ele não consultou um médico bom que possa curá-la?

— Todos os meses vem de Marrocos um médico para cuidar dela, mas não percebo melhora alguma.

— Pobre menina... — Nasceb comentou todo piedoso.

— Quem sofre mais é a sultana Oziadi. Passa as horas ao lado da filha.

— E Abindar? Não sofre vendo a pobre filha padecer tanto?

— Pai, sultões não têm tempo para isso. Ele paga empregados para cuidar da filha, não deixando que lhe falte nada. Ele vai visitá-la sempre que pode e deixa as suas dançarinas escaladas para irem alegrar a pequena, que gosta muito de vê-las dançar.

— Bem, estou feliz por você, meu filho, e deixemos ao destino a vida do sultão. Somos gratos a ele pelo bem que lhe fez e desejo que você tenha bastante bom gosto para esta reforma, pois tudo no palácio é muito lindo e sabemos que o sultão é muito exigente.

— Tomarei cuidado, meu pai. Farei o melhor que puder. Bem... Vou dar uma volta para esfriar a minha cabeça, ela não para de pensar neste trabalho desde que fui convocado.

— Vai, filho, vai espairecer, faz bem. E a tarde está gostosa.

Já andando na rua, ao passar por perto da casa de Jamile, ele lembrou-se da moça.

— Desde aquela noite funesta do faquir não vejo a filha do seu Haniu. Curioso é que ela também me pareceu assustada naquele dia, pobre moça. Estranho... Não sabemos de onde essa família veio, são pessoas muito fechadas, não fazem amizade, parecem que vivem com medo, somente a filha tem amigos aqui em nossa aldeia.

Zamir continuou caminhando, deixando para trás a casa de Jamile, porém seus pensamentos eram voltados para a moça vizinha.

— Ela tem olhos bonitos, e a pele morena se destaca ainda mais sob a cabeleira preta e ondulada. Não sei o que mais me impressionou nela, mas sei que estou gostando desta moça de verdade.

Na pracinha do vilarejo as jovens circulavam, fazendo destes círculos um agradável passeio, enquanto comerciantes fechavam suas pequenas lojas, guardando todas as mercadorias que estavam expostas no chão para poder abaixar a porta da entrada. O mercado, embora pequeno, era bem sortido, variava desde comida, ervas, roupa de cama e mesa e de uso pessoal, imitando as da capital e as das cidades grandes, que viviam exibindo mercadorias da região e de outros países, Zamir observava tudo, passeando entre toda a movimentação, até que foi abordado por Jualdi, que acabara de fechar seu estabelecimento.

– Ora, ora, o salvador de minha filha, como vai Zamir? – estendeu a mão para cumprimentar o rapaz.

Neste instante Zamir sentiu um frio subindo pelas costas, lembrou o triste dia que socorreu a filha do comerciante que se queimou quando mexia no fogão.

– Tudo bem, seu Jualdi, e a sua filha está bem?

– Sim, ficou boa e quer lhe agradecer uma hora destas.

– Não precisa, fiz o que todos fariam, o importante é que ela esteja bem, agora tenho que ir, até mais ver – e saiu praticamente correndo.

Pelo caminho foi pensando: "Quer me agradecer, pois bem, deve estar sentindo é vontade de me ver pelas costas, ela também não gosta de mim, eu sinto..."

O palácio de Abindar era algo de maravilhoso. Situado no meio do deserto e perto de um oásis, brilhava na cor branca, mostrando toda a arquitetura esmerada. O portão do palácio era entrada direta para o jardim principal, todo iluminado ora pelo sol, ora pelas tochas de luzes durante a noite. A porta central em mármore era o cartão de visita, de onde se via toda a suntuosidade da residência. Três torres davam acesso para o interior da casa, uma era na sala principal; e as outras duas davam aos aposentos do sultão e de sua esposa.

Tapetes dos mais variados tons estavam estendidos pelo chão, dando mais requinte ao mármore que existia sob eles. Espelhos de cristal envolviam a maior parte das paredes, e almofadas espalhadas por todos os cantos eram um convite aos olhos de quem chegasse para um descanso completo e harmonioso. Grandes janelas circundavam todo o palácio, deixando ver os jardins que embelezavam toda a área externa.

Em todos os canteiros, viam-se pequenos jarros vertendo água. Talvez pela falta do precioso líquido na região, o sultão necessitava de ter as suas águas particulares.

Zamir deu início à reforma do aposento. Chegou um pouco tímido no primeiro dia que adentrou o quarto da menina, com a autorização do sultão. Os quartos das mulheres eram vigiados pelos eunucos negros, que não permitiam, a entrada de homens, principalmente se as mulheres estivessem no recinto.

– Entre, Zamir – falou a serva da moça–, ela não está aqui, levamos para a ala esquerda do palácio, até a reforma terminar.

– Obrigado, com licença – Zamir entrou receoso e ao mesmo tempo admirando todo o aposento.

Embora a cor rosa estivesse em quase tudo, o quarto parecia, escuro e triste. Zamir tinha a impressão de que uma névoa cinza envolvia todo o ambiente.

Ele foi até o terraço do quarto, abriu bem a grande porta de vidro, separando as cortinas e deixou que entrasse ar novo em todo o aposento.

— Não está se sentindo bem, Zamir? perguntou a serva, vendo a agitação do moço.

— Já passou, estou bem agora, obrigado.

— Se você precisar de alguma coisa, pode me chamar. E apontou o puxador com o sino acima da cabeceira da cama.

— Obrigado, mas o sultão já me orientou no que devo fazer.

Assim que a serva saiu, Zamir foi para o terraço e orou, rogando forças, pois sabia que não estava bem. Logo após a oração, sentiu-se refeito e começou o trabalho.

Em sua mente, via pessoas iluminadas com tochas nas mãos, passando pelo ar, percorrendo todo o quarto, queimando o ar, como se o ar fosse visível. Em seguida, percebeu que as poeiras eram varridas para fora do quarto e, aos poucos, todos os seres e luzes, desapareceram de sua mente.

— É melhor me dedicar ao trabalho; pois, se dou vazão, minha imaginação cria asas.

Mal sabia ele que o plano espiritual estava ali presente fazendo uma limpeza, dando condições para ele poder trabalhar. Seu coração era bom e o intuito maior, assim suas preces foram ouvidas.

Marian estava nervosa naquela manhã, acordara com barulho de cavalos perto de casa, deu um saldo da cama empurrando Haniu, que teve que se segurar no lençol para não cair no chão.

— Calma, mulher! Parece que viu fantasma... — falou bravo com a agitação da esposa.

Marian não percebeu o que o marido falou, dirigiu-se rapidamente para a janela e entre as frestas observou o que acontecia lá fora. Tudo estava tranquilo, sem nenhum movimento de qualquer animal que fosse.

— Juro que ouvi barulho de cavalos, até o atrito dos cascos com o chão eu pude perceber, pensei que fosse Hors chegando, gelei-me inteira de medo.

Marian correu para junto de Haniu e abraçou o companheiro, como se pedisse proteção. Haniu, embora pouco sensível, compreendeu que a mulher estava apavorada e cedeu o afago de que ela estava precisando.

— Não era ele, fique tranquila, senão é capaz de acordar a nossa filha; aí sim é que vamos ter trabalho com ela, a menina tem mais medo do que você.

— É por ela que eu temo. Jamile já está moça e Hors poderá vir a qualquer hora e levará Jamile com ele — falou a mãe preocupada e triste.

— Antes deste dia estaremos longe daqui, pode confiar.

Marian olhou o marido sem acreditar nele, sabia que Hors era muito esperto e que tinha tudo o que queria, mas fingiu e disse:

— Sei, esposo meu, sei e rezo para que este dia chegue logo.

O professor Jonaste realizou uma festa entre os alunos para comemorar a conclusão dos estudos de alguns, e convidou também Zamir, pois gostava muito do moço arquiteto.

Jamile e Hanna estavam felizes. Ter feito o curso com o professor tão querido era motivo de alegria para elas.

— Meus pais estão longe trabalhando e não poderão

participar da nossa festa – disse Jamile se desculpando com o velho professor.

– Se pudessem, com certeza eles estariam aqui, minha filha, seus pais amam de coração você, mas são trabalhadores, e o que o senhor mandar eles terão que obedecer, a lida da terra exige o suor nosso.

– Mas eu não vou ser como eles – Jamile falou em desabafo.

– É para isso que eles estão trabalhando, para que você seja mais bem-sucedida, hoje eles devem estar orgulhosos com você, nem todos conseguem terminar este aprendizado, principalmente as mulheres, pois a nossa lei não incentiva a parte feminina nos estudos, mal temos alguns jovens que ainda querem aprender. É complicado, sabemos que a maioria das famílias querem vocês logo enfrentando o trabalho, e sem estudo somente o trabalho com a terra ou com o a pesca é o que sobra para vocês. Os mais espertos arrumam trabalho com os comerciantes em suas vendas.

– Eu quero outra coisa para mim.

– O que, Jamile? – Jonaste perguntou à aluna preferida.

– Não sei, professor, não sei. Tenho esperança de que acontecerá algo melhor.

– Bem, olhe, a Hanna está chegando e só faltava ela para a nossa festa começar – falou tão alto que a moça que chegava pôde ouvir, e retrucou:

– Só eu não... Olhem quem está chegando! – e apontou para Zamir, que educadamente sorriu ao ser mencionado. Ele olhou bem para Jamile, podia-se ver no rosto do rapaz a satisfação presente.

O professor Jonaste nascera em Marrocos, onde viveu até a adolescência, indo depois com parentes estudar na Espanha; quando terminou, viajou para a África de volta ao país de origem, pois dizia que o povo da região de Mauritânia, principalmente das pequenas aldeias, como era o caso do local onde eles viviam naquele momento, precisava muito dele. Conheciam um Alá a quem temiam mais do amavam, e Jonaste, além de ensinar as lições do Corão,[4] falava também do Cristo que conhecera pelas bocas do europeus e que tinha despertado nele, muçulmano, um amor pelo seus ensinamentos e por sua vida de sacrifício e de sabedoria. Assim foi que ele deparou com aquele povo simples e trabalhador, onde os jovens tinham despertado para o conhecimento da vida, com as aulas agradáveis que Jonaste lhes dava.

A comemoração foi bem alegre, o professor falou do aprendizado de cada um, da satisfação de ter todos como alunos naqueles anos, e mesmo aqueles que não haviam sido bons alunos o professor incentivou, pondo esperança no futuro deles.

— Vocês conhecem somente a nossa cidade, fazem parte desta aldeia tão pequena, alguns já foram para a cidade grande e puderam ver como é a vida em lugares maiores. Sabem que, se não tivermos preparo para enfrentar as competições, nunca seremos bem-sucedidos, e o sucesso depende somente de nós. Dos conhecimentos que adquirirmos através de nossos esforços, como foi o que vocês fizeram vindo às aulas aqui

[4] Corão ou Alcorão.

em minha casa e colaborando com as tarefas beneficentes as quais assumi e convidei vocês a participar, para conhecerem a vida dos seus semelhantes e aprenderem a valorizar seus momentos.

— Professor! — Sam pediu licença para fazer a homenagem ao mestre.

— Seja bem vindo, meu filho — falou Jonaste recebendo a homenagem do rapaz.

— Fui escolhido para falar o que todos nós preparamos para agradecer pelo bem que o senhor nos fez. Sua paciência, seu amor em dedicação para com a nossa pouca vontade de saber mais, somente hoje é que, conhecendo um pouco mais, vemos o quanto foram importantes as suas lições. Hoje, quando deparamos com os nossos queridos pescadores, suados, cansados nos seus fins de tarde, percebemos que eles não têm sonho nenhum de vida, que somente querem ir para casa, comer, dormir e esperar o dia seguinte para começar tudo novamente. O mesmo se dá com os nossos pais, que arduamente pelo deserto caminham léguas e léguas em busca de trocas de mercadorias ou em busca de oásis que nunca conseguem alcançar, pois o cansaço os obriga a retornar para seus adobes e joguem seus corpos nas esteiras, para somente acordar antes do pôr do sol e novamente irem em busca de outras trocas e novas mercadorias.

— São todos trabalhadores, meus filhos... — Jonaste lembrou o discípulo.

— Sem dúvida nenhuma, professor, porém sem esperança de conseguir coisa melhor. Eles sonham somente com a morte, não almejam nada mais, a vida para eles é só isso; rezam, rezam e ficam nessa repetição. Nós não, professor, depois que o senhor nos ensinou e clareou a nossa mente, sabemos que os horizontes são amplos e que eles existem, basta que a gente os procure. O senhor mostrou que o mundo não é somente o nosso país e se estende lá fora com muito mais oportunidades, basta que acreditemos e que tenhamos a boa vontade. Obrigado, professor, por todo esse ensinamento, eu particularmente agradeço de coração, pois sempre vim contra a vontade de meus pais. Por eles eu somente estaria no trabalho braçal, sem conhecimento nenhum da vida abundante que existe. Hoje sabemos um pouco dos oceanos, dos mares, das crenças e costumes de outros povos e acreditamos também na grandeza deste Criador que nos deu a vida, a quem chamamos de Alá, mas que outros povos chamam de Deus e que o senhor acredita ser o nosso Criador, e com certeza Ele quer que usufruamos desta vida da melhor maneira possível... — neste instante o aluno respirou, pegou fôlego e falou mais forte:

— Professor Jonaste, obrigado!

E todos gritaram juntos: "Obrigado, professor Jonaste!"

O professor emocionado pediu para se retirar para uma sala ao lado, e lá pôde chorar de contentamento e agradeceu:

"Pai! Como posso agradecê-lo por essas bênçãos? Somente dizendo, se for possível, que me dê novamente oportunidades de recomeçar estas lições com novos alunos, e assim levar a todos os Seus ensinamentos."

Quando acabou de orar e se levantou, tomou um susto e falou:

— Mãe!

O professor viu um vulto ao seu lado e reconheceu a mãe, que falecera quando ele ainda era menino.

– Mãe, você sempre me aparece nos momentos mais delicados de minha vida, ora para me proteger, ora para compartilhar comigo as alegrias. Obrigado, mãe querida.

As meninas levaram um bolo feito na casa de Hanna pelas duas amigas;todos saborearam com prazer.

– Bem, meus queridos, a festa acabou e vocês terão novos rumos a seguir, porém espero que não se esqueçam deste velho professor que ama muito todos vocês. Nunca tive filhos, não fui abençoado com esta dádiva, deve haver um motivo, por ora não sei, mas entrego nas mãos do Criador. Hoje sou feliz com vocês, sou um viúvo alegre e rodeado de muitos filhos emprestados, mas filhos de meu coração.

Capítulo 4
Fugindo de Hors

CAPITULO 4

FUGINDO DE HORS

– Zamir, há quanto tempo não vejo você por aqui – Jamile, feliz em encontrar Zamir, puxava a conversa com o rapaz que acabava de entrar no mercado onde ela fazia compras para a mãe.

Zamir também fica feliz em encontrar a jovem, pois sentia prazer em ver sua vizinha.

– Jamile! Que prazer em encontrá-la. Faz muito tempo que não venho por aqui, estou trabalhando para o sultão e isso ocupa todo o meu tempo.

– Mas você sempre trabalhou para ele e vivia aqui com seu pai...

– Estou reformando sozinho o quarto da filha do sultão, e ele tem pressa, precisa alojá-la no aposento o mais breve possível.

– Exigente este sultão; e essa filha então... Só porque é rica não pode esperar?

– Jamile, você não sabe o que está falando – Zamir respondeu sério, pois não gostou do tom zombeteiro da jovem.

– Calma, não precisa ficar ofendido, ou está apaixonado pela herdeira do sultão?

Zamir pegou no braço de Jamile, puxou-a para um canto menos movimentado e explicou o que ocorria no palácio e quem era a filha do sultão.

Jamile encheu os olhos de lágrimas ao ouvir a narrativa do amigo e sentiu vergonha das perguntas que havia feito ao rapaz.

— Bem, agora que sabe, não precisa ficar assim tão arrependida, vou esquecer tudo o que ouvi. O motivo de minha ausência na casa de meu pai é esse, e ainda vou ficar por lá mais tempo do que imagino, só saio mesmo uma vez por semana para ir assistir às aulas de construção, até o meu curso estou fazendo menos vezes, porém é por uma causa maior, a menina merece.

Os dois, depois de comprarem os mantimentos de que seus pais necessitavam, voltaram para casa conversando muito pelo caminho.

— Soube pelo meu pai que você está ajudando o professor Jonaste, alfabetizando outras crianças que começaram o curso na Casa do Estudante.

— Você está bem informado, até o nome que demos ao espaço você já sabe — Jamile brincou com Zamir.

— Vivemos em uma aldeia tão pequena, que é impossível não ficar sabendo o que acontece aqui dentro — Zamir viu um banco de pedras e convidou Jamile para sentar um pouco, e lá ficaram por muitas horas, conversando, cada um contando para o outro seus sonhos ou pelo menos os que podiam contar.

— O seu benfeitor não tem vindo por aqui, perguntou se referindo a Hors.

Neste momento Jamile corou por lembrar de seu inimigo.

— Como você sabe dele?

— Ora, quando vocês se mudaram para cá, eu presenciei a sua chegada e vi que ele mandava em sua família, não me espantei, pois é natural pessoas com posses apadrinharem outras famílias.

— Não é nada disso — Jamile soltou a voz, confessando ao rapaz as suas aflições.

— Jamile, você não precisa me explicar nada que lhe traga constrangimento.

Neste instante, ela sentiu que uma verdadeira amizade surgia entre eles, ou mais que uma amizade, sentiu que poderia confiar no rapaz, via em seus olhos que era bom e que por certo iria ajudar se surgisse a necessidade. Assim foi que contou sua história e de sua família, sem entrar em grandes detalhes.

— Como pode existir alguém como esse homem? — como pode esperar para ficar com você, sem que você o queira? Jamile, pode contar comigo sempre.

Os dois jovens não viram as horas passarem de tão bem que se entenderam. Surgia naquele momento uma união forte entre aquelas duas almas.

— Mãe, por que você está chorando? — Jamile acabava de entrar em casa e encontrara a mãe chorando no quarto. — Onde está meu pai? Por que você está sozinha?

— Calma, filha, calma. Seu pai ainda não chegou do trabalho e eu soube por viajantes que chegaram à aldeia hoje que o bando de Hors foi visto galopando em disparada e guerreando por onde passavam. A pessoa disse que eles vinham em direção a esta região. Marian chorava em soluços e continuou: – Você está moça e ele há de querer levá-la, isso vai ser uma desgraça.

Marian abraçou com força a filha, que neste instante começou a chorar também.

– Não, minha mãe, ele não vai me levar, Alá não há de permitir.

Haniu chegou e encontrou as duas em prantos, em poucos momentos ele ficou sabendo de tudo e saiu para a rua, a fim de verificar se de fato era verdade a vinda de Hors para a cidade. Quando voltou tinha o semblante entristecido, e ofegante começou a conversar com a mulher e a filha.

– Temos que montar um plano para que ele não encontre Jamile aqui em casa e nem na aldeia.

– Mas como, meu marido? Como vamos fazer isso? Não temos família aqui, não conhecemos ninguém que possa nos ajudar, todos nesta aldeia têm seus problemas e a vida aqui é cada dia mais dura. Sol, seca, trabalho árduo, quem vai querer ter mais problemas em suas casas?

– Marian, tenha calma, vamos pensar juntos.

Foi neste instante que Jamile lembrou-se de Zamir e do que o rapaz lhe disse no fim da tarde, naquele dia em que se encontraram no mercado.

– Mãe, pai, eu sei quem pode nos ajudar!

– Quem? – perguntaram os genitores juntos.

– Zamir, ele pode me ajudar.

– Zamir, o filho do Nasceb? – questionou o pai, estranhando o que a filha disse.

– Como você sabe que ele vai ajudar? – perguntou a mãe desconfiada da filha e do vizinho.

– Mãe, não é nada do que você está imaginando, ele é meu amigo, simplesmente, mas tem um bom coração, é bom filho e todo bom filho é boa pessoa. Vou falar com ele e volto logo – e saiu correndo sem que desse tempo de a mãe segurá-la.

– Deixe, Marian, deixe Jamile ir atrás desta ajuda, e vamos rezar para que Alá nos oriente o que fazer de melhor.

Jamile bateu na porta de seu Nasceb e perguntou pelo filho, o que o pai do rapaz ia lhe responder que ele não estava em casa, mas eis que surge no quintal Zamir chegando do vilarejo.

Zamir ficou surpreso ao ver Jamile na porta de sua casa e percebeu no rosto da moça que algo não estava bem. Cumprimentou o pai, depois a moça, colocou a sacola em cima da mesa e voltou a falar com os dois que parados ficaram na soleira da porta.

– Zamir, posso falar com você?

– Venha sentar aqui na sala e me conte tudo – Nasceb, vendo que a situação era delicada, deixou os jovens sozinhos e foi preparar o jantar para o filho querido.

– Zamir, você pode me ajudar? Hors está a caminho e se me encontrar aqui por certo me levará com ele - e começou a chorar, o rapaz passou a mão sobre a cabeça da moça e consolou-a com suas palavras.

– Claro que vou ajudar. O que você quer que eu faça?

— Preciso me esconder onde Hors jamais possa me achar, mas a nossa aldeia é tão pequena que ele e seus homens me encontrariam, basta que eles ameacem o povo e alguém me entregaria.

— Espere aqui, vou falar com meu pai e volto logo.

Jamile, nervosa com a espera, tremia muito, mal pode ficar sentada, e levantou-se rapidamente quando surgiram pai e filho na sala.

— Jamile, você precisa pegar uma sacola de viagem e andar pela aldeia na hora do barco sair para mar, e deve deixar que a vejam nesta tentativa de embarcar. E hoje, além dos nossos barqueiros, há barcos que não são de nossa gente; assim, se perguntarem, ninguém saberá dizer se você realmente foi embora de nossa cidade.

— Mas para onde eu vou? —Jamile estava cada vez mais assustada.

— Não vai para lugar nenhum, quando anoitecer você vem para a nossa casa, tome cuidado para que ninguém a veja, eu estarei esperando por você na rua próxima ao mercado.

Jamile voltou para casa e contou aos pais o que havia combinado.

— Graças a Alá! Alguém vai nos ajudar.

— Mas você vai ficar na casa de dois homens? — Haniu perguntou desaprovando a ideia.

— Como, meu pai? Então o senhor prefere que eu caia nas mãos de Hors?

— Por certo que não, minha filha, só penso que é estranho se abrigar na casa de Nasceb.

— Eles são pessoas do bem, meu pai, são amigos que

vão me proteger, e vocês terão que dizer que não me viram sair para viagem e fingir que estão desgostosos com a minha atitude, mas que vão me procurar e me farão voltar para a casa.

Assim se deu o combinado, algumas pessoas na praça e no mercado viram Jamile indo em direção aos barcos, como se fosse viajar, e não viram quando ela correu na calada da noite para a casa de Nasceb, onde permaneceu num quarto escuro sem sair nem para comer.

O relinchar dos cavalos da tropa de Hors levantou poeira na porta da casa de seus submissos hóspedes. Haniu saiu da casa e encontrou Hors descendo do cavalo e mandando os amigos darem águas para os animais.

A porta da casa era pequena para entrar aquele homenzarrão, porém ele atravessou o limiar e encontrou Marian, que chorava de medo dele e do destino da filha.

– Fala mulher, onde está minha prenda? Cadê aquela vadiazinha que já deve estar moça feita – e vasculhou o quarto, que de tão pequeno não tomou tempo nenhum do recém-chegado.

– Ela fugiu de barco, foi o que soubemos na aldeia, mas já pedimos para os barqueiros buscarem onde estiver e trazerem para a nossa casa.

Hors deu um tapa no rosto de Marian e vociferou no ouvido da mulher, que tremia de medo, principalmente de que ele desconfiasse do plano deles.

– Onde ela está?

Marian caiu sentada no chão, e gritava chorando:

– Não sabemos, acha que gostamos de saber que a nossa filha sumiu?

– Vou para a vila e ei de pegar quem levou minha prenda, ai de vocês se estiverem mentindo, dou fim em cada um de vocês.

Ao sair, empurrou Haniu, que caiu na porta, batendo com a cabeça no batente e se ferindo, Marian foi ao encontro do marido machucado e levantou o pobre homem.

– Marian, você viu o que eu vi?

– Viu o quê? Ele saindo com os quatros companheiros dele?

– Não eram quatro, tinha mais gente na garupa deles, aqueles homens de preto, rindo e atiçando a ira deles para irem atrás de nossa filha.

– Eu não vi nada disso.

– Pode ser que eu tenha me enganado, falou Haniu sem entender o que vira.

A verdade, porém, era que ele vira realmente os acompanhantes espirituais negativos que se ligaram com o teor vibratório da turma de Hors, mas não sabia o que de certo estava acontecendo.

Na beira do mar, ninguém sabia quem havia levado Jamile, alegaram que naquele dia outros barqueiros haviam trazido mercadorias e seguiram mar adentro para outros continentes.

Hors buscou em toda a aldeia e não encontrou nenhuma pista de Jamile. Pernoitou lá para poder, na manhã seguinte, vasculhar mais outros lugares em busca de sua prenda. No entanto, nada encontrou; assim, voltou ao lar dos protegidos e ameaçou-lhes, prometendo que, se Jamile não voltasse para casa até a próxima visita dele, destruiria tudo, não se cansaria de procurar, fosse onde fosse, e haveria de encontrar.

Jamile agradeceu muito ao pai de Zamir pela atenção e abraçou Zamir de forma fraternal. Chorou ao dizer o quanto fora bom para ela naquele dia. Os dois anfitriões ficaram comovidos e não fizeram perguntas nenhuma sobre o porquê de aquele homem ter tanto domínio sobre eles, sentiram que a situação era muito delicada e simplesmente quiseram ajudar a pobre menina.

Na casa Jamile a situação era complicada. Marian ficou de cama pelo nervoso que passara com a chegada de Hors. Cada vinda dele era um suplício, pois temia que ele desejasse a filha, transformando-a em objeto de uso próprio, como fazia com ela, situação que deixava Haniu humilhado e envergonhado, embora nada pudesse fazer para impedir que isso acontecesse. Temia pela mulher e pela filha, estavam nas mãos daquele homem.

— Mãe, não chore, ele já foi embora e nós estamos bem. Alá ou Deus, como fala o professor, é bom, evitou que ele ficasse aqui em nossa aldeia por mais tempo, estamos livres. Não chore, eu estou aqui — e abraçou a mãe, que soluçava sem parar.

— Ele foi, mas até quando? Não aguento mais ver esse homem chegar e fazer o que quer de mim e de seu pai; e mais ainda, sofro com medo de que ele consiga você, isso seria a morte para mim, você não.

Haniu entrou no quarto cabisbaixo e sentou-se na cama, acariciando os pés da esposa.

– Nós vamos embora deste lugar e ele nunca mais vai nos achar.

– Como, meu marido? Como vamos fugir se não temos condições de pegar nem mesmo um cavalo, quanto mais um camelo de viagem.

– Haveremos de conseguir, lutarei para isso, podem ter certeza.

A noite toda Jamile pensou em tudo o que acontecera naquele dia tão funesto. O que poderia fazer para ajudar o pai a preparar essa fuga? Ela não sabia, preocupada, rolou a noite inteira, e teve um sonho muito estranho. Via-se completamente diferente do que era. O ambiente em que se encontrava neste sonho era um deserto muito extenso. Jamile não sabia onde se localizava aquela terra. Não reconhecia o lugar, mas se via no meio de uma multidão. Era nesta época alguém importante no meio deles. O povo presente acusava um homem de ter matado um comerciante por dinheiro, deixando mulher e filhos sozinhos. O acusado era um homem ainda novo e forte, e tinha o olhar penetrante, viam-se estampados neles, ódio e desprezo pelos que o acusavam.

Quando ela chegou perto, reconheceu o antigo noivo, seu pretendente do passado, o qual havia desprezado bem no dia de núpcias, por causa de outro rapaz mais rico e poderoso. Ele, não aguentando a humilhação, fugira do lugar e nunca mais ninguém ficou sabendo dele. Naquele momento ela sentiu um calafrio a percorrer seu corpo pelo ódio estampado no olhar do homem.

Quando ele viu a ex-noiva, a reminiscência do passado veio-lhe à tona e o ódio guardado de tanto tempo ressurgiu de um jeito que todos puderam perceber. A ira foi tamanha que ele, já humilhado pela tal acusação e pela lembrança amarga que guardara na memória, olhou bem para ela e cuspiu no chão onde ela pisava, mostrando neste ato o nojo e a repulsa que a moça lhe causava. O comandante do julgamento perguntava aos que estavam ali se alguém podia depor em favor dele. Jamile, ou quem ela era naquela época, ofendida em seu orgulho, chegou perto dele, mantendo a pose de nobre dama, aproveitando o momento, vingou-se do insulto recebido, respondendo que não daria voto de confiança a ele. Tal afirmação, vinda de uma dama de alta posição, pesava contra ele. Contribuiria muito para a sentença contra o homem; e na verdade ninguém sabia exatamente se fora ele mesmo quem matara o comerciante, pois na mesma noite ladrões haviam saqueado outros lugares e a culpa ficou sobre aquele forasteiro que adentrara a cidade e não tinha nenhuma defesa ao seu favor, mesmo que ele afirmasse repetidas vezes que era inocente.

Antes de a forca ser posta em seu pescoço, ele olhou para ela e disse: "Se eu tivesse mais vidas haveria de persegui-la sempre, até você me entender e saber o quanto me fez mal."

Jamile acordou assustada, molhada de suor, de tanta força que fizera inconscientemente para acordar. A mãe veio cambaleando junto à filha, saber o que estava acontecendo.

– Mãe, era ele com certeza.

– Ele quem? O que você está dizendo, Jamile?

– Mãe... Tive um sonho horrível. Estava em outro lugar, tinha outro corpo, mas sei que era eu. Hors estava lá e fiz muito mal a ele, muito! E hoje ele está me cobrando, só pode ser isto.

— Você deve estar delirando. Não estou entendendo o que está me dizendo.

— Também não sei. Mas era ele em meu sonho e eu colaborei para que o enforcassem.

— Filha, durma e descanse, tudo foi muito sofrido para todos nós.

Na manhã seguinte Jamile recorreu ao professor Jonaste, pois o sonho da noite anterior a deixara perturbada e não conseguia parar de pensar em tudo o que vira.

Depois de ter relatado ao professor e amigo, ouviu ansiosa a explicação do benfeitor.

— Jamile, existem tantos segredos entre os céus e a terra que ainda não sabemos entender, porém o que você me relatou e o que pude entender sobre o sonho é que foi uma reminiscência de um passado longínquo, acontecido com você em outra vida.

— Outra vida? — Jamile caiu sentada na cadeira na qual estava apoiada ao ouvir essa frase.

O professor, vendo que abalara a moça, foi até a cozinha, pegou um copo com água e deu para ela beber. Jonaste acariciou os cabelos da amiga, transmitindo à moça a calma de que ela estava precisando.

— Minha filha, você sempre ouviu tudo o que lhe ensinei com muita atenção e interesse. Ouça agora o que vou lhe falar, não com o coração, mas com a razão, tente entender esta explicação.

– Desculpe, professor, estou realmente assustada, mas tentarei lhe ouvir com respeito e atenção.

– Os antigos profetas e outros sábios diziam que a gente vive várias vezes. Os faraós se preparavam para voltar e acreditavam nestas sucessões de vidas, outros povos também acreditam que um dia voltarão. Não sabemos bem como se processa isso, como é depois que morremos, tampouco sabemos como é para voltar. Os meus amigos espanhóis, com quem aprendi a conhecer a historia de Jesus de Nazaré, diziam quem ele também falava da vida eterna e da ressurreição, os discípulos dele relembravam suas palavras: "Na casa de meu Pai há muitas moradas", e explicava que existia vida depois da morte.

– Sim, professor, mas o que tem a ver isso com o meu sonho?

– Tem muito a ver, minha filha. Vocês com certeza já conviveram em outras vidas, e esta vida que lhe apareceu no sonho não deve ter sido a única, e, pelo que pude entender, você causou-lhe muito mal, isto ficou impregnado nele e somente o tempo poderá apagar.

– Como o tempo? Jamile não entendia.

– Os reencontros futuros, as oportunidades de se ajustar, de aprender a se amar.

– Amar? Professor, o senhor está dizendo que ainda vou conviver com ele e que ainda vou amá-lo?

– O futuro a Deus pertence, somente a Ele. Nós não sabemos o que está escrito em nossa folha de vida. Quando me referi a amor, não falei somente deste amor de noivo pela sua noiva, do marido por sua mulher, mas do amor que esse rabino nos ensinou, do amor fraternal, o amor que só faz bem e que ajuda o outro a se erguer diante da vida, do amor feito de paciência de companheirismo, de renúncia. Mas por ora chega de explicações, pois a vida se vive uma de cada vez, e agora é hora de começarmos a ajudar as crianças a aprenderem a ler. Esqueça esse sonho, pense na vida atual, em sua família, no seu aprendizado junto com essas crianças e no emprego que você conseguirá com certeza.

Jamile se fortaleceu nas palavras do professor e esqueceu o sonho. E a vida continuou para ela e sua família, sem se esquecerem de todos os dias planejarem como escapar de Hors e irem embora para bem longe.

Zamir cada dia estava mais apaixonado por Jamile. Desde o dia em que abrigaram a moça em casa, ele não a tirou mais do pensamento. Queria estar presente sempre em casa do pai para poder ver a vizinha querida. Só que o palácio do sultão reclamava dele a permanência constante, e ele trabalhava com afinco no quarto de sua filha doente.

Capítulo 5
Jamile Enamorada

CAPITULO 5

JAMILE ENAMORADA

Fazia quase um ano desde a última aparição de Hors e ninguém ouvira falar mais dele. Sabia-se pelos viajantes que havia atravessado outros continentes e que suas lutas e domínios continuavam por onde passava.

Marian e Haniu continuavam apreensivos com a possibilidade de Hors aparecer novamente. Planejavam fugir da cidade, porém a falta de dinheiro os impedia e a viagem custava caro, mesmo quando era feita em barcos comuns. Os barqueiros viviam destas travessias, por isso não facilitavam para ninguém.

Jamile em seu dia a dia sempre colaborava com o professor Jonaste em sua pequena escola. Estava aprendendo cada vez mais e passando para as crianças toda essa experiência, estava feliz e despreocupada, esquecia até mesmo o problema maior que havia em sua casa.

Certa manhã, quando saía de casa para o trabalho, encontrou Zamir, que apressadamente seguia para o palácio do sultão, mal dando tempo para se falarem.

– Jamile, bom dia, estou muito atrasado para pegar uma carona no camelo de meu colega de escola, hoje o dia será bem repleto de afazeres, mas fiquei contente em encontrar você, quero ter mais tempo para podermos falar, no final desta semana terei dois dias de folga. Pode esperar, pois virei conversar com você – falando isso, foi correndo para a garupa do camelo que já estava à sua espera e seguiram viagem, mal dando para ouvir Jamile dizer.

– Esperarei por você, adeus.

Mas, quando a tarde se pôs, Jamile resolveu ir ao encontro que Hanna havia marcado. Ao chegar, achou a amiga triste e abatida e foi logo perguntando o que se passava.

– Jamile, eu vou embora.

Foi um grande susto, mas a amiga permaneceu ouvindo com atenção, e Hanna continuou falando:

– Meus pais precisam ir para Marrocos, faleceu um parente próximo deles que deixou a loja para eles tomarem conta, como aqui tudo é difícil e jamais conseguiriam alguma coisa deste porte, eles decidiram ir.

– Hanna, como vou ficar sem você? Não tenho outra amiga tão importante. Com quem irei falar, para quem vou contar meus desalentos e minhas alegrias? – abraçou a amiga, chorando de tristeza pela novidade do momento.

– Jamile, não chora, ainda nos veremos, vamos viver muitos anos até ficarmos bem velhinhas, aí então iremos morar juntas; pois com certeza nesta fase de vida os nossos filhos não precisarão mais de nós, e então haveremos de conversar muito para o resto de nossas vidas. Olhe, virei buscá-la e vamos juntas morar em Marrocos; eu e meu futuro esposo e você com o seu. Nossos maridos serão muito amigos, pode crer.

– Muito bem, agora deixe de sonhar e diga-me, o que você vai fazer lá?

— Meu pai disse que as moças dançam para ganhar dinheiro em mercados públicos, e, como eu sei dançar, irei viver disso até que encontre um sultão que me leve para o seu harém — brincou a menina rindo.

— Não fale isso nem brincado. Sultões são todos velhos, cheios de manias e muito ruins. Preferiria morrer a ficar com algum.

— E você? O que espera da vida ficando aqui? Não quer vir comigo? Meus pais não vão se importar.

— Obrigada, mas estamos tentando fugir daqui. Ainda não sei para onde, ficarei com os meus pais, sinto que alguma coisa vai mudar em minha vida. Por falar em mudanças, acho que estou gostando de Zamir — Jamile ficou corada ao confessar isso à amiga.

— Do Zamir? Bem que já desconfiava. Vocês formam um belo par e ele é bom rapaz, vai fazer você feliz; é o que eu desejo, minha amiga. Sabe, vou sentir muito a sua falta, mas esta é a nossa sina, temos que seguir.

— Nunca vou esquecê-la, Hanna. Passamos a nossa infância juntas e sempre fomos boas amigas, desejo também que seja bem feliz, quanto ao Zamir, não sei se é amor, mas sei que gosto dele. Sinto falta de falar com ele, de ficar perto dele, nunca namorei e acho que chegou a hora. Bem, agora tenho que ir dar aula para as crianças. Ontem entrou uma menina que tem dificuldade para falar e andar, e nós estamos cuidando com carinho para ver se ela consegue aprender alguma coisa.

— Como ela vai aprender se não fala e quase nem anda?

— O professor Jonaste disse que, só o fato de ela estar

junto de nós, já será o suficiente para fazer bem ao espírito dela; disse também que, através de nossos gestos, ela perceberá o quanto é querida por nós. Estamos empenhados em fazer da presença dela na classe uma oportunidade de aprendermos a ser fraternos, e isso a fará sentir-se feliz. O professor fala que essa menina é especial e que o Criador a enviou para nos ajudar a sermos melhores, coisas do professor Jonaste.

Jamile trabalhou com vontade e tudo o que o professor pediu ela fez com entusiasmo e alegria, sempre cantarolando. Em certo momento do dia, a menina portadora das dificuldades teve uma dor de barriga forte, não tendo tempo de pedir para ser levada à casinha que ficava no fundo da escola e fez as necessidades na própria sala de aula. A garotada já havia saído, ficando somente o professor, Jamile e ela.

– Jamile, minha filha teremos que limpar a pobre da garota. Vou buscar água e alguma roupa para vesti-la, fique com ela e vá tirando as roupas sujas.

– Eu? Jamile tinha verdadeiro nojo, sempre que encontrava pelas ruas algum mendigo, fugia para não sentir o cheiro exalado. Naquele instante teve náuseas e quase que vomitou em cima da pobre criatura que precisava dela naquele momento.

O professor chegou bem na hora e chamou a atenção da discípula.

–Jamile, seja forte. Pior seria se fosse você a necessitada desta ajuda. Vamos puxe o vestido e jogue a água nesta região, mostrava o baixo ventre da garota.

Depois de terem cuidado dela e lavado toda a sujeira, levaram a pobrezinha para o lar, onde a mãe viúva os recebeu com um enorme sorriso, agradecendo o que eles fizeram pela filha. De volta pelo caminho o professor foi explicando a Jamile o gesto deles em prestar socorro à menina.

– Nossos espíritos são muito orgulhosos, e a maneira de nos tornar mais humildes é participando dessas atividades que mexem com o nosso orgulho. Limpar as necessidades físicas de outras pessoas é um ato que exige muito de nós, mas é através de conduta como essa que perderemos o orgulho e a vaidade. Acho mesmo que deveria ser obrigação das pessoas limpar as latrinas dos outros, mesmo que fosse uma vez por mês, para aprendermos a ser indulgentes e piedosos.

– Professor, quase que morri de ânsia de vomito, ainda não estou preparada para esse ato, só ajudei o senhor porque não tinha mais ninguém, mas não me peça mais, por favor.

– A vida vai levá-la a entender esse gesto de hoje. Bem, eu lhe agradeço pelo esforço, mesmo involuntário, sei que você conseguirá suportar outros que por ventura estiverem por acontecer.

– Que os céus não digam sim! – brincou Jamile e saiu correndo para casa, em busca de um bom banho para se refazer.

Em casa a aflição era grande, quase não dando para ser suportada e, por ser ainda jovem, Jamile não tinha forças para consolar os pais.

– Jamile, teremos que sair deste lugar antes da nova

lua. Ele costuma aparecer sempre no período de lua nova, quando as estradas estão mais tranquilas, as noites são mais escuras, pois ele gosta de viajar sem ser visto.

— Pai, para onde iremos? — Jamile perguntou assustada com essa decisão, sabia que teriam que se mudar, mas não imaginava ser tão rápido.

— Filha, estou esperando a chegada de outros barqueiros que virão do extremo oriente e não fazem pouso em nenhum lugar, chegam oferecem suas mercadorias e desembarcam rapidamente, entregando as compras aos comerciantes, partindo sem deixar rastros.

— Seu pai preparou este plano e acho que vai ser bom, vamos começar a arrumar as nossas bagagens.

— Mas mãe... Como eu vou? Ele irá atrás de nós novamente.

— Jamile, você não irá, iremos somente eu e seu pai — falou a mãe com lágrimas nos olhos.

— Não vou com vocês? O que vocês estão falando? Não estou entendendo mais nada.

Desesperada, Jamile começou a chorar, e Haniu e Marian vieram abraçar a filha.

No palácio, a reforma do quarto da pequena Ondile estava ficando um primor de beleza. Zamir trabalhava com afinco dia e noite para terminar, pois queria ver a menina feliz em seu aposento.

Naquela manhã cinzenta, causada pelas nuvens escuras

que se formavam sobre a região, que, ao desabarem, somente caíram poucos pingos de água que mal molharam o solo seco, a filha do sultão viera visitar o final da obra em seu quarto.

Quem trazia a pequena eram dois eunucos negros[5], que a carregavam uma esteira de palha e madeira e nela a menina vinha quase que deitada.

– Seja bem-vinda, pequena Ondile – Zamir dava as boas-vindas à garota querida por todos no palácio. – Veja se está de seu agrado, a reforma que fiz.

Ela acenava com as mãos e fazia gesto afirmativo com a cabeça de que estava gostando de tudo.

Os eunucos abaixaram a esteira, pegaram a menina pelos braços e, sustentando-a longe do chão, percorreram o conjunto todo, desde o quarto de dormir como também o de banho e depois de verem tudo ela fez gestos de que queria ir para o terraço, que dava para o jardim da fonte, e foi prontamente atendida pelos serviçais, que, em silêncio, obedeciam a todos os pedidos da filha do sultão.

Ao sair, ela quis dar as mãos em forma de cumprimento pelo trabalho de Zamir, ele entendeu rápido o gesto e também estendeu as suas, beijando a alva mãozinha de Ondile.

Quando saíram, ele sentou-se na beira da poltrona que havia perto da cama e sentiu aquela sensação que às vezes acontecia. Começou a orar, fechou os olhos e pediu forças a Alá. Neste momento viu entrarem três pessoas: uma mulher

[5] Eunucos Negros: Vigiavam as mulheres / Eunucos Brancos: Atendiam os sultões

de cabelos louros e dois senhores, todos com semblantes alegres, e, sem usar a boca, falaram com Zamir, que entendia tudo e respondia também sem falar:

"Meu filho, estamos nesses meses todos ao seu lado preparando este ambiente para a irmãzinha. Você nos ajudou muito nesta limpeza, foi necessária a reforma para podermos levar, por agora, aqueles outros irmãos que ainda estão presos em resgates com essa família para longe daqui, assim poderemos tratar da pequena com calma e segurança. Agradecemos, em suas mãos existe benção de amor, cada vez que construír ou reformar alguma casa, ponha em seu trabalho essa energia de amor e de bem que você traz no coração. Fique em paz".

Zamir voltou ao normal e percebeu que estava suado e com o coração em arritmia, tomou água, foi ao quarto de banho, lavou o rosto e a nuca, para se refazer do estado de exaustão por que passara.

– Não sei o que é isso, mas não vou ficar amedrontado, vou desviar o pensamento, e nada melhor do que pensar na mulher de meus sonhos – a figura de Jamile apareceu sorridente em seu pensamento, e isso deixou o rapaz mais calmo e equilibrado para voltar ao trabalho.

Na cozinha do palácio o movimento era sempre intenso. Ora era a sultana que exigia alguma coisa, ora era o próprio sultão que fazia banquetes para seus ilustres convidados.

Mainá, governanta e chefe da cozinha, acumulava as duas funções porque gostava de dar ordens na arrumação do palácio e era exímia cozinheira, se tornando a preferida do sultão na culinária. Assim, Mainá tinha sob as suas ordens mais de dez empregados somente para cuidar de tudo que se referia à ala mais importante do palácio, que era a cozinha, pois o sultão era um bom garfo e apreciador de tudo o que era melhor.

— Tefá! Preciso que você vá com um dos eunucos ao mercado para algumas compras. Estão faltando alguns temperos na dispensa e precisamos também de peixe e carnes de carneiro.

— Se não há outra pessoa para você mandar nestas compras, então eu irei, mas você sabe que não gosto de sair com estes homens — respondeu a ambiciosa empregada do palácio.

— Quem? Os eunucos? Pobres criaturas. Inofensivos, não fazem mal a ninguém, ou melhor, fizeram a eles todos os males possíveis, uma vez de deixaram de serem homens. Vá e não resmungue mais.

— Um dia sairei desta função — respondeu a moça com muito orgulho.

— Como? Vai se tornar uma dançarina do sultão? — perguntou zombando Mainá.

Lá no fundo da cozinha a outra cozinheira, que não gostava muito de Tefá, aproveitando a situação retrucou:

— Se fosse mais bonitinha e se não fosse tão preconceituosa, ainda assim seria impossível, pois o sultão Abindar gosta de moças que saibam sorrir e você sempre está de mau humor.

— Cala a boca, velha fuxiqueira, não dou liberdade para você se intrometer em minha vida. Você não se olha nos espelhos deste palácio, veja só o seu corpo.

— Mas eu não estou querendo ser uma das favoritas do sultão, fico contente no meu canto.

– Bem, vocês duas podem parar com essa discussão, ou preferem que eu leve ao conhecimento da sultana Oziadi? – falou brava Mainá, e as duas pararam rapidamente, pois sabiam que a chefe era brava mesmo.

No mercado de finas iguarias os dois empregados do palácio foram recebidos com muita cortesia, pois o sultão era o melhor freguês e não se importava com preços de nada.

Enquanto os vendedores preparavam as compras, os empregados sentaram-se para tomar um refresco por conta do mercado, e puderam assim conversar um pouco sem serem vigiados.

– Sabe, Jô, eu quero ir embora, não aquento mais essa vida. É muito trabalho e pouca diversão, sou moça e quero aproveitar um pouco.

– Uma moça não fala deste modo. Você precisa pensar é em se casar.

– Casar? Não quero. Veja bem, as favoritas dos sultões por acaso pensam em se casar?

– Mas elas lhes pertencem, é como se fossem casadas com eles. São moças que cresceram já preparadas para esta vida. Muitas têm filhos deles e essas crianças são criadas dentro do palácio junto dos filhos legítimos dos sultões.

– Como é o caso da menina Ondile? – ao fazer este comentário, se arrependeu e tampou a boca como se quisesse evitar.

– Ela não é filha legitima? Quem lhe contou isso?

Vendo que não podia mais esconder o que saíra sem pensar, Tefá teve que contar um pouco mais.

– Soube pelo Dim. Um dia ele estava bêbado e eu estava

ao seu lado, o pobre do anão se lastimava de terem feito dele um eunuco e chorou bastante. No fim da noite ele me relatou isso. Disse-me que o sultão tivera essa filha com uma de suas dançarinas e que ela morrera ao dar à luz a criança.

– A sultana Oziandi sabe disso?

– Como não saberia, foi ela quem sugeriu que criassem a menina junto dela, uma vez que não tinham filhos.

– Ela realmente é uma mulher especial, é exigente com todos os serviçais, mas é especial.

Neste instante o vendedor veio dizer-lhes que todo o pedido estava pronto. Tefá aproveitou a oportunidade, vendo o vendedor ser tão gentil, e falou:

– Se o senhor souber de algum viajante que precise de uma empregada boa é só me chamar que eu vou, quero viajar muito e aproveitar a vida. Trabalho e diversão juntos.

– Na semana que vem esperamos um carregamento de mercadorias que os berberes[6] trarão para o nosso mercado, coisas finíssimas, falarei com eles. Se eles não precisarem, saberão dos outros amigos que também são viajantes e com certeza você irá para longe. O deserto é grande e as caravanas são constantes.

– Obrigada, mas não fale perto do eunuco, não quero que ninguém saiba. Até mais ver.

– Mãe, como eu não vou com vocês? Eu quero estar

[6] Berberes: povo do Magreb – norte da África

sempre junto da senhora e de meu pai – Jamile chorava e pedia que eles explicassem o que estavam planejando.

– Filha se você parar de chorar e tentar ficar calma, poderemos explicar tudo. Seu pai tem razão, o que ele quer será para a segurança de sua vida. Explique, meu marido, para a nossa filha o que você está preparando.

– Jamile, quando eu disse que você não irá conosco, nem pode imaginar para nós o que foi essa decisão. Várias noites depois que você adormecia, chorávamos só em pensar nesta separação, mas na vida tudo tem um preço. Nós pagamos para Hors o preço de não ser presos pelo roubo que fizemos para que você fosse protegida. Haveremos de pagar esse preço que para nós é muito alto.

– Você é a nossa única filha, Alá não enviou mais nenhuma gravidez para mim – falava Marian. – Você é a nossa vida e queremos que seja feliz e tenha uma vida segura. É isso, tente nos entender.

– Fale, pai, o que estão preparando para mim? – Jamile estava assustada e aflita só em pensar que ficaria longe deles.

– Chegarão dentro de alguns dias, aqui na aldeia, barqueiros que fazem trocas de mercadorias; não são os nossos barqueiros que vão e voltam, são viajantes que possivelmente não voltarão mais por aqui. Vem e vão para outras terras, e dentro de alguns destes barcos eu e sua mãe partiremos, e Hors terá muito trabalho em nos achar. Ou, quem sabe, nunca nos achará, só assim você estará salva.

– E o que acontecerá comigo?

– Calma, filha. Você irá conosco até a embarcação e faremos tudo para que muitas pessoas vejam você indo com a gente, mas na calada da noite, antes de o barco zarpar, você estará segura com outros amigos.

– Amigos? Nós não temos amigo nenhum – falou Jamile descontrolada, pois estava amedrontada com a situação, tinha medo de que Hors aparecesse e desse fim a todos.

– Sr. Nasceb está sabendo de todo o nosso plano e prometeu nos ajudar.

– Como? Vou ficar na casa deles? Hors sabe bem que eles são vizinhos nossos e será lá o primeiro lugar onde ele irá me procurar.

– Não, filha. Não ficará na casa deles. Nasceb vai falar com Zamir e pedirá ao filho que arrume um trabalho para você no palácio do sultão, até que passe a procura de Hors, pois ele com certeza vasculhará toda a aldeia e os arredores, mas o palácio fica no deserto, bem longe daqui, e lá ele não vai procurá-la.

– Depois de algum tempo, mandaremos notícias e você poderá ir nos encontrar onde estivermos.

A noite inteira Jamile se remexeu na cama. Tinha pesadelos com Hors, perseguindo-a e a carregando em seu cavalo negro pelo deserto afora. Levantou várias vezes para beber água, pois tinha a garganta seca com toda aquela agitação.

Dois dias após esse episódio, o mesmo drama se repetia na casa de Zamir, depois de o pai relatar para ele o pedido dos vizinhos e a sua aceitação em ajudar os pobres moradores.

Pai, você ficou louco? Desculpe-me, não quis falar isso, mas é que estou pasmo com o que você prometeu. Você sabe que no palácio não entra ninguém que não seja indicado por alguém muito próximo do sultão, e eu sou um simples empregado que ganha uma ajuda para estudar. Se eu pedir isso, é bem capaz de ele me tirar também esse curso no qual me empenho em me formar. Pense, pai, é isso que você quer?

– Zamir, espere. Vamos pensar, haveremos de encontrar uma maneira de colaborar com essa gente, eles estão sofrendo muito.

– Sei disto. Eu gosto muito de Jamile, acho mesmo que estou apaixonado por ela, mas não posso perder o emprego e o meu estudo, nem mesmo sei se ela gosta de mim.

– Então você só ajudaria se ela gostasse de você? Não é o meu Zamir que pensaria assim, acho que estou ouvindo outra pessoa. O meu Zamir é crente a Alá e sabe que temos deveres para com outras pessoas, quando essas precisam de nós.

– Deixe-me a sós, meu pai, vou para o meu quarto, estou agitado e nervoso com tudo isso – Zamir ficou envergonhando diante do pensamento que o pai tinha sobre ele e preferiu se retirar cabisbaixo.

Quando adentrou no aposento de dormir, deitou-se na cama e começou a pensar em tudo. "Não é justo meu pai exigir isso de mim. Mas por outro lado eles estão realmente precisando desta ajuda, caso contrário Hors aparecerá e levará Jamile com ele e fará dela sua escrava para toda a vida, isto eu não vou permitir que aconteça. Tenho que pensar em como ajudá-la.

– Filha, está se aproximando o dia de nossa partida – falava Marian para Jamile, que há dias estava triste e preocupada com o destino que teria após a saída dos pais da cidade. – Não chore minha querida, não ficaremos separadas por muito tempo.

– Como mãe? Como você tem certeza disso?

– Não sei dizer, mas sinto que algo bom vai acontecer para você e que um dia, que não deve tardar muito, estaremos novamente juntas.

– Que Alá a ouça, minha mãe.

Jamile ficou muito nervosa e mal falava com as pessoas nos dias que antecederam a viagem dos pais. Eles passavam o dia todo tentando vender as poucas coisas que tinham para o pequeno mercado da vila. Ela aproveitava para dizer que o ganho dos pais mal dava para a alimentação.

Com o professor Jonaste se encontrava, como de costume. Ele era o único, depois de Zamir, que sabia dos planos da família para proteger a filha.

– Jamile, seus pais têm razão. Se eles conseguirem fugir para bem longe, onde Hors não os encontre, você estará segura para sempre. Chegará a hora em que o seu algoz se cansará de procurar e você será feliz.

– Acho que esse dia nunca chegará, professor, nunca – ela respondeu com tristeza.

– Filha, a vida não reserva para nós nada além do que precisamos para honrar a dádiva da vida que recebemos deste Criador, que protege a todos nós.

– Então por que este Alá, ou como o senhor chama este Criador, me deixa sofrer assim e meus pais também?

– Nada é por acaso. Tudo na vida segue um rumo e nós estamos dentro deste caminho em direção à melhoria de nossas almas. É como os rios que o povo daqui não conhece, mas o líquido brota do chão e segue sem parar em busca de desabar no grande oceano, lá se misturando na imensa grandeza.

— Professor, o senhor fala coisas que eu não entendo, às vezes penso que é sonho do senhor tudo isso, é impossível alguém saber tanto e de tantas coisa tão complicadas.

— Você sabe que eu estudei muito e ainda estudo, que saí por este mundo afora e aprendi com povos diferentes coisas que a nossa gente não deve ainda ouvir. Para vocês, meus alunos que estiveram comigo durante estes anos todos, eu pude falar e muitos de vocês também ainda descreem, sabe por quê? Porque ainda não é "chegada a hora". A verdade da alma e da vida deve ser aprendida aos poucos, como se fosse uma grande escada com degraus acedentes e cada degrau deve ser subido um após outro, devagar, com cuidado e atenção.

— Professor.

— O que mais a preocupa? — Jonaste via no olhar da aluna que alguma coisa a perturbava ainda mais.

— O que vai ser de mim? Zamir ainda nem falou comigo, não sei se ele irá mesmo me ajudar.

— Vai, com certeza, pode esperar. Zamir esteve aqui em minha casa na semana passada e contou-me da decisão dele e do pai para colaborar com a sua fuga.

— O que ele vai fazer?

— Está procurando com amigos da escola de construção uma maneira de esconder você na casa de alguém, até que tudo se acalme.

– Na casa de outra pessoa que nem mesmo eu conheço?

– Jamile, você agora tem é que confiar em quem pode ajudá-la e pedir aos deuses que a protejam para que encontre um lugar seguro.

– E quanto ao senhor? Não vou vê-lo mais? Como ficarei com as minhas dúvidas? Quem responderá minhas perguntas?

– A vida minha filha, a vida. Às vezes, quando que peço ao Criador por você, me aparece o seu rosto muito feliz, muito enamorado; depois, tudo se torna um deserto completo e escuro e nada mais vejo, ou os meus amigos do outro lado da vida não querem que eu veja.

– Por que seus amigos não querem que o senhor veja? – Jamile queria saber mais daquelas visões que o professor sempre tinha. Algumas conhecidas, pois o professor havia falado para ela, quando das conversas no final de tarde, depois do trabalho.

– Porque às vezes, quando sabemos o que vai acontecer, interferimos nos fatos.

– E isso não é bom? Não é bom poder evitar que aconteçam as coisas?

– Nem sempre. Há coisas que devem ser cumpridas por nós e que fazem parte daqueles degraus de que falei há pouco, lembra? Temos que subir um após outro se quisermos estar em paz com nossas almas.

– Enamorada... Eu enamorada do Zamir? – Jamile começou a rir, e o professor também.

– E por que não? – Jonaste abraçou a amiga e já sentia saudade de toda aquela presença sempre tão constante e alegre em sua escola, participando de sua peregrinação aos doentes.

Zamir foi à casa dos pais de Jamile e tratou com eles de como iria buscar a moça na embarcação sem que ninguém a visse, para depois a levar para a sua casa, dando a ela a proteção e acalmando os pais, quanto à segurança da filha.

A noite era escura e Marian não parava de chorar. Caminhavam devagar pelas ruas estreitas e cobertas de pedras. Jamile andava na frente dos pais para que todos os vissem, rumando aos barcos ancorados no pequeno porto. Haniu, por onde passava, ia cumprimentando rapidamente as pessoas, deixando que percebessem a partida deles.

– Jamile, minha filha, você promete que não vai me esquecer? – Marian estava transtornada com a separação que teria que fazer em benefício da filha.

– Mãe, não vê como estou sofrendo e com vontade de ir com vocês e fosse lá o que fosse, haveríamos de enfrentar juntos?

Marian se lembrou de Hors, de quando ele chegava e ela tinha que servi-lo como mulher, da humilhação de Haniu e do medo de que a filha tivesse que passar por tudo aquilo que ela já sentira na pele.

– Não! Você não vai conosco, você tem que fugir para bem longe. Hors tem que acreditar que fugimos levando você. Com certeza, ele virá nos procurar, só que não vai nos encontrar, iremos para o outro lado do oceano e entraremos por terras estranhas, se for possível viveremos nas florestas e, depois de tempo corrido, haveremos de procurá-la e levaremos você conosco. Encontraremos um bom casamento para você com um rapaz jovem, bonito e muito bom. Filha, meu desejo agora é de abraçá-la, mas se eu fizer isto vão ver que estamos nos despedindo.

– Mãe! Não posso dar nem um beijo de despedida?

Haniu, que ouvira a conversa, disse, passando por perto das duas:

– Nem um beijo, minha filha. Guardaremos você em nossos corações e espero encontrar uma maneira de mandar buscá-la o mais rápido possível.

– Como, pai?

– Zamir deu para nós um endereço de um colega da escola dele que mora no deserto acima dessa região; ele receberá de nós noticias para serem entregues a Zamir, que as passará para você. Mas antes disso vamos deixar passar tempo, alguns anos, para que não exista possibilidade de Hors encontrar você.

Tudo correu conforme fora programado. Zamir no ponto combinado estava à espera de Jamile, que voltou chorando, coberta por outra capa e abraçada em Zamir, não encontrando ninguém pelo caminho. Era somente o andar rápido e ligeiro dos dois e a incerteza na cabeça da moça do seu amanhã.

Dois dias inteiros foram passados na casa de Zamir e do pai, que acolhia a moça com carinho fraternal. Trancada sem ver nem mesmo a luz do dia, ela ficou chorando e lembrando-se dos pais, que por certo já estavam longe da aldeia.

Jamile pedia aos céus pelo destino de sua família. Estava muito confusa e amedrontada com todo o porvir que, naquele momento, parecia coisa tenebrosa para ela.

À noite Naceb chegou com alimento especial para a moça. Trazia castanhas, frutas silvestres e carne de carneiro, que logo foi preparando no fogão precário e pequeno que tinham na cozinha.

– Jamile, você gosta de carneiro cozido com castanhas? – tentava agradar a moça e fazer da estada em sua casa um pouco menos sofrida.

– Sim, seu Nasceb, gosto – respondeu com pouco entusiasmo, e continuou: – Zamir virá hoje como prometeu?

– Sim, ele disse que no terceiro dia, se tudo estivesse sem novidade por aqui, ele viria buscá-la para irem à casa do amigo, que fica perto da escola. Vamos esperar, enquanto isso venha me ajudar com o jantar; assim, quando Zamir chegar, teremos uma boa refeição.

– Está bem, vamos fazer o jantar, Zamir merece encontrar a mesa bem servida.

– Sabe, Zamir nunca se interessou por moça nenhuma como ele interessa por você, e eu faço muito gosto nesta escolha. Meu filho é um rapaz muito bom, trabalhador e pode lhe dar um lar de respeito e de amor.

– Seu Nasceb, eu sou apenas amiga de Zamir. Nunca houve nada entre nós, acho mesmo que ele no palácio deve ter uma namorada, ele é muito admirado pelo sultão.

– Qual nada, ele só tem olhos para você. Desde que vocês vieram morar aqui que ele fala de você. Estamos falando dele e, pelos passos lá fora, é Zamir que está chegando. Fique aqui escondida, nunca se sabe se alguém o seguiu.

Zamir entrou alegre e foi logo contando as novidades que se referiam à hóspede.

– Tenho um amigo na escola que vai nos ajudar, a casa dele fica bem longe daqui, e a mãe vive sozinha. Ele está indo para lá e vai nos esperar. A viagem é longa, levaremos um dia inteiro atravessando o deserto até a morada da mãe de Saul.

– A que horas partiremos? Perguntou Jamile aflita com a novidade.

– Dormiremos somente três horas esta noite e sairemos pela madrugada. Você irá na garupa de meu cavalo.

– Cavalo? Onde arrumou um cavalo, Zamir? – Nasceb surpreso questionou o filho.

– É de um conhecido do palácio; ele me emprestou, disse-lhe que tinha de ir à escola do outro lado do palácio e ele concordou em ceder o cavalo. Ele tem mais dois, esse não vai fazer falta, será apenas por dois dias – respondeu Zamir ao velho pai.

Jamile foi para o quarto e chorou pelo desconhecido. Zamir, vendo que ela estava triste, foi atrás e tentou consolá-la.

– Estarei com você, não tenha medo. Nada de mal vai acontecer, eu não deixarei.

Neste instante ele abraçou Jamile, e ela se reconfortou naquele abraço tão sincero e carinhoso, e pensou: "Por que eu não gosto dele como ele gosta de mim?".

O jantar correu tranquilo e de poucas conversas, até que Zamir cortou o silêncio contando que fora ao mercado da vila e havia comprado doce para eles e retirou o embrulho de dentro da sacola, abriu em cima da mesa e os três degustaram, saboreando a cada pedaço.

– Sabe, pai, quem estava servindo no mercado era

o filho do seu Aestro, pois o pai estava acamado, e ele começou a comentar sobre a família de Jamile diante dos outros fregueses. Ele disse:

"Zamir, sabe a família que mora perto da sua casa, os vizinhos seus que têm a filha Jamile?"

"Sim, o que aconteceu com eles?" – respondi.

"Eles fugiram daqui da aldeia."

– Neste instante fiz questão de que todos ouvissem bem a história e falei como se nada soubesse:

"Fugiram? Para onde foram?"

"Se fugiram, como podemos saber para onde foram" – retrucou rindo da ingenuidade minha.

"Bem que o meu pai notou que a casa deles está toda no escuro e já faz dois dias que ninguém aparece na porta, não se vê movimento nenhum. Que pena.... a filha deles era tão bonita, para onde será que eles foram? Vocês não sabem?" – perguntei a dois senhores que se aproximaram para ouvir a conversa.

"Eu vi os três caminhando em direção ao ancoradouro, e naquele dia havia barcos de mercadores estrangeiros que aqui aportam uma vez na vida e outra na morte."

E outro respondeu: "Eu trabalho lá e soube que eles compraram a viagem dos desconhecidos e os três embarcaram, sumindo pelo mar adentro."

"Então fugiram mesmo" – fingi acreditar na ideia da fuga dos três.

– Bem, isso é muito bom –respondeu Nasceb. – Todos poderão confirmar essa fuga, caso Hors volte a importunar.

– Espero que nunca mais apareça aqui – Jamile fez um

desabafo e falou mais confiante: – Acho que o plano de meus pais está dando certo.

– Vai dar, afirmou Zamir, olhando apaixonadamente a moça.

Jamile não conseguia dormir, estava ansiosa e olhava para o chão, onde Zamir dormia sobre um tapete, e pensava:

– Ele é tão bonito... acho que estou gostando dele.

Mal se despediram de Nasceb e rumaram cautelosos pela estrada afora, não deixando o cavalo relinchar e tampouco fazer barulho com suas ferraduras. Tinham que chegar ao deserto ainda no escuro, e lá seguiriam rumo ao lar do amigo Saul.

Jamile agarrada na cintura seguia sem quase pensar. Sentia confiança no moço e gostava de estar abraçada a ele naquele cavalo.

– Zamir por que você não arrumou um camelo? Seria mais confortável a viagem.

– Camelos custam muito dinheiro, o aluguel é caro e também ninguém me emprestaria um. Agarre-se em mim e vamos seguir, pois temos muita areia para atravessar e, se continuarmos falando, engoliremos areia, mesmo usando o pano de proteção[7].

Depois de terem atravessado várias dunas, subindo e descendo, fazendo os corpos se alquebrarem de tanto cansaço, viram que o dia já estava alto, foi quando Zamir

[7] Lenço branco de algodão, para cobrir a boca e o nariz, amarrado na nuca.

parou um pouco para descansar perto de um pequeno oásis.

— Venha beber um pouco desta água fresquinha e banhe o seu rosto, assim suportará mais a viagem.

Zamir sentou perto de Jamile depois de os dois terem tomado água, banhado os rostos e mostrou ao longe para ela o palácio em que trabalhava.

— Veja, Jamile, lá está o local em que eu trabalho, nem é mais um palácio, está mais para uma fortaleza.

O palácio brilhava diante do dia claro. Era sem dúvida algo que jamais Jamile tinha visto. Sentiu um arrepio a percorrer todo o seu corpo.

— Nossa, como é grande e belo. Nunca vi nada igual, chega até a dar medo, de tão majestoso que é. Está tão isolado de tudo, como se não precisasse de ninguém.

— E não precisa mesmo. Abindar é soberano, governador desta região e senhor de tudo. Ele manda e desmanda em muitos destinos.

— Ele é o sultão de quem você sempre fala?

— Sim, é ele. Bem, vamos seguir nossa viagem, pois ainda falta a metade do percurso.

O palácio estava agitado naquela manhã. Visitas chegariam da grande capital e trariam para eles as novidades em tapetes, joias e iguarias finas, bem como bons vinhos, apreciados pelo sultão e seus amigos.

Zamir tinha terminado os aposentos da pequena Ondile, ela estava feliz e seus pais também. Aproveitando esse momento de agradecimento pelo trabalho, Zamir encontrou coragem de pedir um emprego para a namorada, que estava há cinco meses na casa de Saul com a mãe do amigo, e sempre que podia, Zamir ia até ela e eles namoravam, embora sentisse a moça sempre tão distante, mas sabia da saudade que ela sentia dos pais e isso era motivo para que não cobrasse nada mais dela, a não ser a presença carinhosa que tanto ele queria ter.

Na aldeia ninguém falou mais da família que fugira e Hors não conseguira o paradeiro dos três por mais que atormentasse e subornasse as pessoas,. Revoltado, jurou encontrar mais cedo ou mais tarde a sua presa, e ai de quem estivesse em sua frente. Seguiu seu destino de lutas e guerras. Assim foi que naquele dia, atendendo ao chamado do sultão, Zamir aproveitou a oportunidade.

– Zamir, preciso que use sua habilidade em meu gabinete – dizia o sultão querendo abrir uma das gavetas da mesa de sua sala de trabalho.

Precisou de algumas ferramentas, a gaveta estava trancada e a chave se perdera, Zamir com muito custo e habilidade conseguiu abri-la, e o sultão ficou agradecido mais uma vez ao empregado de tanta competência.

Neste instante ele se revestiu de coragem e pediu ao sultão pela amada:

– Senhor, poderia me dar um minuto da sua atenção?

– Diga, meu jovem, o que deseja?

– Senhor. Tenho uma amiga que precisa trabalhar, ela está sem a família, se o senhor puder ajudar...

– Pelo seu olhar percebo que ela deve ser muito querida

por você – riu e deu tapinhas nos ombros do rapaz. – O que ela sabe fazer?

– Ela estudou e sabe cuidar de doentes. Lá na aldeia ela ajudava o professor Jonaste com as crianças e os doentes dele. É uma boa moça e muito honesta.

– Fale com Oziadi. A sultana saberá se lhe convém e se vai precisar ou não desta sua amiga. Por mim, tudo bem; se é indicação sua, eu aceito.

– Obrigado, senhor, muito obrigado.

A sultana pensou alguns dias sobre o pedido de Zamir, para chegar à conclusão de que a moça indicada poderia vir para cuidar da filha doente, assim ela ficaria mais tranquila.

– Você conseguiu, Zamir, você é muito querido por eles mesmo! – Jamile estava contente por ir trabalhar no palácio e ficar perto do namorado de quem, nestes meses todos, aprendera a gostar e confiar cada dia mais.

– Você vai gostar da pequena Ondile, e ela vai ficar bem em suas mãos.

– Hoje eu agradeço ao professor Jonaste pelo que me ensinou e por ter me preparado junto aos doentes. Quando ia com ele ver os necessitados, não sentia que estava preparada para ajudar, mas a bondade do professor me fazia sentir com forças, eu lá seguia. E, quando terminavam as visitas, eu me sentia muito bem, como se uma paz envolvesse todo o meu corpo, naqueles dias eu voltava para casa e dormia muito feliz. Mas agora vamos namorar um pouco, estou com saudade suas e você nem me deu um beijinho ainda.

— Oh minha querida, e precisa pedir? Todos os meus beijos são para você.

— Sabe, Zamir, estou muito enamorada de você.

Depois de alguns dias, Zamir voltou para buscar Jamile, que já estava com a mala pronta. Ela agradeceu muito a mãe de Saul pela acolhida que lhe dera e prometeu visitar a senhora a quem se afeiçoara muito.

— Vai, minha filha, e seja feliz, que Alá a proteja e lhe traga boa ventura sempre.

E seguiram viagem para o palácio dos sonhos, pois desde aquele dia da parada no oásis que Jamile sonhava com o palácio sem sequer conhecê-lo. Era a vida que começava a surgir com alegrias, estaria ao lado do namorado e longe das perseguições de Hors.

Sua meta era trabalhar até que Zamir se formasse em construtor, depois iriam procurar Haniu e Marian e se casariam diante deles com as bênçãos dos queridos e saudosos genitores.

E lá foram em busca da felicidade e da segurança, acenando ainda de longe para a velha hospedeira que tanto bem fizera para ela.

A lua crescente começava a surgir no céu e a estrela solitária também se fazia presente ao lado do astro maior.

— Vê, Zamir, a lua mais linda está surgindo, ela é mais linda do que quando fica cheia. Ela também não gosta de ficar sozinha, a estrelinha solitária está ao seu lado sempre.

— Deixe de sonhar um pouco, Jamile, e agarre em mim se não quiser cair do cavalo.

– Um dia quero fazer uma viagem de camelo, sob a luz desta lua.

– Você está ficando muito exigente – brincou o namorado.

– Devo estar enamorada, é isso...

– Deve estar? – Zamir fingiu estar bravo.

Capítulo 6
O Sultão

CAPITULO 6

O SULTÃO

– Senhor, está em nossa porta o vendedor mouro que trouxe os tecidos e peles de animais para lhe mostrar. Podemos deixar entrar?

– Mande-o entrar, mas fique por perto para que façamos a transação dentro dos preços do mercado, que você bem conhece – respondeu o sultão Abindar para seu súdito que, na porta do gabinete de trabalho, esperava a decisão de seu senhor.

– Prezado Sultão, boa tarde! Com a vossa permissão, venho mostrar ao senhor algumas mercadorias muito especiais, novidades que adquiri do outro lado do oceano e, antes de vendê-las em Marrocos, quero que o senhor veja em primeira mão.

O vendedor astuto, sabendo o poder aquisitivo do ilustre sultão, começou logo a desfilar os mais caros tecidos e as peles mais exóticas que trazia em sua bagagem de comerciante para o ilustre comprador.

– Veja, senhor, essa seda é mais fina que a pele de um bebê, e essa pele de tigre...veja só a textura e a maciez, o animal era feroz mas a pele é coisa muito especial, que somente pessoas ilustres como o senhor poderão dar o devido valor.

Abindar, conhecendo a astúcia do tal homem, começou logo a encurtar a visita comercial em seu palácio.

— O que poderia eu fazer com a pele de um tigre aqui no deserto, com o calor que sufoca a todos nós? O tigre seria mais útil se viesse vivo — abindar começou a rir com a sua própria dedução, o que deixou o vendedor sem graça com a situação, pegando os tecidos continuou falando:

— Com essas sedas ficarei. Somente com estes dois tecidos, uma vez que não faz nem duas semanas que adquiri de outro vendedor mais de dez peças de seda, as mais caras que ele tinha — Abindar falou e virou o rosto para que o vendedor não visse o sorriso de triunfo em sua face.

O homem não conseguiu disfarçar o desapontamento, pela notícia e por sentir inveja do outro vendedor, que tivera mais sorte que ele. Desapontado, vendeu os dois tecidos que o sultão escolhera e partiu sem as grandes gentilezas que usara ao chegar.

— Fausi, acompanhe o nosso gentil vendedor até a porta e depois retorne aqui. O que foi prontamente atendido pelo fiel eunuco, servidor particular do Sultão, que rapidamente voltou e foi logo prestativo:

— Sultão Abindar, no que posso servi-lo?

— Viu bem se o visitando esperto partiu mesmo?

— Sim, senhor. Pedi para o eunuco Jô que o acompanhasse até o final do jardim, para não acontecer de ele ficar escondido dentro dos jardins, como foi o caso do último que por aqui passou.

— Sim, e que nos deu muito problemas para expulsá-lo depois. Temos que pôr mais vigias nos portões do palácio.

Segurança para todos nós, isso é o que eu quero de vocês, uma vez que viajo amanhã e preciso ter a certeza de que minha família estará segura, assim como todo o meu palácio.

– Pode viajar tranquilo, senhor. Tomaremos conta de tudo, e a sultana Oziadi estará segura, a sua filha também.

– Fico seguro com você na direção. Estarei em Marrocos, participando de uma conferência com o Califa e outros sultões[8], que virão de locais mais atualizados, repletos de novas informações. Essa troca de ideias é muito importante para mim, uma vez que governo a maior parte deste Saara. Preciso ter o conhecimento de tudo o que está acontecendo com os outros sultões.

– A sultana já sabe de sua viagem? – perguntou o fiel servo.

– Não há necessidade de ela saber. Quando estiver tudo pronto para a minha viagem, ela ficará sabendo. Agora vá logo preparar as minhas malas e tudo de que eu posso precisar. Ande, tenho mais o que fazer.

Logo que se viu sozinho, Abindar se dirigiu aos aposentos onde recebia as suas preferidas, e, no que tocou o sino, entrou uma delas, a que já estava escalada para agradar o sultão.

– Oh! Hoje é você? Muito bom... Gosto do seu jeito. Venha me ajudar a tirar a túnica, estou precisando relaxar. Primeiro, prepare uma banheira cheia de sais aromáticos, e depois venha tomar banho comigo.

[8] Sultão: Governavam as províncias sob a autoridade do Califa.

— Como, você vai novamente viajar, Abindar? — a sultana estava nervosa com a viagem do marido.

— Sim, como faço sempre, algum problema? Falou ao se encaminhar para a porta, onde estavam os acompanhantes já prontos à espera dele.

— É Ondile? Ela não passou bem? Mande buscar o médico, ele é pago para cuidar dela. Você estará bem protegida, eu cuidei de tudo. Fausi estará à sua disposição para tudo o que você precisar. Bem, agora tenho que ir, a conferência não pode esperar por ninguém. Nós, os sultões, é que precisamos destes assuntos, que irão nos atualizar para melhor dirigir o que temos, sob a nossa responsabilidade.

Oziadi ficou estática, não tinha o que fazer, podia somente ver pela fresta da porta seu marido e senhor partir. Depois voltou para seus aposentos, onde pôde pensar e se acalmar.

Mais tranquila e refeita, a sultana lembrou-se de Zamir e da moça para quem ele pediu serviço dentro do palácio.

— Ainda bem que consenti em Zamir trazer para o nosso palácio esta moça. Estou precisando de mais uma pessoa para me ajudar com Ondile, eu e Naomi não estamos dando conta. .Ondile está se tornando uma moça e eu já não tenho forças para ajudá-la com as suas necessidades, preciso de braços mais jovens.

Neste instante, ela tocou a sineta, e logo veio a serva particular, que bateu à porta pedindo licença para entrar no aposento especial.

— Entre, Jonice. Depois que a serva entrou, foi logo falando com tanta rapidez que até a assustou: — Onde está Zamir?

— Senhora, eu não sei, mas... com a sua licença, o que aconteceu? Alguma desgraça? A pequena? O que foi, senhora?

Oziadi viu que estava ainda nervosa, sentou-se na poltrona, respirou fundo e depois que se acalmou falou com mais tranquilidade.

– Jonice, eu preciso do Zamir, ele prometeu trazer uma moça para cuidar de minha Ondine.

– Zamir ainda não chegou, senhora, mas se ele prometeu deve estar por perto. Ondile não está bem?

– Não. Hoje ela acordou com muita febre e gritou a manhã toda. Agora dorme, dei a ela o calmante que o médico deixou aqui da última vez em que veio. Parece que fez bem, acalmou e ela conseguiu dormir, mas eu precisava ver Zamir, saber se ele trouxe a moça ou não.

– Acalme-se, senhora, assim que ele chegar, pedirei para vir falar-lhe. Agora é melhor deitar e descansar.

Não muito longe dali, os dois namorados, na garupa dura do cavalo, continuavam a viagem rumo ao novo emprego de Jamile. A tarde estava quase findando, e Zamir, conhecedor do deserto, pressente que o vento que se aproxima não é apenas uma brisa.

– Jamile, pressinto que o vento que está começando a chegar anuncia tempestade de areia, e das bravas.

– Zamir, estou com medo.

– Vamos ter que descer do cavalo e arrumar melhor essa sua roupa e o capuz, bem como o lenço que cobre o seu rosto também.

Ambos desceram e, ao que começarem a se arrumar, a tempestade chegou com uma rapidez estupenda e veloz.

– Jamile, agarre-se em mim – gritou Zamir para a namorada, ao mesmo tempo em que segurava a rédea do animal.

A tempestade tomou espaço e as areias pareciam chicotes no corpo dos viajantes. Zamir colocou o rosto de Jamile embaixo de sua túnica e protegeu-a mais ainda, pois o capuz e o lenço que Jamile usava não eram de tecidos grossos, e a areia penetrava neles.

– Jamile, não chore. Fique quieta aí. Vamos ter fé que sairemos vivos desta tempestade.

A fúria das areias do deserto era demasiada para os três. O vento os levava a andar sem usar os pés, eram apenas impelidos a seguir.

– Peça a Alá e eu pedirei também. Ele há de nos ajudar a sair dessa situação. Os dois passaram momentos terríveis e intermináveis, parecia que a tempestade era eterna.

Aos poucos a rajada foi passado e levando consigo a tempestade de areia para o outro lado do deserto, e os dois sentaram-se no chão quente e respiram com mais tranquilidade.

O pior já tinha passado, e Zamir agradecia a Alá por estarem salvos.

– Zamir, o que faremos agora sem cavalo? – Jamile, entre tosse e pausa, perguntava ao namorado.

– Você está coberta de areia. Olhe só o seu rosto – Zamir pegou a ponta da túnica e passou pela face da namorada. – Não se preocupe, caminhar até o palácio não será pior do que esta tempestade.

– Vamos a pé até o palácio? – perguntou a moça completamente sem forças físicas.

– Por quê? Não pode andar? Ou você prefere ficar aqui à mercê de outra tempestade de areia?

– Claro que não – respondeu Jamile com pavor do caminho. – Vamos embora, já estou pronta.

Zamir riu da rapidez da moça em fugir daquele lugar, e começaram a andar, rumo ao palácio de Abindar.

A noite veio e a temperatura caiu muito, porém eles continuavam a caminhada sob a luz do luar, e, mesmo cansados, tinham a favor deles a temperatura, que contribuía para a caminhada ser mais amena.

– Zamir, olhe, a lua está cheia, clareia mais ainda o deserto. Ela também é bonita, mas não é como a minha lua.

– Já sei, a quarto crescente com a estrela na ponta; vamos andando, descansaremos quando chegarmos ao palácio.

Assim foi que pela metade da madrugada, ambos chegaram à majestosa e deslumbrante residência do sultão Abindar.

Estava quase amanhecendo, quando eles bateram à porta dos empregados do palácio, e o guarda da noite, sonolento, veio atender. Vendo que era Zamir, foi de pronto abrindo os portões e cumprimentando o colega e a moça que viera com ele.

Zamir pediu à serviçal que já estava de pé, iniciando o preparo do café dos empregados, para depois que preparasse o desjejum da senhora e da filha, que avisasse a sultana, quando ela acordasse, que ele havia chegado e que trouxera a moça para ela conhecer. Antes, no entanto, eles precisavam descansar um pouco, devido aos percalços da estrada que tiveram que enfrentar.

A sultana ficou feliz e tranquila ao saber que Zamir trouxera a moça para ajudá-la com a filha, e esperou que eles descansassem.

No quarto, junto à cocheira, dormiram Jamile e Zamir; pois, devido à hora que chegaram, era impossível pedir permissão ao chefe dos eunucos para ceder à moça um quarto dentro do palácio. Zamir, sabendo disso, ficou ao lado da namorada e não usou o quarto dele, que ficava na ala dos empregados especiais.

Jamile despertou e percebeu Zamir ao seu lado dormindo profundamente. Olhou todo aquele lugar, tudo era estranho para ela. Nunca havia visto uma cocheira com cavalos tão lindos a relinchar tão baixinho que até pareciam ter sido educados para isso.

– Zamir, acorde – sacudiu o moço que virava para o outro lado e continuava a dormir. – Acorde!

– O que foi que aconteceu Jamile? – Zamir sentou-se rápido, e vendo que simplesmente Jamile o acordava por nada, ficou bravo e disse: – Bem que você podia ter me deixado dormir mais um pouco.

– Oh, meu querido, me desculpe, não quis assustá-lo, mas.... olhe o sol está alto e ouço vozes lá fora, temos que procurar a sultana e ver se ela gosta de mim.

Ao chegarem à copa, a serva Jonice já estava à espera dos dois. Olhando a moça dos pés à cabeça, falou:

– Zamir, a sultana Oziadi espera por vocês e pediu para irem sem demora, mas vejo que vocês estão com cara de quem está morrendo de fome, antes tomem esta xícara de chá e comam esses bolinhos de tâmaras.

Os dois famintos devoraram o chá e os bolinhos, e em seguidas foram ao encontro de Oziadi, que suntuosamente os esperava em sua poltrona azul com penas de pavão, a bordar uma toalha de mesa. Ao vê-los, levou um susto.

– Por Alá! Que sujeira é esta em vocês? Estão cobertos de areia – levantou-se e começou a rodar em volta da moça e a olhar todo o corpo da recém-chegada.

– Senhora Oziadi, bom dia. Sofremos na estrada uma rajada, que pareceu-nos uma eternidade, e chegamos aqui no final da madrugada, por isso é que dormimos sem nos lavar, mas agora iremos para um banho, pedimos que nos desculpe.

– Tudo bem, Zamir, eu o conheço bem. É essa a moça para quem você pediu uma ocupação?

– Sim senhora – Zamir ficou meio desconcertado com a pergunta, e, com receio de que a sultana não tivesse aprovado Jamile para o cargo, e continuou: – Ela é bem vistosa, só que está coberta de areia, assim a senhora não vê nem mesmo os seus olhos, mas garanto que é bonita.

Ver beleza naquela pessoa, como estava Jamile, seria realmente difícil. Cabelos desgrenhados, roupas sujas e amassadas, pés descalços e cobertos de areia grudada, devido à tempestade do deserto, o rosto estava repleto de areia, não permitindo ver nenhuma beleza nele, todavia Oziadi sabia que Zamir era honesto em tudo o que fazia e em tudo o que dizia, confiava nele.

– Zamir, leve a moça para um bom banho e peça a Jonice roupas adequadas para a idade dela, depois traga novamente para mim, e... aproveite também para se banhar, ambos estão precisando.

Na saída, Jamile sorriu para Zamir e disse:

– Que bom, acho que vou conseguir o emprego, ela gosta muito de você.

– Acho que sim, a senhora Oziadi é uma boa pessoa.

Depois de estar refeita e com veste de tecidos bons, Jamile foi levada até a presença da sultana, que estava na companhia da filha. Quando Ondile viu a moça, estendeu os braços, querendo um abraço, e Jamile abraçou a garota, sem ter ideia do que estava fazendo, uma vez que acabara de chegar.

– Ondile, fique quieta, minha filha – a sultana não compreendeu o gesto da filha e tomou conta da situação perante a novata. – Esta é Jamile, que vai trabalhar conosco e cuidará de você junto com a sua serva, Naomi.

A sultana correu os olhos para a moça, que se mantinha em pé, e falou com alegria:

– Agora você é outra pessoa, bem que Zamir me falou. Veja, essa é minha filha, Ondile. Como você já percebeu, é uma adolescente que precisa de cuidados especiais. Espero que cuide bem dela, assim estará me aliviando um pouco o trabalho que temos com ela.

Jamile lembrou-se do professor Jonaste e da pequena enferma que fora com ele socorrer, e pensou consigo: "Como gostaria que o professor estivesse aqui comigo".

– Naomi, ensine tudo em relação a minha filha para que Jamile aprenda e passe a ficar com ela durante o dia – virou-se para Jamile e continuou: – Você, além de ajudar Naomi com a higiene de Ondile, deverá distraí-la com músicas, passeios pelos jardins do palácio e com histórias alegres. Seu trabalho será fazer com que os dias de minha filha sejam felizes.

Os dias foram passando e Jamile a cada dia aprendia mais e se afeiçoava à mocinha, que precisava de tantos cuidados.

No palácio, com a volta do sultão, mais agitação via-se em tudo. Ora eram as visitas dos outros sultões, ora eram os vendedores trazendo mercadorias e também moças para o seu harém. As províncias que ele governava caminhavam em tranquilidade, pois sempre fora homem de saber delegar bem os poderes a pessoas certas e confiáveis. Homem notado, de muita inteligência, Abindar era exigente com tudo, não fazia questão de pagar, porém sempre quis o melhor.

Até mesmo o anão para divertir a todos era escolhido por ele, e sem dúvida era também eunuco. Abindar não tinha nenhum homem em sua casa que não fosse castrado.

As festas no salão de recepção eram fantásticas. O salão era todo decorado em tecido adamascado nas cores predominantes, dourado, verde e marrom. Fios de ouro cobriam o contorno das cortinas, das poltronas e das mesas espalhadas pelo salão, todas baixas, para facilitar os visitantes que ficavam sentados ou reclinados em suas poltronas, comendo frutas e a mastigando nacos das melhores caças, espécies raras que os mercadores reservavam para Abindar, pois sabiam que ele pagava o que fosse preciso para ter em sua mesa as melhores iguarias de todo o mundo.

Jamile já fazia mais de dois meses que lá trabalhava e nunca vira de perto o sultão. Achava esquisito ele não ir ver a filha neste tempo todo. Quando ela perguntava para a serva Naomi, ela respondia que ele era muito ocupado, mas que gostava muito da filha.

Jamile achava estranho esse comportamento, porém estava ali para servir à pequena Ondile, e o trabalho era prazeroso, Jamile fazia a rotina se tornar coisa boa para a jovem. Cantava para ela, passeava pelas alamedas do jardim e isto tranquilizava a jovenzinha, bem como a própria Jamile, que sentia muita saudade dos pais.

Desde que Jamile começara a cuidar de Ondile, a jovem não tivera mais crise de gritos, talvez porque estivesse distraída com as novidades da serva nova.

Nas folgas de Jamile, que eram uma vez por semana, saía a passear pelos arredores do palácio com Zamir e se divertiam muito, ora conversando com outros amigos que trabalhavam por perto, ora sozinhos, sonhando com o futuro, uma vez que Zamir já estava quase perto de terminar o seu curso.

Em seu quarto pequeno, arrumado com esmero, Jamile tinha conforto e paz, sozinha ficava a pensar na vida.

"Por que não sinto por Zamir o amor que as outras moças sentem quando estão apaixonadas? Ele é tão bom, atencioso, me ama de verdade, por que... Bem, é melhor eu não pensar nestas coisas, estou bem com ele e logo iremos embora daqui, e nos casaremos perto dos meus pais e seremos felizes... E Hors? Ainda bem que nunca mais soube dele, acho mesmo que ele me esquecerá para sempre".

Assim eram os dias de Jamile no palácio. O cotidiano era banhado de esperança, na expectativa de breve ir embora junto de Zamir, para algum lugar onde Hors jamais os encontrasse.

Aquela manhã estava conturbada. Ondile amanhecera aos gritos, sem que ninguém entendesse o que ela queria dizer o que ela estava precisando.

No quarto, além da serva Naomi e de Jamile, estava o médico, que felizmente passava por perto do palácio em atendimento a outro paciente, sendo chamado às pressas pelos empregados do sultão, para atender a jovem doente.

Oziadi estava nervosa em saber que a filha estava mal. Dava ordens sem ter certeza do que falava.

— Doutor, o que vai dar para ela se acalmar?

— Nada além do que já receitei — olhou para Jamile e pediu: — Por favor, vá buscar outra xícara de chá da erva calmante adoçada com mel e traga morno, vá depressa.

Jamile chegou à cozinha ofegante da corrida que dera do quarto até lá, Mainá e Jonice logo perceberam a situação e colocaram em uma xícara grande o chá calmante para a garota.

— Como você sabia que eu vinha buscar este chá?

— Sempre que ela tem crise o médico pede esse santo remédio. Tome, leve já para ela, e que Alá proteja a nossa Ondile.

Quando Jamile entrou no quarto, a sultana estava sentada na cama da filha com a cabeça dela em seu colo, acariciando e rezando baixinho, sem mesmo saber o que pedia, porém era pela filha doente, que estava sofrendo muito.

— Entra rápido, Jamile, e dê-me esta xícara. A sultana pôs na boca da filha e a fez engolir, derramando nas vestes o líquido morno. O médico também socorreu a sultana, ajudando a doente a tomar o chá.

— Segure a xícara, Jamile, para daqui a pouco voltarmos a dar o chá novamente para ela.

Jamile segurou a xícara sobre a bandeja de prata e ficou aos pés da cama da enferma e de costas para a porta, que logo depois se abriu, surgindo o sultão no quarto da filha, mas não entrou, permaneceu parado sob a soleira da porta.

— O que aconteceu com Ondile? — a voz era rouca e forte, mostrava preocupação, todavia não saiu da porta.

Jamile, ao ouvir o som da voz do sultão, levou um susto que tremeu a xícara em sua bandeja. Não sabia o motivo dessa reação, mas não teve coragem de se virar e olhar o novo senhor e dono de seu trabalho. Ficou estática e só saiu desta emoção ao ouvir:

— Cuidem bem dela, e se houver necessidade maior me chamem — e saiu do quarto como se a filha fosse uma estranha.

Ao ruído da batida da porta foi que Jamile voltou a si e perguntou:

— Senhora, quer mais chá?

— Não, obrigada, Jamile, pode levar a xícara para a cozinha.

Os corredores do palácio nunca foram tão longos como naquela hora. Jamile não sabia decifrar o que sentiu ao ouvir a voz do sultão.

"Parecia que já me era familiar" — pensou consigo. "Mas ele nem sequer chegou perto da filha, que pai é esse que só cuida de longe, mandando virem médicos e dando remédios caros, como se isso bastasse?"

No gabinete, Abindar estava pensativo. "Por que ela tem essas coisas? Que sina Alá deu a essa filha, e por que tenho que passar por tudo isso?

No canto figuras estranhas riam da situação do sultão e, entre elas, diziam: "Sofra mesmo, seu canalha. Hoje você tem novamente ela, mas não pode usá-la como sempre usou".

– Que mal-estar esse que me deu – Abindar abriu um pouco a janela para que o ar entrasse, respirou fundo e voltou ao trabalho. Com a entrada de seu secretário, as coisas voltaram ao ritmo de sempre.

– Zamir, não teve notícias de meus pais? – Jamile perguntava ao namorado, que viera visitá-la.

– Não, minha querida. Lá na aldeia meu pai também não sabe o paradeiro deles. Mas tenha calma, com certeza eles nos enviarão noticias, é só esperar. Lembra-se do combinado? Eles disseram que iriam deixar passar algum tempo, para não ter o perigo de Hors saber de você.

– Sim, eles me falaram, vamos esperar. Bem, me conte como vai o final de seu curso?

– Está ficando cansativo, ainda mais agora que o sultão Abindar me pediu para reformar uma ala do palácio de um amigo dele, que fica perto da escola; se bem que é pouca coisa, não devo demorar, por quê? Vai morrer de saudade minhas?

– Pare, seu bobo, não seja vaidoso.

Zamir puxou Jamile para perto dele e quis lhe dar um beijo, mas ela recusou.

— Por que você não quer meu beijo?

— Estou tão cansada e sem ânimo. Sabe, Ondile passou muito mal e eu presenciei tudo, foi horrível.

— É... Não é fácil o que ela passa com essa doença, mas nada tem a ver com o meu beijo, venha cá mocinha — Jamile deu-lhe um beijo e fez um carinho em seu rosto.

— Bem, agora tenho que ir. Amanhã, antes de você partir, virei lhe dar adeus.

Sozinho, Zamir pensou: "O que está passando com ela? Está diferente, mais fria comigo..."

— Zamir — chamou o sultão —, venha cá, meu rapaz. Sente-se.

Abindar convidava Zamir para sentar em seu gabinete, coisa difícil de acontecer.

— Obrigado, senhor.

— Estou contente que estejas acabando o curso de construtor e fico feliz de ter ajudado.

— Devo ao senhor todo este aprendizado, e lhe agradeço muito.

— Meu amigo vai gostar de você, falei muito bem sobre você, e minha recomendação já é porta aberta, meu rapaz. E como vai a moça que você trouxe para trabalhar aqui? Oziadi a aceitou?

— Senhor, ela já está trabalhando há meses, o senhor ainda não a viu?

— Não tenho costume de verificar empregadas de minha esposa, se ela achar que está bem, é o que basta. Mas você parece que gosta muito desta moça, estou errado?

— Não, senhor, ela é minha namorada e iremos nos casar,

assim que eu arrumar uma colocação como construtor em alguma cidade longe daqui.

– Por que longe daqui?

– Motivos familiares, senhor. Prefiro não mencioná-los, por respeito a minha namorada.

– Tudo bem. Agora vamos às instruções quanto ao meu amigo.

Mais um mês se passou desde a última crise da jovem Ondile. Tudo estava caminhando bem. Jamile cada vez mais agradando a enferma e a sultana, que podia ter horas de sossego e paz.

– Jamile, me ajude a vestir essa camisola em Ondile – era hora de pôr a jovem para dormir, e o banho da noite fazia com que ela adormecesse melhor.

Ondile começou a gesticular e a emitir sons agudos, porém estava com sorriso nos lábios e tentava puxar os cabelos de Jamile, que estavam soltos.

– Ai, assim dói, mocinha – reclamou Jamile com delicadeza.

Depois de colocar Ondile na cama, Jamile saiu, pois era noite de Naomi ficar com a jovem. Caminhando pelo corredor que levaria à ala dos empregados, esbarrou no anão Dim, que vinha bêbado depois de ter divertido os convidados do sultão.

– Desculpe-me, Dim – falou Jamile. – Mas por que você está bêbado? Por que bebeu tanto assim?

— Nós, anões de diversões, ganhamos bebidas depois do nosso show, é o mínimo que podem fazer para nós — e seguiu cambaleando.

Jamile ficou curiosa para saber o que acontecia no salão de festa. Foi em silêncio e ficou atrás de uma cortina, dando para ver lá embaixo o salão todo movimentado. Era uma festa desregrada. Homens bebiam e comiam ao mesmo tempo em que acariciavam as moças que vieram como convidadas do sultão.

Neste instante soou uma música bem alegre e cinco dançarinas começaram a dançar. Elas usavam saias abertas dos lados, dando para se ver as penas alvas e bem torneadas, e uma blusinha que somente cobria os seios. Seus cabelos eram compridos e soltos, e sorriam muito ao executarem as danças. Os homens estavam doidos, esquecendo-se das próprias companheiras, batiam palmas e falavam alguma coisa que Jamile não podia ouvir.

Entre todos os presentes, ela não conseguiu ver o rosto sultão, pois ele estava em uma mesa de costas para ela, somente via seu turbante reluzente, usado em grandes festas. Com medo de ser vista, saiu apressada, se trancando em seu quarto.

— Por Alá, que festa louca é aquela? E o sultão ainda traz moças para fazerem companhia aos convidados. Para cuidar da filha ele não tem tempo. Para ser companheiro da esposa ele também não tem tempo, mas para isso ele está todo envolvido. Como a sultana consegue viver assim? Sabendo que ele não a ama? Sim, porque, se ele a amasse, não precisaria ter tantas moças com quem dorme diariamente, não repetindo nenhuma por semana. Ainda bem que tenho

Zamir, o nosso mundo é outro. Imagina se o professor Jonaste visse isso.... Se bem que ele teria uma explicação para todo este acontecimento. O professor é tão bom que sempre arruma um jeito de ressaltar uma virtude em todas as pessoas. Bem, o melhor é ir dormir e deixar o sultão com suas necessidades.

— Jamile! — chamou da cozinha Mainá, ao mesmo tempo em que verificava as panelas dos pratos que seriam servidos.

— Não sei onde ela está — falou Naomi, chegando com a bandeja de lanche de Ondile quase intacta, pois a garota não quis comer nada.

— Chame Jamile aqui, preciso falar com ela.

— Sim, vou procurá-la — disse Naomi, saindo correndo para atender ao pedido da governanta chefe, a quem ela respeitava muito.

Jamile estava sentada em um banco no meio de uma alameda de flores, absorta em tudo o que a rodeava e nem percebeu a chegada da amiga de serviço, somente dando conta quando Naomi tocou-a no braço, e num susto acordou para a realidade.

— Nossa, Naomi, que susto você me deu. O que aconteceu que você veio em minha procura?

— Mainá está procurando por você e pediu-me que a encontrasse para dar o recado. Que já dei. Mas... o que você tem? Está esquisita, seu olhar estava tão longe quando aqui cheguei, o que está passando com você, minha amiga?

— Nada. Não se preocupe, nada.

— Ninguém fica assim por nada — neste instante Naomi resolveu sentar-se perto da amiga e continuou a investigar o que estava acontecendo. — Diga, o que a preocupa. É Zamir que está distante?

— Não. Zamir não me preocupa neste sentido. A ausência dele até que me faz bem, gosto de estar sozinha, quando ele está aqui, tenho a impressão de que é uma obrigação minha ter que fazer companhia para ele.

— Mas...Você não é apaixonada por ele?

— Não. Gosto muito dele, mas não sou apaixonada; sou grata, isso sim. Sabe em que estava pensando quando você chegou aqui? — Naomi acenou negativamente com a cabeça. — Na festa do sultão de ontem à noite.

— Você foi espiar a festa de Abindar? Você é louca mesmo! Ficou escandalizada, posso perceber em seu rosto.

— E não era para ficar? Como ele pode ter tantas mulheres e dormir cada noite com uma delas? E a sultana, como fica nisto tudo?

— Jamile, você chegou há pouco, ainda não sabe que a vida de todos os sultões é essa. Eles podem ter quantas mulheres quiserem e as suas sultanas ficam somente no posto de esposa e de procriadoras de seus filhos, nada mais. São casamentos feitos entre famílias, essa é a regra para todos os sultões. Homens dentro dos palácios, somente eles, os demais são castrados para não causarem preocupações aos sultões.

— Como é ele?

— Ele quem? — Naomi não entendera a pergunta da amiga.

— O sultão Abindar.

– Mas você não espiou a festa ontem e não viu o ilustre patrão nosso?

– Não. Ele estava de costas, e de onde eu estava não dava para ver seu rosto. Somente pude sentir o quanto ele é importante. A presença dele me impressionou, mais do que no dia em que servia o chá para Ondile e ele ficou na porta do quarto, sem entrar, e eu ouvi apenas sua voz.

– Ele é bonito para um homem de quase quarenta anos. Tem a voz bem forte e é educado como todos. Severo sim, mas educado.

– E a sultana, como ela aceita isso?

– Jamile, já falei que essa vida é aceita por todas as moças que se casam com os sultões.

– Ela teve quantos filhos, antes de Ondile?

– Não teve filho nenhum. A sultana não pode ter filhos e foi assim que recebeu Ondile, filha de outra mulher. Aceitando-a como filha depois que a verdadeira mãe morreu.

– É verdade que Ondile era filha de uma das dançarinas dele?

– Sim. A coitada teve o azar de não se cuidar para evitar a gravidez e morreu no parto.

– E as outras, como tomam cuidado para não se engravidar?

– As nossas plantas são poderosas, elas usam como preservativo.

– Bem, vamos ver o que Mainá quer comigo – e ambas foram para o interior do palácio.

– Que bom você chegou bem na hora de me ajudar com

a roupa da sultana, ela pediu-me para levar ao seu quarto o vestido vinho com bordados dourados que está sobre a mesa na lavanderia, quero que você veja se está bem passado e se tudo está perfeito nele.

— Vai ter festa aqui novamente? — Jamile estava curiosa.

— Não festa igual à de ontem. Hoje eles recebem os sultões de Marrocos. Essa reunião é com a família, assim as sultanas podem participar. Nessas ocasiões são resolvidos os casamentos entre os filhos dessas famílias, e firmam compromisso até eles terem idade para se casar.

— Mas Ondile nunca poderá se casar, então como fica essa combinação?

— Não é para Ondile que eles virão fixar compromisso, um dos sultões é primo de Abindar e vem consultar a sua opinião, por ser ele quem cuida das finanças da família. Abindar dará o parecer, se haverá vantagem para eles realizar a união.

— Gente de posse vive diferente mesmo. Nós, em primeiro lugar, observamos se gostamos, para depois aceitar o compromisso; eles primeiro verificam se o dinheiro é grande, depois é que vão aceitar o compromisso.

— Bem, não tente entender esse povo. Vá correndo ver se o vestido da sultana Oziadi está pronto e leve em seguida aos aposentos dela.

Jamile deixou na porta o vestido da sultana pendurado no cabide, em seguida Jonice entrou e começou a preparar o banho para a senhora.

— Você gosta muito da sultana, não é Jonice? — perguntou Jamile, vendo a dedicação da serva para com a senhora.

— Muito. Eu sempre estive ao lado dela e sei o que já passou. Gosto muito dela.

– Zamir, que bom você estar aqui. Hoje estou precisando de uma companhia para conversar, e você sabe, aqui no palácio os eunucos mal falam o que precisam, as outras servas não têm tempo para conversar e, quando têm uma folga, querem ir passear fora do palácio.

– Então é por isso que quer a minha companhia... Não tem com quem conversar.

– Não é isso, gosto de você, mas diga-me, como vão as coisas lá na aldeia? Seu pai, o professor Jonaste...

– Meu pai está bem, porém pensando em ir embora da aldeia, diz que gostaria de viver em outro lugar mais perto de meus novos trabalhos, assim poderá me ver mais frequentemente. Quanto ao professor, soube que foi para a Europa, acho que para a Espanha, não sei se foi morar ou apenas passear.

– Que bom para ele. Deve ser a Espanha, ele já viveu lá e aprendeu sobre a religião cristã, estudou a espiritualidade. Ele falava destes estudos, porém nunca consegui entender nada. E quanto ao seu pai? Irá morar perto de você?

– Estou pensando muito nisto. Quero arrumar uma casinha que sirva para quando nós casarmos, assim ele ficará conosco.

Ao ouvir esse desejo de Zamir, Jamile sentiu um frio na barriga e empalideceu. Zamir percebeu e falou:

– Jamile, o que foi? Assustei-a com a novidade de nossa futura casinha?

– Zamir, creio que ainda é cedo para se pensar em casamento. Você está agora iniciando a vida nas construções e, embora tenha a sorte de ter o sultão como padrinho e de ter sido indicado aos amigos dele, você está começando, vamos esperar um pouco mais.

— Às vezes,você me dá a impressão de que tem medo de assumir compromisso comigo, estou errado?

— Não é isso, Zamir. Sou grata a você...

— Não estou falando em gratidão, estou falando em amor. Ou você não me ama?

— Gosto de você. Não sei se isso é amor, mas quero primeiro ter certeza deste sentimento. Peço a você que tenha paciência comigo, Zamir.

— Está bem, vou ter paciência com você.

E assim, a vida de Jamile continuou por mais outros meses, na rotina costumeira. Colaborando com Naomi junto a Ondile, ou ajudando a sultana com as coisas particulares dela, muitas vezes tinha que passar a tarde inteira ouvindo as queixas da sultana ou compartilhando das alegrias dela, isso quando a filha tinha uma melhora. As visitas de Zamir eram esporádicas, devido aos novos trabalhos dele, mas ela não se importava com essa ausência. Dessa forma Jamile levava os dias, na esperança de uma hora sair dali, para ir ao encontro dos pais, de quem nunca mais soubera. Uma coisa a deixava tranquila: saber que Hors desconhecia seu paradeiro.

Capítulo 7
A Nova Favorita

CAPITULO 7

A NOVA FAVORITA

O quarto de Ondile estava sendo limpo e Jamile aproveitou o tempo para levar a enferma aos jardins. Era seu trabalho preferido. Passear entre as palmeiras e alamedas de flores que, dentro daquele deserto, pareciam o céu.

Os jardins eram cuidados por jardineiros estrangeiros e mantidos pelos eunucos. Traziam flores e plantas de outros lugares e terra adubada para que o plantio fosse perfeito, uma vez que no deserto era raro existirem flores tão bonitas como havia no palácio de Abindar. Ele queria o mais belo, e pagava o que fosse preciso para ter esse jardim tão especial. Perto deles havia um oásis, e Abindar às vezes passeava por ele e passava horas sentando à beira da água admirando a raridade do líquido. Dentro de seu jardim também havia algumas fontes, que ele mandara vir da europa, jorrando água o tempo todo.

Jamile mostrava para Ondile uma flor amarela e a garota quis pegar, Jamile sabia que o sultão não permitia que tirasse flor nenhuma de seus canteiros e mandava castigar se alguém violasse essa regra, mas a garota pedia, Jamile olhou para todos os lados e, não vendo ninguém por perto, foi para galho da flor e, quando estava estendendo a mão para arrancar, uma voz soou.

— Não faça isso, Jamile!

Era o eunuco Fausi, secretário particular do sultão, que advertia a moça e fez Jamile quase cair de susto.

— Fausi! Pensei que fosse o sultão, quase desmaiei.

— Jamile, você está bem em seu serviço, não queira levar castigos ou ser mandada embora. Zamir me contou sobre o seu perseguidor e você precisa estar segura, este palácio é o melhor lugar para você.

— Ela quer a flor, Fausi, olhe para ela — Ondile nem percebera o que se passara diante dela, apenas estava a admirar a flor, e, nos sons que emitia, pedia a flor. Fausi chegou perto dela e falou:

— Ondile, as flores não são para pegar, seu pai ficará bravo com Jamile. Por favor, não peça isso mais — Fausi explicou com gestos à pequena querida.

Ondile ficou triste e olhou para Jamile desapontada por não ter a flor. Fausi foi embora e Jamile começou a cantarolar, vendo que a garota batia palmas como se acompanhasse a música, Jamile se levantou e começou a dançar; neste momento, sentiu o ar da tarde bater em seu rosto e gostou da sensação, dançou mais ainda, sempre rodopiando ao redor dela. As duas se divertiram muito naquela tarde e só pararam quando foi chamada por Naomi do terraço do quarto de Ondile, avisando que já poderiam voltar.

— Ondile minha querida, a limpeza de seu quarto já acabou e a nossa tarde também. Seus passeios devem ser feitos pelas manhãs, agora já se faz tarde, vamos? — a menina olhou para Jamile, sorriu feliz e jogou um beijo de sua maneira. Jamile chegou perto e beijou-a na testa, virando a cadeira de volta para o quarto.

Da janela do outro lado do palácio, alguém observava tudo, era a sultana Oziadi, que mandou chamar Jamile para uma conversa.

Jamile ficou apreensiva com o chamado. Pensou: "O que será que ela quer de mim?". Largando o receio, dirigiu-se aos aposentos da sultana, que a esperava sentada em sua poltrona-cama. Jamile observou-a de longe e pensou consigo: "Ela é ainda uma mulher bonita, se veste bem, por que será que o sultão não a quer mais como mulher?"

– Com a sua licença, senhora, posso entrar?

– Sim, Jamile, entre, estou lhe esperando, sente-se aqui ao meu lado.

Jamile ficou receosa de sentar na mesma poltrona de sua patroa. A sultana, vendo a resistência da moça, puxou-a pela mão, fazendo a menina rapidamente sentar ao seu lado.

– Observei você com minha filha lá no jardim e fiquei feliz em ver que você a distrai com prazer e que ela gosta muito de você; não que ela não goste de Naomi, Ondile foi criada por ela, só que Naomi é muito seria, seca mesmo, não tem o dom de cantar ou dançar como você.

– A senhora assistiu a tudo? – Jamile se referia à dança no jardim e ficou envergonhada. – Senhora, eu não sei dançar, só estava brincando com a garota. – Jamile teve medo de que a sultana pensasse que ela queria ser odalisca do marido.

– Fique tranquila, não pensei em nada, a não ser que você sabe entreter muito bem a minha filha.

– A senhora é muito boa para mim – a sultana balançou a cabeça como quem não quer elogio.

– Quando recebi Ondile em meus braços, após a morte da mãe dela, a princípio não sentia amor pela menina. Ela me lembrava a mãe, que era a favorita de meu marido, e, por mais que eu fosse preparada para este casamento, foi difícil aceitar que meu marido tivesse alguém de quem gostasse mais do que de mim mesma, mas depois fui me afeiçoando com ela, isso demorou um pouco. Um dia, era tarde da noite, quando ela teve a primeira crise, ainda bebezinha, nós não sabíamos da deficiência que ela possuía. E estávamos todos ao lado dela, foi aí então que ela se acalmou. Após a crise, Abindar e as outras servas foram para os aposentos deles, dei-lhes descanso, só ficando com Naomi, que havia chegado há pouco. Naquele momento eu não estava dormindo, tenho absoluta certeza, não sei bem o que aconteceu, vi umas pessoas entrarem no quarto, aos berros. Eles gritavam se dirigindo a mim: "Agora você cuida dela; mas, quando mandou tirar de mim naquele dia funesto, você não pensou nela. Você arrancou-a de meus braços, por ciúme de seu homem, e deu a não sei quem, nunca mais eu soube dela, você ainda me perseguiu por longo tempo, agora está aí boazinha. Ela não é sua, ela me pertence, e ele também vai se ver conosco. Ele que espere, o dele está guardado". Depois essa visão sumiu, eu fiquei em prantos, estava com muito medo e gritei, até que os serviçais vieram ao nosso quarto. Abindar, após ouvir o que contei, riu e disse: "Você está cansada, é isso. Veja só, fantasmas cobradores de dívidas, é só o que me faltava. Não fale mais disso, proíbo-a de tocar neste assunto ou nesta visão doida que você pensa ter tido."

– Nossa... Foi realmente um sufoco, e mesmo assim a senhora tem por Ondile esse amor de mãe, é maravilhoso, mas... será que a senhora viu essas pessoas?

Neste instante Jamile lembrou-se do mestre distante e completou:

– O professor Jonaste falava que via e conversava com a mãe, que havia morrido, pode ser mesmo que a senhora também tenha esse dom.

– Que Alá me livre, não quero ter "esse dom", como você chama, nunca mais, mas a verdade é que Ondile é especial para mim, tenho a impressão de que devo a ela alguma coisa, por mais que eu cuide dela, sinto-me sempre em falta. Bem, deixe isso para lá. O que eu queria mesmo é dizer que estou contente com você cuidado de minha filha.

– Obrigada, senhora. É meu dever e farei sempre o melhor.

Havia uma sala especial na qual as dançarinas ensaiavam, treinando novos gestos, novos passos. A sala era vigiada pelo eunuco Fausi. Tudo ele relatava ao sultão, era de uma fidelidade exemplar, mas não era maldoso, queria fazer somente as coisas certas, assim passava as horas dos ensaios, junto das dançarinas e não se enfadava com isso.

Algumas vezes ele também exercitava-se ao som das moças. Tinha aprendido com uma delas a tocar Snujs[9] e se alegrava ao ouvir o som que eles faziam em seus dedos.

Jamile sabia disto e quis um dia assistir a esses ensaios, Fausi a levou. Naquela tarde, tinha chegado uma nova

[9] Snujs – Pequenos címbalos de metal, utilizados pelas dançarinas.

dançarina para ocupar o lugar de outra que havia sido dispensada por já ter passado da idade.

As dançarinas estavam todas em alvoroço. Quando havia essas trocas, feitas pelo Fausi, ele é quem trazia para a sala a novata e a apresentava às outras. Ninguém se importava com essas trocas, já era costume isso acontecer entre elas; além disso, quando saiam e iam embora, eram bem remuneradas pelo Sultão. Mas o que aconteceu naquele dia foi que a recém-chegada ficou indisposta com a viagem e pediu para adiar os ensaios e a apresentação para a tarde do dia seguinte. E, quando Fausi apareceu com Jamile, os olhares das outras caíram em cima dela comos raios, e todas quase que ao mesmo tempo falaram:

– Você é a nova favorita?

Jamile não sabia do que se tratava, pois sobre os assuntos do sultão ninguém se atrevia perguntar. O palácio era dividido em alas, sendo que na do sultão somente era permitido entrar quem Fausi determinasse.

– Calma, minhas queridas. Jamile não é a nova favorita, ela continua a cuidar de Ondile e servindo a sultana, hoje ela me pediu para ver os ensaios de vocês, é somente por isso que ela está aqui. Quanto à nova dançarina, Hennele, ela está indisposta por causa da viagem e virá amanhã para conhecer vocês e para ensaiar; mas, pelo que eu sei, ela é muito boa no que faz. Em tudo... – falou maliciosamente, se referindo ao sultão. Jamile ficou envergonhada por estar na frente das dançarinas, com quem ela tinha pouca oportunidade de ficar junto.

– Eu só vim para ver vocês dançarem. Na minha aldeia, havia aulas de dança e uma de minhas amigas era aluna.

– E você nunca fez? – perguntou uma das moças.

– Não, nunca fiz. Mas Hanna, este era o nome de minha amiga, vivia a querer me ensinar.

– Bem, vamos ao trabalho, pois no final da semana o sultão Abindar receberá ilustres visitantes.

A música era executada por eunucos, era uma mistura de cordas e pratos de latão, quando usados tinham um som agradável, a repercussão era forte e sonora.

As dançarinas usavam tecidos transparentes, leves e coloridos e, ao girar, os grandes lenços faziam desenhos no ar. Os corpos eram sensuais e, para cada som, as dançarinas mexiam com um determinado músculo, transformando a dança num ritmo bem sensual e bonito.

Jamile tudo olhava admirada, e pensava consigo: "Hanna não dançava assim".

As horas foram passando e, antes dos ensaios terminarem, Fausi chamou Jamile para sair, pois o horário estava avançado e a sultana Oziadi deveria precisar dela; no mais, ele também não queria ser chamado à atenção por ter levado a serva da sultana para ver a dança. Jamile compreendeu e saiu, deixando as moças em seus trabalhos, sem mesmo prestar contas da saída da visitante.

À noite Jamile abriu a janela e, como sempre fazia antes de dormir, olhou o céu, admirou as estrelas sentiu a falta da lua querida e pensou: "Que noite linda, que perfume vem deste jardim. Se eu pudesse queria estar entre estas alamedas, tomando a brisa e sentido de perto o perfume das flores."

Naquele instante, ela se lembrou das dançarinas e ficou a imaginar como seria bom dançar entre as flores. No seu quarto tinha um terraço que dava acesso para um pátio que contornava uma ala dos jardins, ela olhou e viu o local vazio, correu para ele e começou a dançar dentro de sua imaginação.

Mas de repente, parou e começou a chorar. Sentiu saudade da mãe e do pai: "Onde estarão eles, por que não recebo notícias? Será que Hors os encontrou? Não, por Alá, não! Tudo aqui é tão bonito, mas estou sentindo um vazio grande dentro de mim. Algo me falta, é como se me faltasse o ar. Falta-me amor, é isso, amor. E Zamir... Ele é maravilhoso, mas não é ele... e quem será então?"

Olhou todo o jardim, o céu estrelado e foi para o quarto dormir. Todavia o sono não vinha. Em suas lembranças, somente os momentos tristes é que estavam presentes.

Lembrou-se então do dia em que foi com o professor visitar a pequena Ondine, e teve que ajudá-lo. Começou a se lembrar que ele pedia para ela pensar numa luz, foi assim que, naquele momento, Jamile se imaginou dentro de muita luz e adormeceu tranquilamente.

– Corra, Jamile, Ondile está novamente em crise, e desta vez é muito pior que as anteriores – Mainá corria em direção dos aposentos da enferma com uma bacia de água e Jamile acompanhou a governanta no mesmo ritmo de passos.

O desespero da sultana era grande. Sua filha se debatia aos gritos e ardia em febre. Oziadi pedia a Alá pela filha e tentava abraçá-la sem conseguir, diante da inquietação da enferma.

– Senhora, deixe-me passar as compressas no rosto dela – pediu Mainá

– Você colocou as ervas todas que o médico mandou da última vez?

– Sim, senhora, e mais algumas que sei que são bons calmantes – respondeu Mainá para a patroa.

– Jamile, o que você faz parada aí na porta? Venha até aqui nos ajudar, gritou a sultana.

Jamile fazia o que o professor ensinara na visita a outra enferma, tempos atrás, quando ainda era aluna dele.

– Que esquisito... Jamile, apague essa luz que você trouxe, minha filha precisa tentar repousar.

A sultana, naquele momento, olhou para a porta e viu luzes em volta de Jamile, achou que fosse alguma tocha que ela havia trazido.

Jamile percebeu que eram as luzes nas quais estava pensando, para ajudar a garota. Agradeceu a Alá e ao professor Jonaste, por ter ensinado essa contribuição, e pensou mais: "Não sei bem para o que serve, mas o professor nos disse que, quando queremos ajudar, é somente imaginar muita luz em torno do doente, e foi o que eu fiz. A luz que a sultana viu em mim, não era minha, era para a filha dela, mas não posso falar isso, ela jamais entenderá, tampouco eu entendo".

Depois que Ondile se acalmou, a sultana exigiu que as duas servas ficassem com a filha naquela noite. Jamile se acomodou ao lado da cama de Ondile e, lembrando-se da sultana vendo as luzes, pensou: "Acho que a sultana tem mesmo o dom do professor, o de ver coisas sobrenaturais".

Jamile, sempre que tinha um tempo livre, antes de dormir, gostava de ir passear pelo jardim. Esses momentos eram tarde da noite; pois, somente depois que a sultana a dispensava, é que ela podia se dar ao prazer destes instantes, nos quais olhava o céu por entre as plantas que ornamentavam o rico jardim do palácio.

Algumas vezes, chegava a se deitar no chão áspero e duro, ficando horas a olhar para o firmamento, admirando cada estrela que sua vista enxergasse, e, quando tinha lua, era o auge de todo esse devaneio.

Nestes momentos ela cantava as canções que aprendera na aldeia com as colegas das aulas do professor Jonaste e punha toda a sua alma para interpretar.

Certa noite de lua, Jamile estava a sonhar deitada no chão, que a acolhia nestes instantes de nostalgia, quando teve vontade de dançar. Estava vestida com sua túnica de trabalho ainda, mas sentiu desejo de rodopiar por entre os arvoredos e fez com toda a energia que possuía, ssentindo um bem-estar muito grande em cada passo que inventava, dançando ao som de sua própria voz.

Depois que retornara para o quarto, olhou o jardim pela janela, mal conseguindo ver bem as flores e viu que do outro lado, na ala que pertencia ao sultão, havia um terraço que contornava uma alameda de belos arbustos, e pensou: "Esse lado eu sei que ele não usa. A janela fica sempre fechada, somente é aberta para a limpeza, dizem que ele não gosta da posição, porque o sol não entra por aquele lado. Falam até que ele tem medo de alguma coisa relacionada com esta janela.Todavia, tudo isso são boatos dos empregados. Bem que eu poderia aproveitar este espaço especial para a dança, uma vez que é abandonado por todos".

Na aldeia Nasceb esperava ansioso pelo filho, que prometera vir. Iriam na nova cidade em que Zamir estava trabalhando e que prosperava com rapidez.

No mercado onde Nasceb comprava alimento para fazer o jantar do filho, conversou com muitos amigos e ficou sabendo das novidades que havia por lá.

— Seu Nasceb, já estamos sabendo, o senhor vai embora também? — perguntou o dono do mercado.

— As notícias correm depressa aqui em nossa aldeia. Pois é, meu filho está trabalhando perto de Marrocos e na cidade em que ele está há grande chances de crescimento, de muito trabalho em construção e reforma, Zamir, no ofício que ele aprendeu, está cada dia melhor, e sua fama cresce junto aos sultões. Está se tornando nome conhecido.

— É, sabemos que os sultões gostam muito do serviço dele. Espero que vocês vençam, seja no lugar que for — o dono do mercado expressou um sorriso que foi logo interrompido por outro freguês, que maliciosamente começou a falar:

— Pois é, você também vai embora, e, por falar em ir embora, lembrei-me agora daquela família estranha, que eram vizinhos seus. Sumiu mesmo... A moça era bonitinha e evaporou com os pais.

— Ninguém nunca soube como eles fugiram daqui — comentava outro na outra ponta da mesa.

— Dizem que eles deviam para aquele guerreiro que de vez em quando aparecia por aqui, acho que vinha buscar dinheiro deles.

— Vai ver que foi por isso que eles fugiram. Ter que dar dinheiro a toda hora, os coitados mal podiam se manter.

O dono do mercado falou, completando os boatos.

— Mas você, que morava perto deles, não sabe de nada mesmo? — o primeiro que havia começado o falatório retrucou.

Nasceb, vendo que todos eram muitos maldosos, fingiu que não tinha entendido nada e apenas comentou:

— Olhe, era gente boa. Mal falavam com os vizinhos. Somente eram de cumprimentar, de sorrir e seguiam para os seus afazeres. A moça Jamile era um doce de pessoa. Meu filho, Zamir, tinha muita amizade com ela, mas depois que se foram nunca mais soubemos deles, é uma pena, Zamir e eu gostávamos muito deles.

Na saída do armazém havia um homem mal-encarado que bebia sentado na soleira da porta e que Nasceb nem viu ao passar por ele, pois saía atormentado com tantas perguntas e tantas resposta que tivera que dar, as quais não eram verdade, e isso não calara bem dentro de seu coração, não gostava de mentir, era verdadeiro, tanto que ao cruzar a porta saiu sem que ele notasse uma expressão: "Que Alá proteja Jamile e seus pais deste povo".

— Filho, você nem imagina o comentário lá no mercado sobre a família de Jamile.

— O que falavam? — perguntou Zamir, que acabara de tomar banho e sentava para jantar com o pai.

— Queriam saber onde eles estavam, por que tinham fugido... Boatos e mais boatos, eu fingi não entender nada do que eles falavam e tratei logo de sair, alegando que tinha que fazer o jantar para você.

— Ainda bem que somos seus amigos; por nós, ninguém saberá o paradeiro deles.

– Mas filho, conte-me por que parece triste.

– Nada, meu pai, preocupações costumeiras. Você fez as malas?

– Sim, estão prontas, e também vendi tudo o que podia. A senhora Lídia, dona das cabras que nos fornece leite, vai cuidar de entregar aos novos donos a chave de nossa casa, dei para ela uma prenda boa, pela ajuda que está nos oferecendo.

– Ótimo, pai. Assim sairemos no final desta semana, resta-nos mais dois dias para terminar com o que estiver ainda pendente.

– Mas... Volto a falar, alguma coisa o preocupa sem ser a nossa mudança, o que é? Você não confia mais no seu velho pai?

– É Jamile. Ela está diferente, não sei bem por que, mas sinto que está distante de mim.

– Filho, eu faço gosto que seja com ela; mas, se o destino achar melhor outra, devemos esperar confiantes, você é jovem e tem todo o futuro pela frente.

No dia seguinte, Zamir encontrou Landis quando saía de casa,, tentou apenas cumprimentá-la, porém foi abordado por ela, que, imitindo um sorriso forçado, foi logo dizendo:

– Zamir, você por aqui? A Jamile o deixou livre? Ou veio por saudade de nós.

Zamir teve que engolir seco para não responder à altura da maldade da moça. Neste momento veio em sua mente o dia em que ela sofrera o acidente e ele teve que salvá-la, lembrou-se da dor que ela passara e, com essas lembranças, abrandou os pensamentos e falou se esforçando para ser gentil:

— Como vai, Landis? E seu Jualdi, está bem? Voltei somente para levar meu pai comigo, aqui não temos mais nada o que fazer.

— Zamir, não sei por que você me trata assim. Sabe, até gosto de você. Se ficar aqui em nossa aldeia, poderemos nos dar bem, quem sabe...

— Espero que você seja feliz com algum rapaz, eu não tenho nada contra você, mas agora tenho que ir, adeus.

— Não desdenhe, pois um dia você poderá me desejar — e riu alto quando falou isso, mas Zamir já saía mais rápido, não respondendo nada à vizinha, de quem ele não gostava.

Ele recordou o dia em que vira seu rosto e não sabia em que lugar eles estavam:

"Aquele sonho me perturbou, imagina se eu vou estar com ela algum dia. Isto parece coisa do professor Jonaste. Somente se houvesse outras vidas mesmo. Como não acredito nisso, o melhor que tenho a fazer é esquecer este sonho".

Mal sabia Zamir que a vida lhe reservaria outros encontros em futuro longínquo com aquela moça. É a Divina Providência indicando-nos os caminhos da evolução, os quais chegam através de aprendizados, e estamos todos à mercê deles.

— Vamos, Ondile! Vamos para o nosso passeio matinal! A manhã está linda e as flores estão nos esperando para lhes dar "bom dia".

Jamile empurrava a cadeira da garota enquanto ia falando, incentivando a pequena para receber a manhã, que realmente estava bela.

Cada empregado que passava por elas sorria de ver a harmonia das duas passeando sob o sol, que já começava a esquentar. Jamile cantou e conversou bastante, alegrando a garota, Ondile batia palmas e emitia som de contentamento, e assim as duas se entendiam. Foi quando Naomi, trazendo um refresco para a menina, comentou:

– Não sei como você entende tão bem Ondile. Ela parece conversar com você de igual para igual, como você consegue isso?

– Naomi, é o nosso coração que fala – respondeu alegre Jamile.

– Desde quando o coração fala?

– Não vê o que acontece com os namorados? Eles mal abrem a boca, basta apenas um olhar... O coração é que fala.

– Por falar em coração, como vai o seu? E Zamir? Não tem vindo, está tudo bem entre vocês?

– Chega de tantas perguntas, Naomi. Está tudo bem. Zamir está se mudando para uma pequena casa perto do seu serviço e foi buscar o pai, lá na aldeia, para ir morar com ele.

– E você vai ter que morar com o sogro? – Naomi fez uma brincadeira com a amiga.

– O senhor Nasceb é uma boa pessoa, e quem tiver a sorte de morar com eles vai ser feliz.

– Como assim? Quem for morar com eles? E o seu casamento?

– Naomi, por favor. Não está vendo que estou cuidando de Ondile? Deixe-nos em paz – Jamile vendo que Naomi ficou olhando e insistindo na resposta, resolveu acabar de vez com aquela situação. – Não consigo me imaginar casada com o Zamir. Gosto dele como amigo, houve momentos em que pensei estar apaixonada por ele, mas passou. Penso que confundi com agradecimento pelo que ele fez por mim e, agora que está tudo tranquilo e seguro, percebi que não estou apaixonada; sinto muito, porque Zamir é uma pessoa ótima.

Naomi, vendo que a amiga ficara emocionada ao falar do rapaz, deu um beijo na garota e saiu, se desculpando.

Jamile e Ondile, entrando por um corredor de plantas altas, encontram o anão Dim fazendo exercício no chão e, quando ele olhou para as duas, aproveitou e pulou fazendo uma pirueta engraçada, fazendo Ondile sorrir.

– Dim, o que você está fazendo a esta hora da manhã? Você dorme tão tarde, precisa aproveitar as manhãs para descansar – Jamile se referia às festas do sultão, nas quais o anão Dim era o que entretinha os convidados.

– Ontem o sultão me dispensou mais cedo e pediu para eu inventar outras acrobacias, pois os convidados não riram das que fiz. È por isso que estou exercitando o corpo a criar alguma coisa nova.

– Como o sultão Abindar é exigente... – Jamile ficou penalizada pelo amigo e sentou no banco próximo, assistindo às novas acrobacias do anão, tanto ela como Ondile aplaudiram muito, deixando o anão feliz e confiante.

Jamile aproveitou e perguntou a Dim sobre o terraço que vira na noite anterior.

– Este terraço que você vê de seu quarto fica nos fundos do aposento do sultão. Ele não gosta deste lado, raramente vai até lá. Ninguém sabe o motivo, mas por que você quer saber?

– Por nada, curiosidade apenas. Achei lindo o espaço que tem aqui embaixo do terraço dele. Deu-me a impressão de ser como o palco do salão onde ele recebe os convidados para as festas.

– É, realmente, parece um palco para a gente se apresentar. Eu fazendo as minhas maluquices e as dançarinas rodopiando com seus vestidos transparentes e sedutores.

Na mente de Jamile, ela se via dançando com a discrição de Dim. Somente saiu do transe quando Jonice chamou:

– Jamile, a Sultana Oziadi está pedindo para você levar Ondile, ela quer ver a filha.

– Já estamos indo. Vamos, Ondile, a sua mãe espera por você, dê um adeus ao Dim – Ondile jogou um beijo para o anão e foi com Jamile ao encontro da mãe.

Algumas noites se passaram desde o dia em que Dim falou com Jamile no jardim. Sempre que podia, antes de se deitar, Jamile corria para a porta-janela e a abria para ficar se imaginando no meio daquele espaço reservado para o sultão, a dançar, como se fosse as dançarinas do palácio.

Muitas vezes teve ímpeto de ir até lá e aproveitar o momento para dançar sob a luz do luar, sob o céu de tantas estrelas, que para ela tinha um encantamento especial, todavia continha-se e retirava-se para o seu leito, e dormia sentindo toda aquela inquietação que vinha tão rápido, coisa que nunca lá na aldeia sentira. "O que será que está acontecendo comigo? Estou inquieta... Parece que algo está por acontecer e eu não sei o quê..." Neste momento saltou da cama assustada e falou alto:

— Será que Hors me descobriu? Será esta a sensação que me agita por dentro? Não. Alá não haveria de permitir isto novamente. Chega de sofrimento. Mesmo que eu não me case com Zamir, um dia irei embora daqui e encontrarei os meus pais, e então viveremos em paz e felizes, e, quem sabe, por lá encontre um rapaz bom por quem eu me apaixone".

Jamile se lembrou das orientações do professor, fechou os olhos e se imaginou em muita luz; com essa meditação, ela adormeceu, sem ver que os emissários do bem estavam juntos, acolhendo-as em vibrações de paz.

— Jamile, vá até o nosso terraço, temos uma surpresa para você — falou Jonice enxugando as mãos na toalha da cozinha.

— O que vocês estão preparando para mim? — perguntou Jamile curiosa para saber.

— Corra e você mesma verá. Disse a serva de Oziadi.

Chegando à ala dos empregados, viu Zamir sentando conversando com Dim. Os dois riam muito das brincadeiras do anão; mas, quando Zamir a viu chegar, seu semblante entristeceu-se, ficando somente os olhos apaixonados direcionados para a moça.

— Jamile, minha querida, que saudade! — a voz dele era cheia de paixão em ver a namorada.

— Zamir, não sabia que havia chegado. Como vai? — foi até o rapaz e deu-lhe um beijo na face. Zamir, neste instante puxou-a para junto de si e deu-lhe um longo beijou na boca.

Os dois, depois deste beijo, encaminharam para o jardim que pertencia à ala dos empregados. Sentaram em um banco e

Zamir quis novamente beijá-la, porém ela retrucou, dizendo:

— Calma, Zamir, calma. Conte-me primeiro o que você resolveu com a nova moradia. Seu pai foi com você?

— Falarei depois que olhar bem para você e matar essa saudade que está em meu peito já faz tempo.

Jamile fez carinho no rosto do namorado, como se fosse um ato de gratidão, e novamente cobrou a resposta do amigo.

— Fale-me agora, conte-me tudo!

Zamir contou tudo sobre a mudança com o pai, que já havia também arrumado trabalho para o velho genitor e que ambos estavam bem vivendo juntos. Ele somente não contou sobre a conversa que o pai tivera no mercado, não quis preocupar a namorada com os boatos que por lá corriam.

Naquele dia a sultana dispensou Jamile dos serviços a pedido de Naomi, e com a folga eles puderam passar o dia conversando e comendo os quitutes que Jonice trazia para os dois antes de levar para a mesa dos patrões.

— Zamir, você veio para fazer o quê? Ou será que foi somente para me ver?

— Também. Mas o sultão tem um serviço aqui no seu gabinete e me convocou para fazer estes reparos.

— Vai ficar por muito tempo?

— Não posso, preciso consertar logo e partir, pois o palácio em que estou trabalhando é muito grande e o serviço está parado.

— Você não tem ajudante neste palácio em que está?

— Claro que tenho. Lá trabalho em equipe, mas sou eu

o chefe deles todos. Fui eu quem desenhou a ala nova que o sultão queria. E, por falar dela, saiba que está ficando linda. Vi algumas fotos de castelos da Europa e procurei tirar ideias e adaptá-las para o nosso clima, estou me saindo muito bem na área da construção.

— Fico feliz por você. Bem, agora vamos entrar, já está escurecendo.

Jamile não conseguia dormir. O sono não vinha, virou-se na cama várias vezes. Sentia calor, levantou, tomou água, abriu a janela e olhou para a noite lá fora, alongou mais a cabeça e viu o espaço do sultão vazio, a convidá-la para dançar.

Era irresistível a vontade de ir até lá. Não pensando e deixando se levar pela a emoção, Jamile desceu pela porta balcão de seu quarto, atravessou os canteiros e entrou no espaço vazio e solitário que estava a esperar por ela.

A brisa batia suavemente e ela sentiu um frio entrar pelo corpo através da camisola branca e transparente, os cabelos estavam soltos, ao bel-prazer da noite; neste momento, lembrou-se de uma música suave e começou a dançar através da imaginação.

A lua no céu a tudo assistia, e a emoção da alma sofrida e carente da moça extravasava através do ritmo que somente dentro dela existia. E assim ela ficou a dançar por longo tempo.

Do outro lado da ala, o sultão entrava no aposento que há muito não via, e pensava:

— Por que será que me deu essa vontade de entrar aqui neste quarto hoje? Há muito tempo não entro aqui, desde a noite em que sonhei com aquela voz. Hoje senti necessidade de vir aqui.

Entrou, olhou tudo e sentou-se na cadeira de descanso por poucos minutos. O leve vento batia no vidro e ele levantou para fechar melhor as janelas, quando viu lá no seu jardim, sob a luz do luar, aquele espetáculo majestoso aos seus olhos.

Jamile dançava e suas roupas levantavam voos a cada gesto. O clarão da lua batia em sua pele bronzeada, reluzindo em tons dourados.

— Quem é essa mulher? Será que estou vendo uma miragem? — Abindar teve de segurar na janela para não fazer barulho, admirando a moça que dançava. — Não é nenhuma de minhas odaliscas... Essa eu não conheço por certo... Mas quem é?

Sem saber que era vista pelo sultão, Jamile acabou de dançar, correu para o seu quarto e dormiu feliz.

Neste ínterim, Zamir voltou para o palácio onde estava fazendo a grande obra ao sultão indicado por Abindar, deixou a namorada com o coração apertado, não somente por ficar separado dela, mas por ter sentido muita frieza no comportamento de Jamile quando estavam juntos.

Abindar passou a vigiar outras noites para ver se a dançarina que mexeu com o coração dele voltava a dançar, mas durante três noites Jamile não repetiu o fato. Ora por causa de Ondile, ora por ter que ajudar Jonice com as coisas da sultana.

Porém, certo dia, Abindar chamou Fausi e falou-lhe:

— Fausi, me diga se existe alguma nova dançarina aqui

no palácio, que ainda não me foi apresentada.

– Claro que não, senhor. Somente a Hennele, mas ela o senhor já conhece e já a viu dançando.

– Não, não é ela...

– Como? Não é ela?

– Nada, me expressei mal, mas me diga, existe outra moça nova aqui no palácio?

– Nova não. A última que entrou para trabalhar foi Jamile, que é a serva de Ondile.

– Essa, que eu saiba, é a noiva de Zamir – respondeu Abindar. – Embora eu também não a conheça, mas tudo bem, pode se retirar.

Naquela noite ele foi novamente para o aposento, dirigindo-se para a ala que antes era pouco usada por ele, e ficou esperando a dançarina misteriosa. Alguns instantes se passaram e Jamile apareceu.

Jamile chegou ao local, antes de começar a dançar, viu no chão um lenço verde-água de seda bem transparente e o pegou, sentiu um perfume gostoso e começou a dançar com ele, fazendo complemento para seus passos, que ficaram mais sensuais ainda. Dançou muito até a exaustão, depois deixou o lenço no lugar que encontrara e foi para seu quarto.

Abindar da janela falou consigo: “Ela usou o lenço que coloquei no chão e foi maravilhosa a sua dança”.

O sultão esperou alguns instantes e desceu em silêncio até o pátio, pegou o lenço e o beijou várias vezes, sentindo também o perfume que ficara da dançarina.

Esses encontros se repetiram por várias noites, e sempre

que ele podia deixava algum pertence para que a moça usasse na dança. Às vezes era um rosa branca, outra vez era uma pele de ovelha ou flores, cujo perfume inundava o ar.

– Dim! – chamou Jamile numa manhã em que passeava com Ondile pelo jardim.

– Sim, Jamile, você precisa de mim?

– Não, somente quero lhe perguntar uma coisa. Quem tem o costume de ir ao pátio do jardim do sultão?

– Naquela ala que você disse ser lugar ideal para se dançar, que eu saiba ninguém, por quê?

– Por nada, curiosidade. Achei que era visitada também pela sultana ou por outra favorita dele.

– Imagina se ele vai deixar algumas de suas favoritas entrar em seu aposento sem o seu convite, nunca isso vai acontecer. O sultão é rigoroso com a ala dele; mesmo quando quer estar com uma das favoritas, ele é que determina o local, e nunca foi esta ala.

– Naomi, corra! Chame a Jonice e traga chá para Ondile. Corra, ela está muito mal.

Ondile amanhecera muito ruim com as crises costumeiras, mas com um agravante; soltava gotas de sangue pelas narinas, o que deixou a sultana apavorada.

Jamile, assim que soube da crise, veio também correndo, trazendo toalhas brancas e quentes para aquecer a doente. Porém, quando ela entrou no quarto, o sultão estava sentado ao lado da mulher, segurando as mãos da filha e acalmando a sultana com suas palavras:

– Calma, Oziade, se você começar a chorar assim, ela vai ficar mais perturbada. Por favor, queira se controlar.

Jamile, vendo ele ali tão perto, sentiu um frio correr a sua espinha dorsal e ficou tão estática ao lado da porta que mal dava para alguém perceber a sua presença naquele momento.

Oziade, vendo a moça pálida, chamou Naomi e pediu que apanhasse de Jamile as toalhas, mas nesse momento, por impulso, Jamile se aproximou da cama e estendeu as toalhas para Naomi, que não precisou sair do lugar.

Porém, no mesmo momento em que Jamile se aproximou, o sultão teve que limpar as narinas da filha que sangrava, e sem olhar para as duas criadas, gritou com elas:

–Vocês não estão vendo que toalha quente aumenta o sangramento? Tragam depressa uma toalha molhada em água fria.

Jamile saiu correndo assustada do quarto e foi para a cozinha buscar as novas toalhas, e, de encontro com Naomi, falou:

– Como ele é bruto e grosseiro. Quase que desmaio ao ouvir a voz dele.

– Não sei por que tanto medo dele. Eu percebi que só de sentir a presença dele no quarto você ficou imóvel atrás da porta, o que é isso...

– Não sei. Mas não é medo, é outra emoção. Ficou tremendo só de ouvir a voz dele, mas corra antes que ele nos mande embora.

Assim que recebeu as toalhas frias, Abindar aplicou na testa da filha e foi falando com ela, delicadamente, sem saber que era observado pelas moças, que não reconheciam o sultão que minutos antes tinha gritado daquele jeito com elas.

Abindar acalmava Ondile e ao mesmo tempo afastava a sultana do lado da filha, tomando conta da situação por completo.

— Filha vai passar logo essa crise. Eu farei tudo para você sarar. Mandarei virem outros médicos de outros países distantes, eles haverão de curar você.

A sultana foi para perto da janela e começou a chorar sem parar, as duas servas, se compadecendo da patroa, foram para junto dela e começaram a consolá-la. Abindar olhou para a mulher sendo consolada pelas servas e falou bravo:

— Faça o favor de parar de chorar. Não vê que isso só aumenta o desespero de Ondile?

Jamile, que estava de costas para ele, continuou imóvel, tremendo de medo, e não virou para ele como fez Naomi.

— Vocês duas podem sair, pois quero ficar a sós com minha filha e Oziade — mal acabou de falar, virou-se para a enferma e continuou aplicando as compressas frias.

Oziade foi se aproximando do leito da filha e falou com delicadeza ao marido:

— O que o senhor quer falar comigo?

De volta para seus aposentos, Naomi e Jamile se atiraram na cama e, depois de se refazerem da situação com o sultão, começaram a conversar sobre o ocorrido. Não entendiam como o humor dele era tão instável. Ora falava com candura para logo em seguida gritar como um homem sem cultura e sem educação.

— Naomi, como ele pode ter tantas mulheres ao seu lado? E como podem essas mulheres brigarem para estar na cama dele?

— Ele não tem essas mulheres. Elas são apenas suas dançarinas, que cumprem com o contrato e fazem tudo para agradá-lo quando vão para o seu quarto.

— Mas será que nenhuma gosta de verdade dele?

— Você parece boba. Elas apenas querem ter a mordomia, não querem fazer nada e gostam de ter conforto, roupas bonitas, bons vinhos, mas tudo isso dura enquanto elas forem novidade. Enquanto a beleza do corpo for domínio delas. Algumas fogem antes de ficarem feias e vão para outros países, ganhar a vida dançando ou dando aulas de dança.

— Que triste deve ser a vida dele — Jamile se compadeceu do Sultão e Naomi percebeu alguma coisa de diferente na voz da amiga.

— Jamile, até parece que você está gostando do sultão — e riu alto, achando que estava dizendo asneira.

— Naomi, não posso gostar de uma pessoa de quem nunca estive perto ao ponto de olhar em seus olhos e de sentir seu contado físico. Sinto pena dele, acho que ele é infeliz.

— Infeliz? Com todo o ouro que tem, com toda a posição que possui? Ele é mesmo impiedoso, isso sim que ele é.

— Sente-se aqui ao meu lado — falou Abindar para a sultana, que prontamente obedeceu à voz do marido.

Ondile conseguira dormir e estava tranquila. O sangramento parara e a respiração voltara ao normal, despreocupando os pais.

— Oziade, por que você se desespera tanto quando Ondile entra em crise? Você sabe que será assim para o resto de nossas vidas. Ela estará em crise sempre, foi o que os médicos nos advertiram, é a sina dela e a nossa também.

— Não sei como você não se desespera ao ver a sua filha morrendo a cada dia um pouquinho, falou Oziade nervosa e chorando.

— Não fale assim. Ela é nossa filha, ou você se esqueceu de que me prometeu cuidar dela sempre?

— Claro, você queria mandar embora a criança que acabara de nascer, eu me compadeci dela. A pobre mãe havia acabado de morrer ao dar à luz a filha e você implacável não permitia nem mesmo que eu lhe mostrasse a criança, que era sua filha.

— Ela sabia que eu não queria filhos. Elas se esquecem de que estão aqui apenas para me divertir — Abindar se referia à dançarina que morrera no parto de Ondile.

— Nós não tínhamos filhos, não fui abençoada por Alá e meus braços eram vazios, então foi que me compadeci de Ondile e a recebi em meus braços como se fosse eu quem lhe havia dado à luz.

— Eu não desejava a criança porque queria poupar a você este trabalho. Nós não tínhamos experiência com filhos; todavia, depois que ela passou a viver conosco, fui me envolvendo com ela e sinto que é como se fosse nossa filha — falou Abindar.

— Abindar, você nunca me amou realmente. Por quê?

– Quero-lhe muito bem, você sabe disso. Amor não se encomenda, amor nasce espontâneo, mas saiba que tenho por você um carinho especial. Em nossa família a tradição é de que, quando jovem, sejamos destinados a nos casar com quem os nossos pais querem. É um jogo de poderes, de riquezas e de títulos. E essa mesma tradição seria passada para os filhos varões, se os tivéssemos.

– É, nós não teremos este problema – falou Oziade, lembrando-se de que a única filha era doente e jamais se casaria.

– Talvez. A não ser que eu deixe muita riqueza e alguém se interesse por Ondile mesmo sabendo de seu estado.

– Isso seria uma monstruosidade, fazer a pobrezinha se unir sem mesmo saber o que estará fazendo.

– Não estou dizendo que vou fazer isso, além do que tenho por descendência vários sobrinhos que por certo estarão por lei herdando a nossa fortuna e o meu lugar. Bem, agora que Ondile está repousando, chame a ama dela e vamos nos retirar, preciso descansar um pouco, esta tarde me deixou exausto, e você deve também descansar. Quase que me esqueço, hoje tenho um banquete para alguns convidados e preciso ver se tudo está sendo cuidadosamente preparado.

Oziade pensou: "Mais uma noite de extravagância e de mulheres servindo os prazeres dos homens."

Zamir trabalhava sob o sol causticante daquele dia de setembro, véspera da inauguração do palácio do sultão Gerian. A construção havia demorado mais do que eles imaginaram. Todavia o sultão não se desesperou, já que grande parte da culpa era dele. Depois de quase pronto, fizera Zamir derrubar uma ala toda e reconstruir mais ampla e com maior quantidade de janelas para o pátio; pois, segundo ele, a antessala precisava ter muita visão dos jardins, haja vista que era ali que as festas do sultão eram realizadas, e o ambiente ganharia mais requinte, quando realizasse as recepções a outros sultões.

Naquele dia quente de trabalho árduo Zamir pensava em sua vida. Relembrava desde que o sultão Abindar lhe conhecera e lhe dera proteção. Da vida na aldeia com o pai viúvo e o seu vai e vem diário do palácio até sua casa, pois a distância era enorme e se tornava realmente uma viagem sempre, somente nos últimos dias é que Zamir passou a visitar o pai mais raramente.

Lembrou-se também de quando conheceu Jamile e que de pronto apaixonara-se pela bela morena de olhos grandes e sedutores, e pensou consigo: "Não devia ter apresentado ao palácio de Abindar, talvez se ela não tivesse a oportunidade deste emprego, hoje estivesse comigo." Mas logo veio em seu pensamento a figura de Hors e a sua eterna perseguição a Jamile, e refletiu: "Não... foi melhor isso, assim ela está segura lá no palácio, protegida de Hors."

Quando Zamir voltou para casa, encontrou o pai acamado. Sentia dores no corpo e tinha uma febre não muito alta, mas persistente, o que preocupou Zamir, que rapidamente correu atrás da mulher que socorria a todos com seus remédios e ervas milagrosas.

– Entre, mestre Abelina, meu pai está no quarto ao lado.

Quando a mulher chegou perto do velho Nasceb, ele quis se levantar para cumprimentá-la, mas não teve forças e continuou deitado se desculpando por essa atitude.

— Nasceb, meu bom amigo, fica quieto que gentileza tem tempo e horário, e por certo não é agora que você me deve essa cortesia estou aqui para ajudá-lo, diga-me o que sente.

Nasceb falou o que doía em seu corpo. Depois de ter examinado o enfermo, chamou Zamir na saleta e lhe passou as recomendações necessárias para combater o mal que Nasceb estava sentindo.

— Zamir, dê a ele três vezes ao dia essa poção que tenho preparada e passe nas costas dele essa pomada feita com aloé, pois ele está com algumas feridas, que devem ter aumentado por estar deitado por longo tempo.

— Mas o que ele tem? A mestre Abelina pode me dizer?

— Deve ter sido pela idade e por ficar exposto muito ao sol. Os nossos caminhos são perigosos para nós quando temos mais idade. Poeira, sol e falta de água deixa os nossos pulmões fracos e ele dever ter ficado muito tempo exposto a isso.

Zamir agradeceu à anciã e acompanhou-a até a porta. Voltou à cabeceira do pai, já lhe dando a poção necessária para sua melhora.

— Pai, por quanto tempo você ficou exposto ao sol para que lhe causasse tudo isso? O que lhe falta aqui em nossa casa?

— Nada, meu filho, nada — Nasceb não conseguiu esconder que tinha algo que Zamir não sabia, e o filho percebeu e perguntou:

— Pai, você nunca me escondeu nada, por que está fingindo agora que nada aconteceu? Fale, deixe-me entender o que aconteceu, estarei sempre ao seu lado.

— Filho, não quis aborrecê-lo com o fato e foi por isso

que escondi, mas nunca lhe menti e nem será agora que farei. Tentei poupá-lo de aborrecimentos.

Zamir ficou muito preocupado, com certeza alguma coisa de muito grave havia acontecido na sua ausência, pois ficara no palácio por dois meses e neste período Nasceb não vira o filho.

— Meu pai, diga-me logo, quero saber de tudo — Zamir puxou uma cadeira e sentou-se perto para ouvir melhor.

— Pouco tempo depois de você partir, na última vez em que veio aqui em nossa casa, bateram em nossa porta e fui atender, quando fui empurrado para dentro com força por dois homens aos berros:

"Diga velho, onde Zamir escondeu Jamile, diga ou você vai morrer."

Sabia que se falasse onde você estava trabalhando eles iriam atrás para saber de Jamile. Tentei disfarçar, mas eles eram violentos e me obrigaram a seguir com eles até o chefe, que nos esperava em outro lugar.

Seguimos pelas areias quentes e longínquas, sempre que paravam eles me questionavam de seu paradeiro, eu dizia que não o via há mais de ano e me bateram tanto que não aguentei e desmaiei. Antes, porém, haviam me deixado sem água e amarrado ao pé da carroça velha e quebrada em que eles iam em cima. Acordei do desmaio com a lua grande sobre mim, eles já tinham ido embora. Com certeza pensaram que morri, então voltei pedindo carona em camelos de comerciantes, que me deixaram aqui por perto.

— Deviam ser homens de Hors. Sempre ele prejudicando as pessoas. Oh, meu pai, como você sofreu, mas agora porei uma pessoa para ficar cuidando do senhor.

– Não precisa, Zamir, vou ficar bom, pode ir trabalhar tranquilo, vou ficar bem.

Zamir cuidou por dias do pai e só voltou ao palácio quando ele começou a apresentar melhoras, mas antes deixou uma vizinha contratada para tratar do pai.

E Nasceb foi melhorando gradativamente com a companhia da boa Iriam, uma mulher abandonada pelo marido e sem filhos.

Capítulo 8
E o Amor Surgiu

CAPITULO 8

E o Amor Surgiu

Jamile cada vez mais atendia aos desejos de dançar sob a luz do luar e por entre os canteiros do suntuoso jardim. Sentia que era observada por alguém, mas não tinha certeza de quem seria. Sentia o olhar sobre ela, como se fosse uma atração. Quando esses momentos aconteciam, ela parava e ficava a verificar por todos os cantos, inclusive para as janelas do sultão, para ver se percebia a presença de alguém, todavia nada acontecia que pudesse saber de quem era o olhar que, sem sem conseguir identificar, sabia que projetavam sobre ela enquanto dançava.

— Deve ser de alguma arrumadeira ou outra serva da limpeza — pensava ela. — Mas a essa hora da noite? Quem estaria fazendo limpeza? Ou será que é de algum eunuco? Não. Eles nem sentem prazer nessas coisas. De quem será? Sei que estou sendo observada, sinto essa sensação.

As noites passavam, Abindar cada vez mais interessado na dança, não mais questionando de quem seria aquele espetáculo, tinha medo de se decepcionar e não ter mais o prazer daquelas noites especiais.

Muitas vezes deixava a companhia de suas favoritas, largando-as na cama à espera de um prazer maior e dirigia-se para o quarto ao lado, a fim de ver se a sua musa estava dançando e, quando isto não acontecia, voltava com mau humor para seus aposentos, não querendo a presença de mais ninguém.

Ondile estava passando por uma fase de tranquilidade. O passeio pelas manhãs com Jamile no jardim lhe fazia tanto bem. A face da garota estava constantemente rosada, demonstrando um ar de saúde.

Oziade não descuidava em tempo nenhum da filha, exigindo de suas servas o esmero no trato junto à enferma.

O médico era outra pessoa que vinha uma vez por mês de Marrocos para ver como estava Ondile, trazendo sempre novidades para a tranquilidade dos pais, que não mediam gastos com o tratamento da filha.

"O caso de Ondile é irreversível" – dizia o médico para Oziade. "Mas temos esperanças de que, com esses novos remédios, possamos estacionar as crises e fazer com que o cérebro esteja sob controle, não havendo convulsão por um longo tempo ou pelo menos que as crises venham esporadicamente."

As favoritas do sultão estavam passando por momentos de nervosismo. A causa era o descontentamento do sultão por elas.

– Não chore, Hennele, você não está errada. Fez tudo que pôde para agradá-lo – falava a mais antiga das dançarinas, tentando consolar a novata.

– Coloquei uma túnica lilás, pois sei que é a cor preferida dele, perfumei-me e deixei o quarto como ele gosta. Almofadas sobre a cama, lenços de seda brancos e abajures acessos com pouca luz. Aromatizei tudo e, quando ele estava em meus braços, de repente deu um salto da cama, empurrando-me para longe dele e sentando. Ficou pensativo, depois foi até a janela, mas não abriu, voltando para mim, pediu que eu deixasse o quarto, sem falar mais nada. Neste instante, saí correndo e chorando. Agora eu pergunto: o que foi que eu fiz para descontentá-lo desta maneira?

– Não chore mais, pois começarão a aparecer rugas de tanto você enxugar a pele.

– Rugas? Veja como sou linda. Meu corpo é perfeito, sei como agradar um homem, somente ele não está percebendo nada disto em mim.

– Tenho observado o sultão nas festas que faz para os amigos e percebo que, quando estamos dançando, ele nos olha como se procurasse alguém.

– Como se procurasse quem? Todas nós dançamos juntas e nunca falta ninguém.

– Bem, vamos para o nosso ensaio, esta noite teremos outra recepção e precisamos estar todas bonitas, dançando muito bem. Por falar em dança, chegaram uns véus coloridos de seda pura para nós, que são maravilhosos. Fausi estava nos mostrando, quando percebeu que veio um a mais, somos 12 dançarinas e vieram 13 lenços. Sabendo que Abindar é rigoroso com as compras, Fausi foi perguntar ao sultão por que havia um lenço mais.

– Fausi, devo ter me enganado quanto à quantidade, mas já que tem a mais, deixe em meu quarto – respondeu

Abindar ao secretário, sem lhe dar maiores explicações.

Fausi sabia das fantasias que o sultão gostava de ter dentro da vida íntima; assim, deixou o lenço em cima da cama do senhor e pensou: "Ele gosta de imaginar coisas. Que fogo aceso que o sultão tem, ainda bem que é voltado para as suas dançarinas somente".

O eunuco particular saiu sem pensar em mais nada, pois nada mais mexia com a parte masculina dele, desta forma aceitou a explicação do patrão e foi para os seus afazeres.

Abindar entrou em seu quarto e olhou o lenço sobre a cama, pegando em suas mãos, pensou: "Esta noite deixarei este lenço para ela dançar. Antes, porém, embeberei com o meu perfume."

A noite veio e com ela a expectativa de Abindar de ver a dançarina sob a luz do luar embaixo de sua janela, todavia tinha que esperar terminar a festa de seus convidados, que ocorria no salão dourado. Abindar sorria, enquanto conversava com seus amigos, os outros sultões e governadores de regiões próximas e alguns de lugares distantes, que não perdiam suas festas pelas iguarias que comiam e por ver espetáculos tão lindos como os que as suas odaliscas faziam. Mas o ponto mais importante para eles era a forma elegante de como elas recebiam sensualmente os convidados.

A música tocava alto e o anão Dim executava seus números para entreter os convidados da noite. Vestia uma calça e um blusão muito coloridos, na cabeça trazia um boné com guizos nas pontas balançando e fazendo barulhos, mas ninguém dava importância para o que fazia, vez ou outra alguém olhava para ele e sorria de suas graças, mas poucos eram os que davam especial atenção para ele. Todavia, Dim era pessoa importante nestas reuniões, era de praxe que todo sultão de muita tradição, tendo nas mãos um governo grande, tivesse em seu palácio um anão artista, assim ele era especial.

Os cozinheiros entravam com seus pratos de finas carnes de animais, de aves raríssimas, guarnecidos com verduras tenras, nozes, castanhas e frutas das melhores qualidades. O vinho era da melhor safra, vindo da Europa, trazido pelos comerciantes que reservavam um lote para Abindar, por saber que era o melhor comprador entre os sultões.

Um som alto se fez ouvir no salão ao soar as badaladas do gongo pelo eunuco que dirigia a parte do cerimonial, anunciando que o show principal iria começar. Pela abertura de uma cortina em cor carmim, entravam as belas moças com seus lenços, cobrindo parte do rosto e deixando somente os olhos a mirar os visitantes, numa sedução constante através de seus gestos. O cortejo era formado por dez dançarinas que entravam com suas vestes sensuais e multicores, dançando por entre os convidados. O grupo era de12 odaliscas, no entanto sempre ficavam duas de reserva, caso acontecesse de alguma se machucar no salão durante a dança.

Os convidados, entre uma mordida e outra nas carnes e nas frutas, admiravam o espetáculo. Alguns puxavam as dançarinas, quando por eles passavam, mas elas se esquivavam, continuando a dançar.

Os risos e as falas enchiam o ar de barulhos, Abindar tentava ser gentil com todos, sem descuidar de ver se tudo estava saindo conforme ordenara aos servos, mantinha a conversa sempre cordial.

Quando a festa ia alta pela noite afora, Abindar começou a ficar impaciente. Queria estar perto de sua janela e admirar o outro espetáculo, o seu particular, o de sua musa, que há muitas noites povoava-lhe o sonho e tirava-lhe a calma.

Por entre as dançarinas que desfilavam no salão, Abindar percorria o olhar a procura de alguém que fosse a moça do pátio, mesmo sabendo que ninguém dançava para ele sem ter sua aprovação, porém não queria pensar em muitos porquês, queria simplesmente ver se encontrava a sua musa inspiradora.

Chamou Hannele para perto de si, após a moça ter acabado de dançar e sentando-a em seu colo, fazendo inveja aos outros sultões, por possuir a bela dançarina, mostrando a todos a sua nova favorita. Abindar recebia de Hannele carinhos estimulantes, os quais foram também retribuídos da mesma maneira.

Assim chegou ao fim a noitada, e depois das despedidas costumeiras, Abindar chamou Hannele, despedindo a moça da companhia da noite. Hannele, vendo que o sultão a estava dispensando novamente, muniu-se de coragem e falou:

– Senhor, não me quer esta noite? Estou ansiosa por sua companhia, quero lhe agradar como nunca.

– Hoje não, estou cansado. Ao falar isso, o sultão parou e refletiu um pouco, achando melhor ter companhia, e disse: – Bem, vá para o meu quarto e espere-me, mesmo que eu demore. Coma algumas uvas e beba o vinho que já deve estar me aguardando. Assim que der, irei ao seu encontro.

Abindar dirigiu-se para a ala especial; antes de entrar em seu aposento, foi até a janela do terraço, verificar se nada estava acontecendo no pátio, decepcionado por nada ver, já ia se retirar, mas naquele momento viu surgir por entre os canteiros a dançarina das noites solitárias, então ele pensou alto e feliz:

– Ela veio!

Neste instante Jamile olhou o galho de uma das roseiras onde estava o lenço de seda lilás à sua espera, não teve dúvidas, foi até ele, pegou o lenço e começou a dançar.

Jamile pensou: "Não tenho certeza de quem me deixa essas coisas, mas se deixa é para eu usar, então vou dançar com muito amor, pois sei que alguém me observa, gostaria muito que fosse ele." – Jamile se referia ao sultão. "Mas sei que ele deve estar com suas favoritas; mesmo assim, sem saber se estou sendo assistida, dançarei muito, mesmo que seja para mim mesma."

Quando terminou de dançar, ia colocar o lenço onde havia encontrado, mas teve o ímpeto de ficar com ele e, segurando firme o tecido, levou para o seu quarto.

Abindar estava em êxtase e precisava encontrar carinhos em outros braços, por isso dirigiu-se ao quarto, entregando-se às carícias de Hannele.

– Zamir, entre meu rapaz – Abindar mandara chamar o construtor, a fim de tirar a dúvida que tinha sobre a dançarina misteriosa e a noiva de Zamir. Havia acontecido algo há dias que o deixara intrigado; quando ele saía do quarto da filha, deparou com Jamile, que subitamente abaixou a cabeça e desviou-se de entrar no quarto da menina. Abindar teve ímpetos de segurá-la pelos braços e de olhar bem no rosto da serva, mas se conteve pensando: "Essa é tão frágil, não parece a exuberante dançarina das noites altas". Assim foi que pediu para Zamir vir, sob falso pretexto de tentar descobrir se de fato era ela ou não a misteriosa da noite.

– O senhor me chamou? Alguma reforma nova aqui no palácio?

– Sente-se, meu rapaz, e beba este licor. Não temos nenhuma reforma, somente uma pergunta sobre a área externa do palácio, quero aumentar as fontes, preciso ver jorrar o líquido abençoado e ouvir o barulho das águas, sei que você deve ter algum desenho bonito sobre essa ornamentação tão comum em outros países, quero ouvir a sua opinião.

Zamir falou do que se estava usando nos jardins da Espanha na parte moura. Abindar se entusiasmou com a narrativa, mesmo não estando em seus planos fazer fontes novas, mas pensou consigo: "Quem sabe no futuro".

– Muito bem, gostei da sua ideia, irei pensar bem e depois que resolver mandarei chamá-lo novamente – Abindar disfarçou, puxando outro assunto para ganhar tempo, e prosseguiu: – E o palácio do meu amigo, o sultão Gerian? Já acabou a reforma? Se bem que ele me disse que quase fez um novo.

– É verdade, trabalhei muito nele, agora já finalizei a obra e já posso voltar para casa e para o seu palácio.

Abindar, neste momento, sentiu ciúme da volta dele, teve medo de tê-lo junto ao seu harém. Zamir estava mais forte, sua aparência era de um bravo lutador. Os ombros estavam largos, era alto, tinha o tom do cabelo da cor de uma avelã, brilhoso e bem cuidado. Rapidamente arquitetou um plano:

— Zamir, quero você e sua noiva em minha mesa esta noite. Jantaremos juntos, assim poderei conhecer sua noiva, que trabalha em minha casa e ainda não tive a oportunidade de estar pessoalmente com ela.

— Zamir eu não quero jantar com eles. Na mesma mesa eu e a sultana Oziade? Não quero mesmo — Jamile estava brava e relutante com a ideia.

— Por quê? Você trabalha para eles aqui e não gosta deles? Lembre-se de que foram eles que a acolheram, evitando que Hors se aproximasse de você.

Jamile, ao relembrar o passado triste, resolveu aceitar.

— Tudo bem, eu irei por você, estarei pronta às 19 horas.

Zamir saiu de perto da namorada, lembrando o incidente que o pai sofrera por causa dela, mas prometera a si mesmo que Jamile não saberia de nada, não queria que ela sofresse mais e falou baixinho:

— Acho que o jantar fará bem a Jamile.

Em seu quarto, Jamile estava nervosa e andava de um lado para o outro.

— O que vai ser de mim hoje? Será ele o meu observador de todas as noites? E se não for? Se for um Eunuco ou alguma odalisca que fica me vigiando? Não, nem eunuco nem odalisca fariam isso. Bem, seja o que estiver escrito... eu irei.

Oziade entrou no quarto de Jamile para pedir que fosse antes do jantar até o quarto de Ondile, pois a garota estava um pouco inquieta, somente Jamile sabia como acalmar estes momentos.

Oziade viu sobre a poltrona o lenço de seda lilás, correu até ele, pegou-o e pôs sobre seus ombros. Jamile sentiu um calafrio a percorrer-lhe a espinha.

— Jamile, que coisa mais linda esse lenço! Você tem que usá-lo hoje à noite em nosso jantar — Jamile não deixou a sultana terminar e foi falando:

— Não, este lenço não! — vendo o espanto que causara na sultana, tentou modificar a frase: — Este lenço me traz saudades de meus pais.

— Mais um motivo para você usá-lo esta noite — falou a sultana, como se fosse uma ordem, e por estar também intrigada com o tipo de lenço, usado geralmente pelas odaliscas do sultão.

Jamile entendeu que com patrões não há como retrucar e, não tendo outra desculpa, teve que aceitar.

Em seus aposentos o sultão também estava impaciente.

— E se for ela realmente? Porque não existe outra pessoa neste palácio que eu não conheça a não ser ela, a noiva de Zamir. Se for realmente, terei que fazer Zamir trabalhar em outro palácio bem longe daqui, até que eu conheça melhor essa dançarina e me desiluda de uma vez, aí então ele poderá voltar para ela. As mulheres de minha vida, eu as escolho e as dispenso, quando não me agradam mais, como sempre foi com todo este harém, mas agora tenho que banhar-me.

Fausi já havia preparado o banho de seu patrão. Preparara a túnica e as roupas íntimas e as colocara sobre o biombo de marfim à espera de serem vestidas soberanamente pelo sultão. A túnica azul-escuro era inteira bordada em ouro e pedras preciosas, que variavam de tons desde o azul-celeste ao negro ébano. O turbante era inteiro branco com pedrarias também brancas e alguns rubis.

A sala que eles usariam seria a da ala esquerda, menor, porém bem aconchegante. Os móveis eram em tons de marfim e os veludos que cobriam as poltronas eram em cor vinho e verde escuro. A mesa era de altura baixa, acompanhada das poltronas iguais, ficando perto do chão, fazendo com que as pernas ficassem dobradas, porém com conforto.

Flores adornavam toda a superfície da mesa; entre elas, potes de porcelana adornados por laços de fitas de seda traziam as tâmaras e outras frutas secas. As taças de cobre e de prata brilhavam na limpeza, aguardando o líquido tinto do finíssimo vinho e das águas mais puras, compradas em Marrocos.

Música suave era tocada pela cítara do eunuco musicista oficial do palácio. Como fazia muito calor naquela noite, os eunucos responsáveis pelos abanadores, estavam aos seus postos refrescando todo o ambiente. Eles vestiam somente a calça larga com elástico no tornozelo e sem blusa, deixando o tronco nu.

Zamir chegara com Jamile, que estava usando um vestido azul-claro com uma sobressaia em rosa pálido, roupas que lhe foram emprestadas por Naomi, que certa vez ganhara de uma hóspede do palácio que simpatizara muito com ela. Na cabeça, usava uma tiara de pequenas flores brancas, que se destacavam, sobre o negro de seus cabelos encaracolados e compridos.

Naomi foi quem pintou o rosto da amiga, deixando

um rosado nas faces e um brilho nos lábios, cores extraídas das plantas, uma mistura de hena e de outras plantas que as mulheres conheciam e usavam muito; por fim, a echarpe, o lenço lilás que a sultana exigira que ela usasse, sobre os ombros.

Os dois foram conduzidos para um canto da sala e sentaram-se à espera do casal ilustre, que logo em seguida adentrou o recinto, a moça sentiu uma agitação profunda ao ver o sultão tão perto. Toda a exuberância contida na rica vestimenta de Abindar, seu andar com elegância, o modo que conduzia a sultana, que também apresentava-se muito bem trajada, sem tanta ostentação, mas bonita; tudo isso causou em Jamile um profundo mal-estar.

Jamile sentiu vertigem, só não caiu porque já estava sentada. Zamir percebeu e falou baixinho para a noiva:

– Fique tranquila, Jamile, eu estou aqui. E Zamir se levantou primeiro, em seguida amparou a moça para que ficasse em pé para receber os patrões.

– Muita boa noite, meus jovens, disse o sultão, sendo prontamente seguido pela sultana.

Quando Abindar chegou perto, viu em Jamile o lenço adornando seu pescoço, e nesta hora tremulou em suas pernas, o que foi de pronto percebido por Oziade, que tentou disfarçar logo a situação.

– Estes tapetes quase me fazem cair. Bem, vamos nos sentar – e apontou os lugares. Todos tomaram assento e a noite começou.

Em determinado momento, Abindar se levantou com o pretexto de servir mais vinho para Jamile e, debruçando-se sobre a moça, fez com que ela sentisse o seu perfume. Embora nervosa, a garota percebeu, era o mesmo aroma impregnado nos objetos que ele deixava nas noites de sua dança. Não havia mais dúvida nenhuma. Ele era o observador. Era ele quem deixava todos aqueles pertences e também o lenço que ela estava usando. E agora, o que seria dela? Zamir ali ao seu lado, Abindar tão perto dela que chegava a sentir a sua respiração ofegante, mexendo com todo o seu ser.

Abindar voltou ao seu lugar e o jantar tornou-se frio e silencioso, vez ou outra a sultana puxava conversa com Zamir, mas os outros dois ficaram mudos o resto da noite, que foi bem curta.

De volta para o quarto, Zamir perguntou:

– O que aconteceu com você que ficou pálida quando o sultão entrou? Parecia que tinha visto um fantasma.

– Nada, Zamir, não aconteceu nada, somente levei um susto, pois nunca havia visto o sultão tão de perto, e isso me deixou nervosa. A sultana já era familiar, mas ele me deu calafrios. Foi somente isso que aconteceu, mas já passou.

– Espero mesmo, que seja somente isso.

– Por que haveria de ser outra coisa? – Perguntou Jamile assustada pela insinuação do namorado.

– Por nada, ou melhor, pela vida que ele leva. Escolhe as mulheres que ele quer ter na sua cama, e do jeito que você ficou assustada ao vê-lo, achei que houvesse algum convite da parte dele para você.... – Jamile não deixou que ele terminasse a frase e retrucou.

– Nunca imaginei que pudesse pensar isso de mim. Nunca nem olhei para ele, a não ser essa noite.

– Tudo bem. Vamos esquecer este episódio e tratar de dormir, pois a madrugada já se faz alta.

Zamir beijou longamente a namorada e ela fez tudo para que ele não notasse sua insegurança.

Em seu quarto, Jamile chorou muito. Estava realmente nervosa e confusa. Mal terminou de colocar a roupa de dormir, dirigiu-se para a janela, ficando a olhar o pátio, naquele instante, vazio, que em outras noites era o lugar de sua dança. Palco de suas emoções. Tudo estava tão presente que fez Jamile se lembrar de quando dançava sob a luz do luar, pensando estar sozinha, mal sabendo que era observada – Por Alá... O que será de mim? Zamir é meu namorado, bom e cuidadoso, sempre que precisei ele me ajudou, mas agora... Abindar entra em minha vida como se já fizesse parte dela há tempos.

Jamile começou a se lembrar do jantar. Revia as cenas e o constrangimento que sentiu quando o sultão chegou perto dela para lhe servir o vinho.

– Era o mesmo perfume dos lenços que me deixava todas as noites, quando me via dançar. Sua respiração era ofegante, quente e sensual. Tive vontade de lhe dar um beijo e de ser abraçada por ele. Mas e o Zamir? Por Alá, o que faço agora?

Olhou o pátio calmo e quieto, fechou a janela, se atirou na cama, soluçando sem parar. Chorava de remorso por não gostar de Zamir, que era bom. Lembrou-se do professor Jonaste dizendo que existiam outras vidas, neste momento pensou: "Será que já vivi com Abindar em outras vidas? Não, não pode ser verdade! Mas o professor Jonaste nunca mentiu.... e se for verdade? Não quero pensar nisto, é muito confuso, me deixa mais nervosa; preciso dormir e me acalmar. Eu não quero magoar ninguém. Oh Alá, me ajude, quero ser feliz, mas não quero prejudicar outras pessoas.

Neste instante Jamile recordou-se mais uma vez dos

ensinamentos do professor e se viu banhada em luz, isso a tranquilizou aos poucos. Mas o que realmente Jamile não pôde perceber foi que, na súplica ao bem, os mensageiros de luz foram atraídos pela vibração dela e adentraram o recinto, trazendo a calma e o repouso para a moça aflita, que logo em seguida adormeceu. "Pedi e obtereis", foi o que o Mestre nos ensinou.

Zamir foi enviado a mando de Abindar para fazer um novo serviço no palácio de outro sultão; desta maneira, o rapaz estaria longe de Jamile.

Desde a noite do jantar constrangedor, que Abindar não conseguia mais ter paz dentro de si. Todas as noites, após o atendimento social, fatos que faziam parte do cotidiano do palácio, dirigia-se à janela do pátio para ver a sua dançarina, todavia ela não mais voltou a dançar para ele.

– Por que ela não veio mais? Agora já sabe que sou eu quem assiste a sua dança. Sinto que ela também gosta de mim. A sua respiração naquela noite era de quem estava feliz com a minha presença, embora nervosa, devo confessar, mas percebi sua inquietude quando dela me aproximei. Como fui me apaixonar desta maneira por essa moça? Com tantas outras belíssimas que tenho em meu harém, por quê?

Neste instante em que fazia essas reflexões, bateram à porta de seu aposento incessantemente. Abindar correu para abrir, pois ninguém ousaria perturbá-lo em altas horas da noite se não fosse muito importante.

– Senhor! – era Fausi, seu servo particular que, aflito,

falava muito rápido, mal dando para Abindar compreender o que se passava em seu palácio. – Corra. A sua filha está muito mal e a sultana desmaiou ao lado da cama da menina.

Abindar nem parou para pensar, saiu ao alcance do quarto da filha, mesmo em trajes de dormir.

Nunca o corredor que dava para a ala da filha e da mulher fora tão grande. Estava ofegante quando chegou à porta e deparou com a cena triste: a mulher caída no chão e a filha espumando e se contorcendo no leito, apoiada somente em Noemi, que fora chamada por Fausi antes de procurar o sultão.

Abindar pediu o vidro da erva forte que atingia o cérebro rápido, recomendado pelo médico para colocar nas narinas da menina quando ela estivesse desmaiada e fez também a sultana cheirar até que despertar meio confusa, e logo que percebeu a situação, começou a chora compulsivamente.

– Por favor, pare com essa histeria – falava Abindar, que, depois de ajudar a sultana a sentar na poltrona, correu para perto de Ondile. – Passe para mim a toalha, pedia à Noemi, que prontamente atendeu o sultão.

Ele enxugou a boca, o suor do rosto e deu água para a filha beber. Ondile não conseguia engolir, os dentes estavam cerrados e os olhos arregalados.

– Vamos, preparem a banheira com água quente – gritava o sultão para Fausi e Noemi.

Em seguida, levaram a menina para o quarto de banho, colocaram-na na banheira, mesmo sem terem terminado de tirar-lhe toda a roupa. O choque com a água quente fez Ondile sair do estupor em que se encontrava. Seus olhos brilharam de alegria quando viu o pai ao seu lado, cuidando dela com carinho.

Os servos banharam a menina e quando ela estava melhor a carregaram de volta ao leito. Os pais preocupados aguardavam o retorno da filha, cada um sentado em uma poltrona e cabisbaixos.

Ondile já calma e reconfortada começou a emitir sons querendo expressar o seu bem-estar, Abindar e Oziadi foram para junto dela.

– Está tudo bem, minha filha – falou Abindar, tranquilizando a pequena.

– Eu ficarei com ela, pode ir para o seu aposento e descanse, agora tudo está bem.

Abindar, ao sair, perguntou à esposa:

– Por que você desmaiou? Sempre assistiu a essas crises. Não sendo essa a primeira vez, qual o motivo do desmaio?

– Abindar, meu marido, aconteceu algo muito estranho e tenebroso. Quando eu entrei aqui no quarto de Ondile vi diversas pessoas em volta dela, gritando, outras rindo e falando frases que eu não compreendi. Eles falavam: "Você veio, sua bruxinha, mas não vai conseguir fazer com que estes dois se condoam de você. Eles a tiraram de nós e pediram para cuidar de você nesta vida, mas você era prenda nossa e eles vão sofrer muito com a sua presença nesta casa."[10] Depois

[10] O Livro dos Médiuns – Cap.VI – Allan Kardec

eles sumiram, foi nesta hora que eu perdi a consciência. Foi feio demais o que vi.

– Você deve estar cansada para ter essas alucinações, vá se deitar, você está precisando é de um bom descanso. Naomi e Fausi ficarão com Ondile, pode ir sossegada.

– Não, eu ficarei com ela. Mas quero que você saiba que não foi alucinação, eu vi tudo isso que lhe contei.

Abindar saiu deixando a sultana terminando a frase sozinha e pensou consigo: "Só me faltava essa, a minha mulher tendo visões!".

– Naomi, por que você não me chamou para ajudar Ondile? – Naomi havia relatado para a amiga o acontecido na noite anterior.

– Era sua folga e você tinha que dormir; além do mais, você anda tão pálida e sem apetite, estou ficando preocupada. Jamile, o que realmente está se passando com você, minha amiga?

– Nada... nada que você possa me ajudar.

Jamile não queria envolver sua companheira de trabalho com as suas tristezas, porém a amiga percebeu e voltou a perguntar:

– Jamile, me diga, o que a está preocupando e deixando tão aflita? Diversas vezes neste mês a vi chorando em seu quarto até tarde da noite.

– Não chorei, foi impressão sua.

– Você esquece que o nosso quarto é geminado e as paredes são finas. Por isso pude escutar o seu choro, mas se você não confia em mim, tudo bem.

– Não é isso, Naomi, confio muito em você. A única pessoa aqui em quem sempre eu pude contar foi com você. Acho mesmo que somos irmãs de alma. Gostamos das mesmas coisas e cuidamos juntas de Ondile com o mesmo amor.

Jamile viu que não podia mais esconder da amiga o seu segredo de amor e resolveu contar tudo o que se passava com ela e que dizia respeito ao Sultão e Zamir.

Contou para amiga de suas danças, altas horas da noite no pátio, sob a luz do luar. Quando então começaram a aparecer os objetos por entre as flores, e que a cada noite usava um na dança, completando mais ainda sua arte. Falou que isso ocorreu na noite do malfadado jantar, quando teve a certeza de que era o sultão quem assistia a suas danças.

– Por Alá! Em que situação complicada você se meteu, minha amiga, e agora? Como fica Zamir nesta historia toda?

– É por causa dele que estou neste desespero todo. Foi ele quem me salvou de Hors, que me protegeu, arrumando este emprego para mim. Não sei se você pode me entender, eu gosto de Zamir, gosto muito, mas é como gostar de um irmão, de um amigo, em quem a gente confia muito, mas...

– Mas? – perguntou Naomi, já adivinhando a resposta.

– Amor eu não sinto por ele, não este amor que tenho dentro do peito, essa vontade de ser amada, igualmente de ser acariciada, de ser tocada, de ser feliz junto de uma pessoa que a gente ama de verdade, você está me entendendo?

– Acho que sim e sinto muito por você. Jamile, este amor não existe. Minha amiga, coloque os pés no chão, é Zamir que está mais para você. Para o sultão, você será somente mais uma em seu harém e quando ele enjoar de você, como faz com todas, pois depois de um certo tempo ele perde o entusiasmo, ele mandará você para bem longe, como já fez com algumas das dançarinas que passaram por aqui.

— Não, Naomi. Não será assim comigo, eu sinto que ele me ama. Seus olhos me confirmam isso.

— Não vai falar depois que eu não avisei.

— Mas o que também me preocupa é a sultana. Sou a ama de sua filha e ela confia em mim, como poderei ser do marido dela se trabalho para ela?

— As sultanas são preparadas para terem os maridos somente no começou do casamento, depois que nascem os filhos os sultões não procuram mais as esposas e elas sabem disso desde o primeiro dia da união, convivem bem com as favoritas dentro do harém em seu próprio palácio, isso já faz parte da tradição. Tais casamentos são negócios para essas famílias e se perpetuarão para sempre. As sultanas são meramente companheiras sociais para esses ricos sultões. Quanto a isso, não precisa se preocupar, a minha intenção é de evitar que você sofra mais ainda por causa do próprio sultão.

Jamile ficou abismada com a explicação da amiga, sobre os casamentos de sultões.

— Será mesmo isto?

E Naomi continuou a comentar a vida do sultão.

— A nossa sultana Oziadi nem mesmo teve o sultão por este tempo, pois logo soube que não poderia ter filhos, e a partir deste dia ele não a procurou mais como mulher. Eles convivem bem dentro desta parceria, foi por essa razão que ela se apegou muito a Ondile. Para ela, a garota está no lugar da filha que não teve. Quanto ao sultão, ela evita estar perto dele, deixando esses deveres somente quando é de cunho social.

Jamile ficou pensando em tudo o que Naomi falou para ela sobre os casamentos dos sultões "Eu que não queria ser sultana de ninguém. Viver como enfeite de marido, somente para ele nos mostrar aos outros... quero ser diferente, quero viver um grande amor, ou melhor, quero amar com todo o meu coração e viver para sempre com este amor ao meu lado."

A noite chegou e, mais calma, Jamile acompanhou a sultana aos seus aposentos, ajudando-a a se prepara para dormir.

– Jamile, como vai o seu romance com Zamir? – perguntou a sultana, deixando Jamile gelada.

– Zamir está longe e acho que não estou mais apaixonada por ele; ou melhor, acho que acabou mesmo essa paixão. E a senhora é feliz?

– Como? – a sultana se espantou com a ousadia da serva. Jamile percebeu a ousadia de sua parte e pediu desculpas, mas Oziadi continuou a questionar a serva. – Não se acanhe Jamile, você foi realmente ousada, mas achei corajosa a sua atitude. Na verdade, se você quer saber, eu sou feliz. Tenho este palácio, tenho marido socialmente, tenho a minha filha do coração, o que mais eu poderia desejar? Abindar está bem com as suas favoritas e não me incomoda com nada. Aliás, acho que você daria uma ótima favorita, é bonita e carinhosa...

– Por favor, sultana...– Jamile ficou encabulada com a conversa e pediu licença para se retirar.

Naquela noite Jamile estava aliviada e sem culpa. Ouvira de Naomi sobre o casamento dos sultões e depois da própria sultana ouviu a sugestão de ser a nova favorita de Abindar. Mesmo assim ficou em silêncio, e, quando estes momentos aconteciam, procurava se lembrar do professor tão querido, sempre tão presente em sua vida, e pediu forças para poder entender a situação em que se encontrava.

Tentou dormir. Rolou de um lado para outro e nada de conciliar o sono, levantou e bebeu água, quando voltou para a cama ouviu um barulho embaixo de sua janela, correu até ela, abriu delicadamente e viu uma flor amarrada em um graveto no parapeito da janela; pegou, beijou a flor e sentiu o perfume que havia nela, o mesmo de Abindar. Olhou para o pátio e lá estava ele olhando para ela com um sorriso nos lábios, e, num gesto afetuoso, ele estendeu-lhe a mão, pedindo para ela descer.

Pelo mesmo caminho que antes percorrera para dançar no pátio, Jamile desceu com o coração ofegante, as pernas trêmulas, até que chegou perto de Abindar e foi por ele amparada. Os olhos dos dois apaixonados se encontraram, e permaneceram num silêncio profundo por minutos, que pareceram uma eternidade.

– Que bom que veio ao meu encontro, tenho esperado você por tantas noites... pela sua presença, por sua dança, por essa magia que você exerce sobre mim, uma coisa que eu não sei explicar.

Jamile não conseguia falar, somente ouvia e tinha a impressão de que ele escutava as batidas de seu coração, de tão fortes que elas estavam.

– Minha querida, volte para o seu quarto, obrigado por ter vindo. Estou pleno agora e quero que você durma tranquila. A noite está tão linda, precisava vê-la, porém nada quero de você, se não for com o seu querer também. Companhias frias eu já tenho demais, com você não é isso que espero encontrar, alguma coisa de novo está acontecendo comigo, mas por hoje basta, quero guardar a sua presença assim perto de mim e o calor de suas mãos nas minhas, depois... o que virá eu não sei.

Abindar deu um beijo na testa de Jamile, se retirando para os aposentos. Jamile ainda petrificada ficou por instantes no lugar, depois olhou para o céu e viu a lua branca imóvel no firmamento e pensou: "Aconteceu mesmo?" E, num rápido movimento, começou a dançar feliz e leve, rodopiando na direção de seu quarto.

Em sua imaginação, criava inúmeras situações, ora via-se com Abindar jantando em seu salão de festa, ora via-se no jardim sob a luz do luar a trocar juras e carinhos, que somente os apaixonados fazem. Em outros momentos, via-se com ele em lugar distante a viverem plenamente uma relação de amor, séria e duradoura, e adormeceu neste clima de ventura, e de quimeras povoou todo o seu futuro.

Na ala do sultão, do outro lado do palácio, Abindar deitado estava a meditar sobre o ocorrido no jardim. Nunca sentira tanta paixão por alguém como estava sentindo por Jamile.

– Não é somente atração física o que sinto por ela. A simples presença dela me entontece e me deixa feliz. Agora mesmo poderia tê-la em meus braços, mas não é isso que eu quero, não neste momento. A minha alma pede mais, não quero somente o corpo desta mulher, quero a sua alma também, quero-a por completo.

Abindar lembrou-se das suas favoritas, e cada uma apareceu em seus pensamentos com atrativos que Jamile não possuía; as vestes sedutoras, os perfumes, que ele próprio escolhia, os cabelos sedosos a encostarem em sua pele, mas nada disto fez Abindar deixar de pensar em Jamile.

Ela aparecia com seus trajes simples, mas no rosto uma luz brilhava que prendia Abindar nesta sedução. Por vezes imaginava ver a moça dançando, pois fora dessa maneira que conhecera Jamile. O jardim, o luar, a leveza de seus passos nos rodopios da dança, tudo maravilhava o sultão, que só saiu deste transe com o cansaço que lhe abateu, fazendo-o adormecer e continuar seu devaneio dentro do sonho.

Os dias se passaram e Abindar fez uma viagem de negócios em que demorou alguns dias, deixando Jamile em estado de reflexão constante.

No palácio tudo corria como de costume; Jamile atendia a sultana e Ondile diariamente com a mesma presteza, todavia a constante culpa perturbava a moça, quando estava perto da sultana.

Por mais que soubesse que o casamento era apenas um contrato perante a sociedade, ela se sentia mal diante da patroa e procurava esquivar-se sempre que possível.

Um dia em que estavam juntas, a sultana, percebendo essa situação, procurou conversar com ela, o que fez Jamile tremer de medo e de vergonha.

– Jamile, o que acontece com você? Parece que não é mais a mesma diante de mim?

– Senhora, deixei de cumprir com algum dever?

– Não, pelo contrário, você está fazendo além do que peço. Parece que algo a perturba, o que é? Não está bem com Zamir?

– Tudo está bem, senhora, tudo...

– Tenho notado que, quando Abindar chega perto, você muda de cor e procura sair de nossa presença. Ele fez alguma insinuação a você que não lhe agradou?

Jamile começou a chorar, pois não conseguia fingir diante da patroa que tanto a tratava bem e que confiava nela. Não queria magoar a sultana com essa situação, todavia a esposa de Abindar começou a perceber que alguma coisa não estava bem e chamou Jamile para uma poltrona da sala de vestir de seu quarto, fez a moça sentar e deu-lhe o lenço para que enxugasse as lágrimas, em seguida falou calmamente:

– Minha querida, não se acanhe por estar apaixonada pelo meu marido. Fico feliz que seja você e não uma destas favoritas que somente visam se aproveitar da situação. Há tempos, deparei com cena igual a esta, era uma favorita que estava com uma situação bem mais complicada do que a sua. Era eu casada já há algum tempo e não pude dar a Abindar filhos, e a moça que estava na minha frente me dizia que estava esperando um filho de meu marido. Fiquei triste, não por Abindar estar com ela, sabia que ele tinha sempre suas favoritas, isso faz parte de nossos costumes, mas por ela dar a ele um filho, isto me feria profundamente, fiquei fechada em meu quarto por muitos dias até que ele veio me procurar e disse que iria mandar a moça para longe, que não queria a criança. Fiquei indignada pelo ser que nem tinha nascido, que ele, o pai, já desprezava. Não permiti e pedi para cuidar da moça, dizendo que depois que ela tivesse a criança, então sim, ele poderia lhe dar um destino digno com o filho longe de nossa casa, mas infelizmente a moça morreu ao dar à luz Ondile, o resto você já sabe, fiz dela a filha que jamais teria e a amo de coração.

– Eu juro por Alá, não planejei nada para que isso acontecesse. Sempre duvidei do amor, achava mesmo que nunca encontraria alguém que me fizesse apaixonar e amar tanto assim, como o que está acontecendo comigo agora.

– E Zamir? Nunca amou esse rapaz , assim?

– Apaixonei por ele no começou. Era sozinha em minha aldeia, nada era permitido para nós moças, a não ser ir às aulas do professor Jonaste, e eu era feliz com esse modo de vida. Zamir era meu vizinho e nós sabíamos como ele era bom, honesto e ótimo filho. Foi assim que aos poucos surgiu essa amizade, que se transformou em um bem querer maior, mas que não é amor, hoje eu sei que não é. Sinto-me angustiada pelo Zamir. Não sei como vou falar com ele, dizendo que não quero me casar, que não estou apaixonada. Zamir sempre foi bom para mim.

– Bondade faz parte das pessoas de bem e não é virtude somente dos apaixonados. Zamir será sempre um bom rapaz, e com certeza entenderá você.

Jamile pegou a mão da sultana e a osculou, Oziade retirou logo, repreendendo a serva.

– Você não precisa fazer isso! Não mando em meu marido e em suas relações amorosas. Mas como já lhe disse, se for você a preferida dele eu fico feliz por ele e por Ondile, que terá a sua companhia sempre.

– Obrigada, senhora – falou Jamile com a voz embaraçada de emoção.

– Só lhe peço que não comente nada nem comigo nem com outros empregados sobre o que vier acontecer entre você e o sultão. Estaremos somente ligadas pela doença de Ondile. A sua vida e a de meu marido não me dizem respeito, prefiro ignorar os detalhes.

Agora você pode se retirar, a nossa Ondile está dormindo. Acalme-se, Jamile, está tudo bem, pode ir.

A noite estava com uma brisa leve. Nuvens cobriam partes do céu e não se via a lua entre as poucas estrelas que cintilavam no firmamento. Tudo indicava que possível chuva leve poderia cair naquele trecho do deserto onde quase nunca chovia realmente. O ar estava abafado e havia necessidade de se respirar ao relento e sentir essa brisa amena batendo no rosto. Jamile andava descalça por entre os canteiros repleto de flores, bem cuidados pelos jardineiros do palácio.

Em sua mente vinham todas as lembranças dos pais, do tempo em que ficaram juntos, da fuga naquele dia fatídico. Recordava-se de Zamir, de seu pai, que a acolhera em casa, escondendo depois no deserto, bem longe daquela aldeia.

Hors estava sempre presente nestas fugas, era o motivo maior. Pensava também no carinho de Zamir por ela, do seu amor, de seus sonhos, incluindo-a sempre neles.

– Por que tantas lembranças? Onde estarão meus pais agora? – neste instante olhou para o céu e sentiu gotas de água caindo sobre seu rosto. – Oh! Será que teremos alguma chuva? – mas foi muito passageira e não passava de pura ilusão. As pequenas gotas de água caíram por alguns instantes e logo as nuvens haviam sumido do céu, Jamile comentou consigo: "É, esse é o nosso clima, seco e sem chuvas, mas temos que nos acostumar com isso. Vou até o oásis, ninguém perceberá a minha saída. Ondile já está dormindo e tem a companhia de Naomi, pois hoje é dia de seu plantão".

Jamile, sempre que podia, acompanhava Fausi, que levava os empregados para buscar água, abastecendo assim as bicas do palácio. Nestes momentos, ela se refazia com aquela paz que havia em volta do oásis.

O oásis ficava perto do palácio e não havia perigo, pois o caminho até ele era vigiado pelos empregados de Abindar.

Quando lá chegou, Jamile tirou com rapidez as sandálias que havia calçado para percorrer o pequeno trecho e correu logo para a água, mergulhou os pés no líquido frio e sentiu uma calma enorme a invadir todo o seu corpo. Deitou na relva, tendo sobre ela toda a constelação a lhe admirar, e se entregou por inteira nesta troca de energia, ela e o cosmo; o bem-estar foi tão grande que adormeceu, sendo somente acordada pela voz de Abindar, que a encontrara naquela paragem.

—Jamile, acorde! O que você está fazendo aqui, no meio da noite e sozinha? Está louca?

Quando Jamile abriu os olhos e viu Abindar, pensou que estava sonhando e fechou os olhos novamente, voltando a dormir. Abindar, vendo que não haveria jeito, pegou-a em seu colo. Ao acordar e ver que era realidade, Jamile deu um pulo, se soltando dos braços do sultão, e ficou assustada com a presença dele ali, tentou achar uma desculpa para a sua traquinagem.

— Estava com calor e resolvi dar uma chegada aqui para refazer-me, mas já estou voltando, desculpe-me — logo se levantou, mas foi impedida pelas mãos de Abindar, que a fez parar e olhar para ele, percebendo o quando ele estava apaixonado por ela.

— Jamile, não é o sultão seu patrão que está aqui.

Tampouco estou a reprimindo pelo seu passeio, somente fiquei preocupado com o que poderia lhe acontecer. Existem salteadores por estes desertos, e, por mais que mantenha guardas vigiando, é bom sempre tomar cuidado ao sair do palácio, quem está advertindo você sou eu... apenas eu.

Jamile tremia tanto que ele percebeu e a abraçou com tanta força, quase tirando-lhe o fôlego.

– Como você me viu aqui? – perguntou admirada e curiosa.

– A minha caravana estava passando quando eu vi uma pessoa deitada na relva, mandei parar e desci. Vendo que era você, dispensei os guias e os meus servos, dizendo que ficaria um pouco para me refrescar.

Abindar acariciou os cabelos e beijou as mãos de Jamile, quando levantou os olhos, viu o quanto ela também o queria, e a teve sob a luz do luar, ali na relva, ao lado do oásis, que a tudo assistia, e selaram o amor que ardia em chamas dentro deles.

Nada havia mudado no comportamento de Jamile em relação ao trabalho e tampouco com Ondile e a sultana. Também não comentava com ninguém sobre sua intimidade com Abindar.

O sultão, por sua vez, também manteve sua rotina, mas com uma ressalva: a de não chamar mais as favoritas para a sua cama. Em seu harém, elas somente dançavam para os convidados, mudança que gerou muito falatório entre os empregados e principalmente entre as preferidas. Mil insinuações foram levantadas e Jamile ouvia a todas, sem participar de nenhum comentário.

Assim foram se passando os dias e cada vez eles estavam mais apaixonados. Um único pedido Abindar fez a Jamile: sempre que houvesse oportunidade, ela dançaria para ele lá no jardim, sob a luz do luar.

— Por quê? — perguntou intrigada.

— Por que você gosta de se expressar dançando, seu corpo vibra nestas horas. Isto faz bem a você. Lembra quando começou a dançar sem saber que eu estaria vendo? Mesmo assim, você dançava para si mesma, isso lhe fazia bem e quero que continue. Há também outro motivo: gosto de ver essa alegria no ar; quando você dança, todo o jardim se inunda de luz.

Jamile sorriu e beijou apaixonadamente Abindar, que, feliz, agradeceu à vida o amor que recebia da jovem.

A indiferença de Abindar pelas favoritas se tornou um problema entre elas. Dim era o único que escutava as lamentações:

— Você viu, ele nem olha mais para nós — comentava uma dançarina das mais antigas.

— Nem mesmo a Hennele, que chegou há pouco, não consegue seduzir o sultão.

Hannele que chegava à roda escutou seu nome e perguntou:

— Estão com certeza falando do sultão e de sua frieza para conosco, não é? Pois bem, sultão nenhum nunca me desprezou, mas ainda vou descobrir o que anda por trás disso

– e saiu deixando as outras sem poder responder nada.

– Como é antipática essa Hennele – disse uma, revoltada com a petulância da moça.

– Parece uma cascavel – disse outra e foi completada com a frase da terceira, que disse:

– Bem que ela disse que adora as serpentes. Claro, faz parte delas. O veneno escorre pelo canto da sua boca.

Neste momento, Dim se manifestou:

– Calma, meninas! O sultão tem prazer em estar com todas vocês, deve estar é sem saber qual de vocês ele vai levar para o quarto.

Todas riram e saíram debochando do anão, que ficou fazendo caretas engraçadas para elas.

Alguns dias se passaram e Hennele há muito tempo já esperava uma ocasião para abordar a moça, quando a encontrou em hora de descanso, aproveitou a situação e foi logo falando:

– Jamile, vejo você sempre isolada, o que há? Não gosta de nossa companhia? – Hennele tentava puxar assunto com a moça.

– Não é nada disso. Tudo está bem, sou assim mesmo.

– Sabe, fui criada sem mãe (Hennele inventa uma história e coloca emoção nas palavras), ela foi embora com um viajante que aportou em nossa cidade e fiquei com meu pai, que mais estava em viagem do que em casa. Foi um dos amigos dele que me arrumou os palácios em que trabalhei antes de aqui chegar, e você, de onde veio?

Jamile quase que abriu a boca para contar sua história,

depois pensou e evitou a conversa, não confiava em Hennele.

— Eu trabalhei em minha aldeia com crianças doentes, assim fui indicada para vir cuidar de Ondile e servir à sultana.

— E ao sultão... — Hennele falou baixinho, sorrindo ao dizer maliciosamente essa frase, o que Jamile percebeu e retrucou logo em seguida.

— O sultão é um bom patrão, mas não o sirvo, somente atendo à sultana — depois disso, Jamile deixou Hennele falando sozinha.

— Espera, que você terá a sua parte — respondeu entre os dentes. Até parece que não tem nada com ele, eu conheço bem essa sua carinha.

Depois de algum tempo, a rotina tomou conta novamente das dançarinas. Abindar aproveitava as festas, fazendo as odaliscas dançarem para seus convidados, que quase todas as noites se reuniam no salão nobre e, quando terminavam as reuniões, elas estavam tão esgotadas que pensavam somente em dormir.

Certa manhã Hennele chegava na cozinha, quando ouviu uma conversa de Jamile com Maína, e parou atrás da porta para ouvir.

— E o Zamir, tem tido notícias dele? — perguntou Mainá.

— Não. Ele deve estar em algum palácio bem longe daqui. Se bem que é melhor assim. Só me preocupa é saber se ele vai entender essa situação. Entender que eu gosto dele como irmão e que não quero me casar com ele. Ele é muito bom, como o pai dele também é uma boa pessoa. Mas não é isso que eu quero, se tiver que ficar com alguém, terá que ser por amor mesmo.

– Sabia que essa carinha de anjo escondia alguma coisa. Então é noiva do Zamir e dorme com o sultão.

Hennele esperou Jamile sair da cozinha e foi atrás dela, fingiu que quase caiu, e Jamile imediatamente a amparou.

– O que você tem, Hennele? – perguntou Jamile preocupada.

– Cansaço e falta de sono. Essa noite eu não dormi nada. Quando o Sultão nos requisita, temos que ir ao seu encontro com muita disposição. Esse é o motivo de eu não ter dormido. Ele não me deu folga durante toda a noite.

Falou e saiu, satisfeita, pois viu no rosto de Jamile o ciúme que sentiu em saber que Abindar havia estado com ela.

"Por isso que ele não foi me ver" – pensou Jamile desapontada.

Naquele dia Jamile não quis ir ao encontro com Abindar, trancou-se no quarto e não atendeu as batidas dele. Seu coração estava machucado pela dor do amor traído, era somente no que pensava. Abindar batia à porta incessantemente, ela chorou por muito tempo ali sozinha em seu quarto.

Em seus aposentos, Abindar pensava: "Por que ela não quis abrir a porta para mim?"

Na manhã seguinte Jamile estava cuidando de Ondile quando foi procurada por Dim.

– Jamile, você pode me fazer um favor?

– Sim, Dim, o que você quer?

– O Sultão está com enxaqueca e pede para eu levar este chá de erva amarga para ele. Pediu-me também toalhas quentes, eu já as coloquei em fusão, só preciso ir à cozinha buscar.

Enquanto isso, leve o chá para ele tomar.

— Mas Dim, eu...

— Por favor, vá logo, pois sabe como ele é ao pedir alguma coisa. Se não atendermos logo, é capaz de nos expulsar, e se ele me mandar embora... eu vou para onde?

Jamile, penalizada com o amigo, atendeu, esquecendo mesmo do acontecido na noite anterior, e logo se dirigiu à ala do sultão, levando o chá.

Ao chegar perto da porta, viu ele sentado na poltrona com as mãos amparando a cabeça, ela se penalizou com o gesto e entrou, fazendo o sultão levar um susto com a presença dela.

— Jamile? Abindar tentou se levantar, mas foi impedido pela forte dor, permanecendo no mesmo lugar.

— Fique quieto e tome o seu chá — Jamile entregou a xícara nas mãos do sultão e se dirigiu para a porta a fim de ir embora, quando foi chamada por ele.

— Por favor, meu amor, não me deixe, fique comigo, o que está acontecendo?

— O que está acontecendo? Ou o que aconteceu na noite anterior? Olhando para ele, maldosamente falou.

— Não estou entendendo. O que você quer dizer com "na noite anterior"?

— Beba o chá, não quero ter o remorso de sua dor de cabeça não passar por minha culpa.

Abindar tomou o chá, que era muito amargo, mas com efeito era bem rápido, pois as ervas eram fortes e eficazes. Enquanto bebia, olhou amorosamente para a moça e voltou a perguntar:

– O que eu fiz para você estar zangada comigo assim?

– Abindar, eu lhe entreguei o meu amor plenamente e todo o meu ser, pois você é o homem de minha vida e achei que eu também fosse a mulher de sua vida, mas Hennele me contou que na noite anterior você a teve em sua cama a noite inteira, sem lhe dar um minuto de descanso.

– Você acreditou nesta mentira toda? – Abindar, nervoso, falou olhando bem para Jamile. – É assim que você me julga? Um homem sem caráter e que faz amor com outra mulher estando apaixonado por você?

Jamile sentiu vergonha do que disse a ele e percebeu o quanto fora usada por Hennele. Atirou-se aos pés de Abindar chorando e pedindo desculpa pela situação.

– Meu amor, mil perdões, senti ciúme dela com você. Achei mesmo que você tinha passado a noite com ela e quase morri de desespero, me desculpe.

Abindar levantou Jamile e, quando ia dar-lhe um beijo, Dim bateu à porta e logo entrou com as toalhas quentes. Abindar pediu para que Jamile as pegasse e em seguida deitou, à espera das compressas em sua testa. Dim esperou jamile começar a fazer o tratamento e se retirou aliviado pela amiga ter atendido o sultão em seu lugar.

Jamile começou a aplicar as compressas e Abindar ficou quieto recebendo o carinho da amada.

– Abindar, fale comigo... Você está melhor? Você me perdoa? Eu o amo muito e não quero que nenhuma outra mulher tenha os seus carinhos.

O sultão puxou a moça para si, deitou-a sobre seu corpo e beijou-a carinhosamente.

– Acha que me encanto por outra mulher? Você é bem infantil, minha querida.

– Mas e Hennele?

– Precisamos tomar cuidados com ela, me parece perigosa. Logo a mandarei para longe de nós, tenha cuidado e paciência.

"Preciso fazer alguma coisa para desmascarar essa hipócrita". Pensava Hennele, acariciando e dando alimento à serpente que mantinha na caixa junto a sua cama. "Minha doce menina, o que faremos para assustar essa intrusa que rouba-nos o sultão"?

A maldade tomava conta de seu coração e de sua mente. Em dado momento, caminhando pelo quarto, começou a falar com a cobra; dizendo palavras estranhas, dando início a um ritual macabro com a serpente, passando a cobra sobre a chama de uma vela em cima da mesa do quarto. A dança era sinistra e as palavras iam tomando força. e cada vez mais ela falava, dançava e passava a cobra pelo fogo, repetindo isso várias vezes.

Pobre moça, em poucos momentos estava acompanhada por entidades de padrão vibratório negativo e sinistro, que se misturavam nesta invocação e se entregavam por completo, aproveitando os pensamentos ruins de Hennele, dando outras ideias para ela, fortificando a maldade que estava fruindo de sua mente e de seu coração. Depois de um tempo, o pacto estava feito, e Hennele exausta caiu e adormeceu, abraçada com a serpente.

Abindar e Jamile estavam cada vez mais apaixonados,

felizes, viviam o idílio, mas com muita discrição, para não atrapalhar a conduta dela em relação à sultana ou mesmo com a filha. Sempre prestativa, Jamile atendia as duas com prazer, sem nunca mencionar nada de sua intimidade com o sultão.

Dim, astuto como era, começou a desconfiar da situação e tratou logo de prestar atenção nos dois. Era ligado com todos, e as favoritas sempre tinham nele um aliado.

— É verdade, Dim, que você sabe a causa do afastamento do sultão e da falta de interesse por nós? — perguntava uma das odaliscas ao anão que sabia de tudo o que ocorria no palácio.

— Pare de me questionar. Estou prevendo que algo vai acontecer aqui neste palácio, é só esperar para ver.

Jamile passeava com Ondile no jardim naquele dia quente do meio do ano, abanava o rosto da garota e cantava para ela uma canção alegre, quando foi abordada por Dim.

— Nossa, Dim, você me assustou. Surgiu do nada, como se me expiasse, o que está acontecendo?

— Nada de especial, estava passeando por aqui, quando vi vocês duas, e resolvi parar e conversar um pouco... Por falar em conversar, como vai o Zamir? Não tenho visto por aqui, onde anda o belo rapaz?

— Por onde ele anda eu não sei, mas se você perguntar ao sultão, com certeza ele irá lhe falar.

— Calma, minha amiga, calma, não estou brigando com você, apenas perguntei sobre o rapaz, que pelo que sei é seu noivo.

Jamile percebeu que ele, tal qual a Hennele, queria saber mais e resolveu fingir que não tinha percebido nada, e respondeu:

– Zamir está longe trabalhando, mas está bem, agora nos dê a licença, pois a tarde está caindo e preciso entrar com Ondile. E saiu, deixando Dim pensando sobre a questão.

– É, como Hennele me falou; eles estão juntos. Só gostaria de saber o que ela tem a mais que as outras. Nem é tão bonita, é bondosa, mas o sultão não liga para sentimentos. Eles querem saber só se é boa na cama. Bem, preciso ir treinar meu número para esta noite, que teremos ilustres convidados.

– Jonice, você viu a minha túnica verde e o lenço de seda que trago sempre comigo?

– Não, minha querida, mas por que você me perguntou? – respondeu para Jamile, que estava a procura das vestes.

– É que a sultana tem uma túnica da mesma cor, a diferença é que a dela tem bordados em ouro. Só perguntei porque podemos confundir o tecido, mas o lenço não. Esse eu já procurei em todo lugar e não acho mesmo.

– Caso eu o encontre, mando entregar-lhe, pode ficar certa.

A noite chegara e as luzes de todo o palácio foram acesas. Candelabros, castiçais, tochas, tudo reluzia para esperar os convidados que começavam a chegar, um após o outro.

Os eunucos, devidamente preparados, conduziam as pessoas que chegavam para o salão que antecedia a sala dos banquetes. Outros eunucos, já apostos com os grandes leques coloridos, faziam circular o ar pelo ambiente.

Os músicos tocavam seus instrumentos suavemente,

para fazer um aconchego para a grande noite.

Oziadi e Abindar entraram majestosamente no salão e todos se levantaram para saudá-los.

A roupa de Oziadi fazia inveja nas outras sultanas, que naquela noite haviam sido convidadas para acompanhar seus maridos.

Depois da recepção de boas-vindas, de saborearem o bom licor e as frutas de entrada, foram convidados a se transferirem para a outra sala, a do banquete e do espetáculo da noite.

Todos se dirigiram aos seus lugares, devidamente marcados, se assentaram e começaram a assistir ao show da noite. Dim abriu as apresentações, fazendo malabarismo e graças para alegrar a todos.

Depois veio o cantor, que emocionou os convidados pela voz, por falar do deserto e dos oásis, tão importantes para eles.

As favoritas entraram lindas, dançando com sensualidade e fazendo voar as suas vestes aos ares de tantos giros que davam.

O jantar foi servido ao som das músicas e aos movimentos das dançarinas. Na mesa havia os pratos salgados, como as carnes das melhores caças, os grãos, as raízes, que não podiam faltar em uma rica mesa, bem como as iguarias dos doces, as melhores frutas secas e frutas frescas, vindas dos mais importantes mercados do oriente, todas escolhidas com esmero para o grande jantar. O vinho servido era da safra especial e as jarras de água cristalinas ficavam espalhadas sobre toda a mesa, era o líquido mais apreciado por todos, água fresca depois de cada gole do vinho.

Em certo momento do final deste jantar, a música foi aumentada e as dançarinas, que usavam o espaço dançando, deram lugar à entrada de Hennele, que chegou dançando com muita sensualidade para os convidados. Hennele usava o vestido de Jamile e o lenço que Abindar deixara na última vez que viu a amada dançar.

Quando Abindar viu, sentiu o rubor lhe subir a face e teve ímpeto de se levantar, o que foi impedido pela sultana, que percebeu o afronte.

Hennele dançou e fez insinuações ao sultão, que desviou o olhar conversando com o convidado ao seu lado. Era costume que, quando uma dançarina terminava de se apresentar, todos esperassem primeiro o sultão iniciar as palmas para depois todos também aplaudirem; no entanto, para o descontentamento de Hennele, Abindar, no final da dança, não aplaudiu e começou a conversar com outros convidados, Hennele, com muita raiva, saiu aos prantos do salão. Abindar deu ordem para que as outras dançarinas tomassem seus lugares e que a festa prosseguisse.

Dim tentou acalmar a colega que deixava o salão nobre aos gritos e chorando de raiva. Hannele, não vendo Dim, empurrou o colega, que quase caiu no chão, tamanho era o ódio que ela sentia.

– Saia da minha frente, anão de circo. Não quero falar com ninguém.

Hennele correu para seu quarto e foi direto ao alcance da caixa, onde guardava a serpente; retirou-a da caixa e foi falando com ela enquanto corria pelos corredores do palácio.

– Minha queridinha, agora chegou a vez de você entrar em ação, vai fazer o que planejei. Quero que destrua essa intrusa de meu caminho. Olhe o que estou sofrendo... a humilhação que ele me fez passar nesta noite por causa dela. Agora quero que ela suma desta vida para sempre.

Quando a festa chegou ao final, e todos haviam se retirado, inclusive a sultana, Abindar foi buscar Jamile para dormir com ele. Bastou chegar perto da porta e ela já estava à sua espera e foram abraçados para os aposentos de Abindar.

A luz de vela deixava uma penumbra sedutora e reconfortante, ambos adentraram se beijando em busca do prazer de se amar cada vez mais.

Abindar, neste enlevo, deitou Jamile em sua cama, quando a moça deu um grito que fez o sultão retirá-la imediatamente da cama, ao mesmo tempo ouviram o guizo da serpente por ter atacado o braço da moça. A sorte de Jamile era que usava no braço um bracelete de couro de camelo e a picada somente fora superficial, embora o veneno forte da cobra tenha caído sobre a pele, bem perto de onde ela tinha se arranhando ao colocar a pulseira, e assim o veneno penetrou e causou danos à moça

Aos gritos de Jamile, os empregados correram logo para a ala do sultão, prontos para atenderem no que fosse possível. Abindar apontava a serpente se erguendo sobre seus lençóis e dava a ordem aos empregados para matar o bicho peçonhento.

Um dos eunucos rapidamente passou a mão numa barra de ferro que viu ao lado da janela e deu a primeira pancada sobre a serpente, que na segunda já estava morta.

Hennele, ao ver essa cena, pois espiava escondida em um canto do corredor, entrou aos berros, tentando impedir o massacre de sua aliada.

– Não mate minha serpente! Ela não merece morrer! – vendo, porém, que a cobra já estava morta, virou-se para os eunuco e gritou:

– Malditos, morram também vocês! – foi para cima deles com a barra de ferro e só parou quando os dois eunucos a seguraram pelos braços, deixando-a impotente para qualquer coisa.

– Foi você, sua infeliz! Saia deste quarto já, você é tão peçonhenta quanto essa maldita serpente, saia! O sultão gritava, enfurecido.

Abindar chamou Mainá, pedindo a cozinheira para rapidamente preparar a ervas que ela tão bem conhecia, contra essas mordidas.

– Senhor, essas ervas não vão ajudar Jamile a se curar. O veneno desta serpente é difícil de combater, precisamos chamar o médico. O veneno, embora tenha sido pouco, entrou no sangue e precisamos de outras plantas mais fortes que não temos aqui no palácio, ou de remédios novos. Existe muita gente procurando novidades em remédios, descobrindo outros meios de combater estes males, mas não está em nosso alcance.

Abindar mandou buscar dois médicos das cidades grandes, que chegaram em curto tempo, e logo o sultão foi falando:

– Salvem Jamile a qualquer custo.

Mais de dez dias se passaram no tratamento de Jamile. Febres altas, convulsões e enfraquecimento por não se alimentar. Os médicos, que já trabalhavam com novos remédios que surgiam em outros países, tratavavam de Jamile com todo desvelo e atenção. Além do tratamento tradicional da região, a enferma bebia os líquidos das ervas especiais que os médicos traziam de longe, mais as drogas novas; era a única coisa que alimentava seu corpo. Todo esse cuidado também era prestado pelas amigas do palácio. Mainá, Jonice, Naomi e até a sultana passavam horas e horas à beira da cabeceira da enferma.

Dessa forma, aos poucos, Jamile foi se restabelecendo, para a felicidade de Abindar e para a alegria dos amigos. A rotina do palácio tomou a frente dos acontecimentos tristes, e Abindar, a cada dia que passava, se tornava um novo homem, agradecido a Alá pela cura da amada.

Segunda Parte
O acerto final

Capítulo 9
A guerra íntima de Hors

CAPITULO 9

A Guerra Íntima de Hors

O mundo era pequeno para tantas batalhas travadas. A cada dia surgiam novas lutas nas quais Hors estava presente.

Ele mantinha um grupo de guerrilheiros tão ávidos de guerras quanto ele. Tomava partido dos que tinham mais forças e poder, dominando logo depois sob o seu jugo, e cobrava caro por tudo o que supostamente defendia. Quanto aos mais fracos, espezinhava-os constantemente, fazendo deles prendas eternas.

Possuía as mulheres que desejava e, depois da atração se findar, novas conquistas começavam a preencher temporariamente a sua vida.

Todavia, com toda essa vida agitada, a solidão era par constante. Homem duro, implacável, tinha também seus momentos em que sofria de abandono das companhias. À noite se debatia em terríveis pesadelos; as mesmas lutas e batalhas do dia a dia eram retratadas em sua mente, e acordava cansado, abatido pela noite mal dormida; aí então descontava tudo em seus homens, ficando nervoso com todo o grupo, que, como ele, também eram rudes e sem compaixão.

Hors comandava, em cada região que passava, pessoas

que se tornavam seus comparsas; assim, mesmo estando longe, eles o mantinham sempre informado de tudo o que ele precisava saber.

Desta forma, recebia notícias da aldeia em que Jamile morou, mas não eram nada satisfatórias, pois ninguém dava conta de seu novo paradeiro, o que deixava Hors mais irritado com o sumiço de sua prenda, a mais importante de toda sua ambição.

– Chefe, mas por que o senhor quer tanto encontrar essa moça? O senhor tem a mulher que quiser, por onde passa... Por que esse capricho?

– Não lhe dou liberdade para me chamar de caprichoso e modere a sua língua antes que tenha o que merece por me desrespeitar.

– Desculpe, senhor, não estou lhe criticando. Como seu companheiro, quero ajudá-lo a diminuir a angústia pela falta dessa moça, que nem conheço, mas sei que lhe tira o sono.

Hors, vendo que o guerreiro queria somente ajudar, ponderou a atitude e falou mais sereno:

– Eu sei. Estou realmente nervoso com o desaparecimento dela. Ninguém some deste jeito, deve ter alguém por trás de tudo isto, mas quando eu souber de quem se trata, aí então, verão do que eu sou capaz – vendo que o rapaz ficou parado à espera de mais detalhes, comentou: – Ela me pertence, ajudei a família em troca de ter Jamile. Esperei ela crescer, e depois que se torna moça foge de mim como de um malfeitor. Ajudei a família a viver. Dei casa, comida, e, na hora de cumprirem o trato, eles fogem? Ninguém sabe para onde os pais foram, já coloquei espiões em todo o continente e nada de ter respostas, mas sei que ela não foi com eles. Devem ter protegido a filha, escondendo em outro lugar, mas o mundo é pequeno para mim. Quando me proponho a seguir alguém, ainda mais sendo a minha prenda, não há fronteiras que me impeçam de encontráar. Tenho toda a certeza de que acharei, e então ela será minha para sempre.

Naquela noite ele dormiu mais agitado do que o costume e sonhou que se encontrava em praça pública a ser pisoteado por muitos sob o comando de uma mulher. Quando Hors acordou, sentou na beira da cama e pensou:

"Aquela mulher, sempre ela, mas quem era ela? Parecia tão comum para mim, dava a impressão de que eu a conhecia de algum lugar. Mas por que ela me queria tanto mal? Sofri muito naquela praça, sofri na carne e no orgulho, fui ultrajado a ponto de todos me cuspirem na cara e me deixarem quase morto no chão. Ninguém merece sofrer tanto assim"

Hors lembrava-se sempre deste episódio.[11]

– Mas isto foi um sonho, por que eu estou dando tanta importância para ele? Vou beber alguma coisa bem forte para me acalmar. Onde já se viu, um chefe de guerreiros atormentado por um sonho tolo.

Havia um único amigo, ou seria mais do que isto, um comparsa chamado Taulio, que o compreendia e colaborava com a sua vida de guerras e lutas constantes, estando com ele em todas as cidades planejadas para os ataques. Era fiel, prestativo e exaltava as lutas do companheiro, pois tinha os mesmos desejos, era inteligente, astuto e, sempre

[11] Reminiscências de vidas passadas - (O Livros dos Espíritos - Allan Kardec - Cap. III - item 402) Sonhos.

que era preciso, se tornava tão maquiavélico quanto Hors, conquistando sem medir consequências sobre os seus atos. Certo dia Taulio chegou a Hors e falou:

– Hors chegou ao meu conhecimento que, não muito longe daqui, há uma cidade em grande prosperidade e que os ricos comerciantes, não vendo maldade no povo, descuidam de suas propriedades, confiando nos habitantes, que são pessoas ignorantes, pobres que, se tiverem comida na mesa, já está bom para eles.

– E o que está pensando em fazer Taulio? – perguntou Hors enquanto solvia um gole de bebida.

– Ora, ora... Nem parece o meu companheiro! Você é um guerreiro ou não é mais? Vai querer saquear estes ricos comerciantes ou prefere ficar sonhando com essa Jamile, que nem mesmo eu entendo o porquê desta paixão toda? – Taulio, homem de estatura alta, ficou de pé, e seu tamanho era o mesmo de sua raiva ao ver que o amigo não tinha se entusiasmado com a notícia de uma futura conquista.

– Calma, Taulio, calma, estou ouvindo e vamos planejar o assalto nesta cidade. Claro que quero saquear estes ricos comerciantes, afinal eles também não saqueiam os seus fregueses? Eles são todos como nós. A maneira de tomar as coisas é que é diferente. Vamos à luta e que seja bem proveitosa para nós.

O planejamento levou mais de quatro dias. Todos se reuniam ao redor dos chefes, ouvindo os preparativos para a luta. Hors advertia que, se houvesse resistência do povo, seus homens não medissem maneiras de conquistar tudo.

Depois de tudo planejado, chegou enfim o dia do ataque.

Nestes dias era normal que os dois líderes do grupo ficassem intoleráveis, e o mau gênio era predominante neles. Todos procuravam perguntar o mínimo das coisas, pois sabiam que seriam agredidos por eles. A preparação foi lenta nas horas que antecediam ao ataque, era preciso concentração, e cada pensamento vacilante poderia ser um desastre.

Hors em seu quarto andava de um lado a outro, sentindo dores fortes no estômago, e pensou consigo: "O que deve ter me provocado esta dor no estômago? Nunca tive nada disto antes... acho que é falta de beber algo bem forte." – dirigiu-se a uma mesa, pegou a garrafa de sua bebida predileta e entornou na boca, grandes goles da bebida que, de tão forte, anestesiou sua língua. Naquela hora falou com convicção:

– Era disto que eu estava precisando, agora me sinto melhor.

A cidade estava toda em ritmo alucinante de compras e vendas. As portas dos estabelecimentos já estavam todas ornamentadas, exibindo as suas diferentes mercadorias, esperando os compradores. Cada comerciante procurava pôr o chamariz melhor para atrair os compradores.

A maior parte do comércio trabalhavam com pedras preciosas e ouro. Seus donos colocavam nas entradas seguranças, que eram, quase sempre, eunucos aposentados, que ainda mantinham a força e metiam medo, por serem grandes, assustando os pequenos ladrões, porém esqueciam-se dos grandes e destemidos saqueadores que rondavam sempre essas promissoras cidades.

O grupo de Hors sondava todas essas casas e escolhia a que mais lhe traria lucros.

— Vamos atacar esta — Hors apontava a loja rica e repleta de mercadorias expostas por toda parte, chamando a atenção de todos que por ela passavam. — Separemos em três grupos e empunhemos as nossas armas. Quando eu der o grito de guerra, avançaremos de imediato sobre eles e por cima de quem estiver em nossos caminhos, não respeitando ninguém, avante!

À frente estavam Hors e Taulio, que como loucos comandavam a tropa com gritos e coragem que assustava até mesmo seu bando, neste ímpeto, todos seguiam sob a mesma energia que contaminava os guerreiros.

Na entrada, o dono sacou uma arma e apontou para Hors, que se feriu no braço esquerdo, deixando-o ainda mais exaltado do que já era. A raiva tomou conta e ele se lançou sobre o comerciante, matando-o friamente. A mulher e os empregados, aos gritos de desespero, se renderam e caíram no chão, implorando piedade deles. Cavalos dentro da loja derrubavam as prateleiras e mesas, sob o comando dos seus guias, e o saque foi total; esvaziaram as burras, levando todo o ouro e dinheiro que lá existiam, alguns pegaram também tecidos com fios dourados para dar às namoradas que pelo caminho encontrariam.

Depois de saquearem tudo, Taulio e Hors pararam perto dos reféns, que se urinaram de tanto medo, e disseram:

— Pegamos tudo o que queríamos e vocês podem se levantar, mas somente depois que estivermos na rua.

Olhando para a mulher do comerciante, Hors falou:

— E lembre, só matei o imbecil do seu marido porque ele me agrediu primeiro, quis ser esperto e levou o pior.

Todos permaneceram calados somente chorando de tanto pavor e ficaram por muito tempo grudados no chão, pois as pernas tremiam tanto, que não tinham equilíbrio para ficar em pé.

A volta foi triunfante. Galopavam em grande disparada, como se fossem o vento.

Iam soltando o grito de guerra, que somente usavam nas grandes vitórias. O tropel dos cavalos assustava os moradores ou viajantes que pelo caminho encontravam. Depois disto tudo, era a comemoração com muitas bebidas e farra com mulheres, que em suas mãos sofriam muito.

Os dias seguiram dentro da rotina do grupo; um saque de alimento em pequenos lugares, outros saques em armazéns, adquirindo bebidas alcoólicas e ervas para aspirarem.

Em todos estes lugares procuravam as mulheres de vida livre e as usavam como mero instrumento de prazer, deixando-as no final, sem mesmo dar uma moeda para o sustento delas.

Hors só tinha pensamentos para Jamile. Não era por paixão, mas sim pelo orgulho ferido. Como ela ousava desprezá-lo? Ele, tão valente, guerreiro destemido. Como ela pôde lhe fazer de besta, desvalorizando a sua capacidade? Mas chegaria o dia de acertar as contas, aí então ela verá com quem está lidando.

Taulio, certa manhã, chegou ao lado do companheiro e revelou que iria deixá-lo, seguiria outros caminhos, estava cansado, e com o ouro que obtivera da última luta, daria para começar vida nova em outra cidade.

— Você jamais vai conseguir viver tranquilo. Nasceu lutador

e conquistador e vai morrer assim – Hors tentou persuadir o companheiro de tanto tempo de não largar o grupo.

– Pode ser que você tenha razão, mas vou tentar; caso me enfade, voltarei para iniciaremos novas batalhas. Por ora chega, quero descansar um pouco, curtir a vida, aproveitar o que eu consegui. Beber muito, comer de tudo que é bom e gozar tudo com uma mulher sedutora, até que me enfastie com ela também. É isto que eu quero neste momento, e me dê um abraço, pois parto daqui a pouco.

As despedidas são tristes até mesmo para os que têm o coração endurecido pela maldade. Hors sentiu a separação do companheiro com quem junto haviam feito grandes males e se regozijavam com tudo. Viu o amigo partir e naquele dia, não quis falar com ninguém.

Naquela tarde em que Nasceb fora comprar alimento no mercado central para fazer o jantar do filho, tanto o dono do lugar como outras pessoas começaram a fazer muitas perguntas sobre a família de Jamile, pois queriam saber o paradeiro deles. Nasceb percebeu e tratou logo de comprar os alimentos, e saiu falando entre os dentes: – Que Alá proteja Jamile e seus pais deste povo...

Não percebeu que essas palavras, embora saídas quase que murmurando, foram ouvidas pelo indivíduo mal encarado que bebia sentado na soleira da porta do armazém.

“Ah, então ele sabe do paradeiro da prenda do meu chefe” – pensou o malfeitor, e prosseguiu: “Quando cheguei no grupo, Hors já havia perdido a moça e incumbiu-me de sair atrás dela e da família. Hors vai ficar agradecido para o resto da vida e me dará recompensa por eu ter descoberto o paradeiro deles. Tenho que seguir este homem e sondar o que está por trás disto tudo."

Assim, o integrante do grupo de Hors acompanhou Nasceb por entre as sombras das ruas e descobriu onde ele morava, plantando-se durante toda a noite perto da casa, e, quando a manhã chegou, viu Zamir sair de volta ao trabalho, o espião montou em seu cavalo, seguindo o jovem e foi dar no palácio em que Zamir trabalhava, lá tratou logo de procurar serviço, e foi o próprio Zamir que o empregou na reforma do palácio, dando ao desconhecido a ocupação de catar os entulhos e dar cabo deles.

— Zamir — perguntou um de seus companheiros de trabalho —, você não ficou com receios de contratar este desconhecido? Não fui muito com a cara dele.

— Calma, Samuri, é apenas um homem em busca de trabalho, aqui por estas bandas o que não falta é beduíno em busca de uma forma de sobreviver, mas se você não confia, fique de olho sempre nele, está bem?

— Pode deixar, ficarei de olho nele.

Os dias foram se passando, e o desconhecido adquirindo confiança de todos, até mesmo de Samuri, que no princípio desconfiou dele. Era prestativo e, sempre que sobrava um tempo, procurava iniciar conversa com Zamir.

—Você é muito bom no que faz, Zamir, onde aprendeu tudo isto?

— Em duas madrasas que ficam perto de nossa região. O sultão Abindar era muito respeitado pelos religiosos e conseguiu-me, esse aprendizado, assim foi que eu me formei nessas escolas e hoje trabalho dentro desta arte de construir e reformar residências.

— Quem é este sultão de quem você falou? — perguntou o espião de Hors.

— Abindar? — neste momento Zamir viu um brilho estranho nos olhos do colega e não gostou, foi aí que ele percebeu que tinha falado muito. — Ora, é apenas um sultão que eu nunca mais vi. Bem, agora voltemos ao trabalho.

"Nunca mais viu..." — pensou alto o ajudante de obras. — Vou vasculhar essa área, pois aí tem alguma coisa escondida.

Certo dia Zamir teve que voltar ao palácio de Abindar e chamou todos os trabalhadores da obra para comunicar a sua breve ausência, todavia ocultou o verdadeiro destino da viagem.

— Tenho que ir comprar mais materiais para a reforma e o nosso sultão deu-me essa incumbência, uma vez que os vendedores não chegam até nós. Quero que todos obedeçam Samuri e que tudo corra bem em minha ausência, entenderam?

Depois que Zamir partiu para a viagem, tudo transcorreu em perfeita harmonia e certa noite depois da refeição, quando eles estavam sentados nas portas de seus alojamentos, o espião chegou perto de Samuri, puxou uma conversa e chegou aonde queria.

— Samuri, como Zamir é bom. Como se preocupa com o velho pai e com amiga que protege daquele Hors vingativo.

— Como você sabe disto? — Samuri ficou pasmo com a revelação de coisas íntimas de Zamir e prosseguiu: — Quem lhe falou essas coisas?

— O próprio Zamir me contou na véspera da viagem. Ele gosta muito dela, não é? Pobre moço, deve sofrer muito, e este Hors deve ser um homem sem escrúpulos. Fale-me dele e desta moça, pois quando Zamir voltar, eu vou ajudá-lo a se livrar deste malfeitor.

Samuri acreditou no colega e começou a falar.

— Realmente, ele deve ser um malfeitor sem piedade nenhuma. Depois de tudo o que fez à família de Jamile, ele merecia morrer. Zamir é o único que ajudou essa gente. Jamile está livre deste Hors e está protegida no palácio do sultão Abindar, que tem uma fortaleza.

Naquela noite o seguidor de Hors, foi se deitar satisfeito com a descoberta e pensou: "Valeu a pena aguentar todo este serviço e este Zamir metido a chefe. Agora posso voltar para o meu chefe e serei muito bem recompensado com a minha descoberta. Hors há de procurar saber quem é este sultão Abindar e onde fica o palácio dele e irá buscar sua prenda."

Assim foi que naquela mesma madrugada, quando todos dormiam, na calada da noite, um vulto atravessou todo o alojamento, não fazendo nenhum barulho, atirando-se sobre os portões altos do palácio e caiu fora, misturando-se com a noite negra que se fazia alta. Lá fora, longe da segurança, livre de todo aquele lugar, falou em voz alta:

— Adeus lugar horrível, vocês nunca mais me verão. Voltarei a ser feliz nas guerras e nas lutas comandadas pelo grande chefe Hors — neste instante ele teve a sensação de estar acompanhado e chegou a ver vultos vestidos de preto a se comprazerem de tudo o que ele idealizava. — Devo estar cansado, pois estou vendo pessoas que não existem, preciso andar rápido, este lugar me dá azar.

E, na verdade, ele estava acompanhado de mentes do mesmo teor vibratório, que seguiram seus caminhos, se fortalecendo com suas energias negativas.

Pela estrada de volta ao acampamento onde se encontrava o grupo de Hors, o espião, munido de tantas descobertas, rumava sentindo uma felicidade maldosa. Era o reconhecimento do chefe que ele queria receber, custasse o que custasse. Nada interessava a vida daquela família, e o fim que Hors daria a eles não fazia para ele nenhuma diferença.

A viagem foi longa, era grande a distância que existia do palácio em que trabalhou até o lugar do acampamento, que ficava retirado de Mauritânia.

Roubou alimentos e fugiu de várias aldeias para não ser pego por autoridades dos lugares e, quando isto acontecia, ria por ter conseguido enganar a todos.

Esse era o feitio e o caráter dos aliados de Hors, tirar vantagem sobre todos. A lei não existia para eles. Eles faziam ao seu modo e interesse, isto é o que importava ao grupo.

A morte era mero acontecimento, decorrente de suas lutas. Deixavam os mortos como se fossem folhas caídas ao chão; pisavam e seguiam os caminhos em busca de mais lutas.

Hors estava em pé ao lado de um cavalo que preparava para sair, quando o aliado chegou ofegante e cansado da viagem, saltando e batendo na traseira do animal para que fosse para longe, falou:

— Olá chefe, deixe este cavalo ir embora, roubei há pouco e podem vir atrás dele e nos complicar.

— Por onde você andou, homem? Ninguém me deu notícias suas. Estamos prestes a fugir e não iríamos esperar.

— Calma, Hors. Antes, dê-me uma bebida, aí então vamos conversar. Saiba que as novidades que lhe trago valem ouro.

Hors deu uma grande risada e depois sarcasticamente falou com toda a autoridade que tinha:

— Ouro não vale nem mesmo a sua vida, quanto mais as suas novidades. Mas, como hoje estou de bom humor, venha — Hors pegou uma garrafa de bebida e deu para o sedento recém-chegado, que a degustou rapidamente. — Agora fale, pois o meu tempo é curto.

Hors ouviu toda a narrativa de seu cúmplice e depois bateu na mesa com a faca que segurava, falando com grande euforia:

— Chegou ao fim a minha procura. Agora eles vão ver quem é Hors. Quando eu quero, consigo o que desejo, mesmo que demore uma eternidade. Há tempos pegamos o pai de Zamir, meus homens quase acabaram com ele. Mas o velho teimoso não contou onde estava o filho e nem onde haviam escondido Jamile, mas agora será o fim da minha espera.

— Chefe, você precisa ir rápido procurar este palácio do tal sultão Abindar!

— Claro que eu vou. Tenho os meus contatos, depois desta próxima conquista que já está programada, saberei onde fica este tal palácio e irei atrás de minha prenda. Vá descansar meia hora, pois partiremos em seguida.

— Meia hora? Eu viajei durante mais de cinco dias sem descanso e você quer me deixar descansar meia hora?

— E cale essa boca; do contrário, sairemos agora mesmo

sem você ter descanso algum.

— E a minha recompensa por ter descoberto a sua prenda?

— Recompensa? — Hors deu uma grande gargalhada e continuou sarcástico: — A sua recompensa você já ganhou por eu não tê-lo matado por abandono de serviço — e saiu xingando o delator de vários palavrões, deixando o cobiçado empregado a se roer de raiva.

O esconderijo de Hors com o seu grupo era às margens do Rio Níger, e o plano fora programado para este local, porque o barco de mercadorias ricas, que continha ouro, marfim e pedras preciosas passaria pelo rio para depois seguir seu destino, que era desembocar em outros mares e seguir para outras grandes capitais de consumo.

Cada situação fora idealizada por Hors. Seus companheiros ambiciosos, munidos de muitos interesses, estavam agitados, afiando as lanças e preparando os trajes de guerra.

Com Hors ninguém podia falar, tal era a sua agitação costumeira próximo a um combate. Se algum de seus comparsas viesse até ele com sugestões, logo ouvia: "Você não sabe nada, isto diz respeito somente a mim, que sou o seu chefe, quando estiver em minha situação de líder, aí então poderá dar o seu palpite. Hoje, o que você está dizendo é completamente estúpido. Vai se juntar aos demais e fique quieto, que é o melhor que tem a fazer, vai...vai..."

Sozinho ele sentia medo de seu plano não dar certo e se remoía noites inteiras, antes dos assaltos.

– Por que estou tão agitado? Saqueio há anos, lidero este grupo com força e respeito total. Pouco importa que eles estejam comigo por interesse ou por companheirismo, quero mais é que me odeiem, mas que obedeçam às minhas ordens, o resto não me interessa. A notícia que recebi me deixou abalado, mas é por saber que acharei a minha prenda e ela será minha custe o que custar. Não costumo deixar para os outros, o que é meu. Investi nela e naqueles pais ordinários que estão a escondendo de mim, mas quando eu puser as mãos neles, pobres vermes, desaparecerão da face da terra.

Era madrugada quando a tropa ficou na tocaia, submersa nas águas do rio, erguendo as lanças no primeiro sinal de luz que avistaram do navio se aproximando. O grito de guerra de Hors deu mais forças, os impelindo ao encontro dos mercantes.

A tripulação foi pega de surpresa, não tendo chances de se defender dos invasores sanguinários que dentro das trevas da noite atacaram, saquearam e deixaram mortos e feridos no navio e sobre as águas. A luta fora intensa, durando horas a fio, sem tréguas, e levaram tudo o que puderam pegar de ouro e pedras preciosas, deixando somente o marfim, que só não conseguiram levar por causa do excesso de peso, e seguiram rumo ao desconhecido.

Capítulo 10
A Noite da Festa

CAPITULO 10

A NOITE DA FESTA

O restabelecimento de Jamile fora longo e preocupante para todos; todavia, as ervas medicinais, milagrosas, a dedicação dos amigos, tudo isso contribuiu para a recuperação segura da moça e para a alegria de Abindar.

Ainda fraca, mais magra, Jamile começava a voltar a se ocupar da tarefa que lhe dava prazer: cuidar de Ondile. Os passeios pelo jardim, o sol dourando a pele e fortalecendo os ossos faziam renascer outra Jamile.

– Dim, venha cá meu amigo – chamava Jamile o amigo que, como sempre, treinava suas acrobacias sob o riso de Ondile, que gostava de ver o servo do palácio fazendo caretas até que ficasse bom seu número artístico.

– Diga, minha querida, o que aconteceu para que eu pare de treinar e venha ouvi-la.

– Sente-se um pouco e ouça-me; o que aconteceu com Hannele, depois do funesto atentado dela contra mim?

– Naquela mesma noite o sultão a expulsou do palácio, nunca mais ninguém soube notíciais dela. Com certeza por esta região nenhum sultão irá contratar, pois existe entre eles um acordo de que, se algum empregado for desleal com seu sultão, nenhum outro palácio da região o contratará para quaisquer serviços, penso que assim ela deve ter ido para outro lugar bem distante daqui. Com certeza, arrumou outra serpente para lhe acompanhar. Víbora como é, somente outra da mesma espécie para entender.

– Dim, você sempre foi meu amigo? – Jamile perguntou receosa da resposta.

– Que pergunta tola, Jamile. Claro que sempre tive por você simpatia, embora no começo você parecesse antipática e intrusa.

– Intrusa eu?

– Sim, hoje eu a entendo e sei que você era diferente das outras odaliscas. Havia algo que eu não conseguia entender, quando desconfiei do interesse do sultão por você, aí vi que realmente você tinha chegado para ficar com o coração de Abindar para sempre.

– Como para sempre? Quem afirma o futuro?

– Estou neste palácio há muitos anos e nunca vi nenhuma mulher conquistar o coração dele como você o fez. Jamais ele ficou somente com uma única odalisca.

– Eu fico feliz em ouvir isso, embora saiba que os sultões têm essa liberdade, a de ter as dançarinas de seus haréns em suas camas, mas se isso vier a acontecer, espero que Abindar me oculte e não me deixe saber, pois não quero dividi-lo com ninguém, aliás, penso que, quando se ama de verdade, não nos interessamos por mais ninguém, a não ser pelo ser amado, porém os nossos costumes tradicionais são esses, desta maneira, devemos aceitá-los. O harém sempre terá as odaliscas para servirem seus sultões, e eles terão as suas esposas ao lados, por mera formalidade, é isto que reza a nossa sociedade.

Será que um dia isso mudará e o casamento será um ato de união somente entre um homem e uma mulher?

– Acho que nunca acontecerá isso, mas de uma coisa tenha certeza, Abindar a ama, e muito. Agora devo continuar o meu ensaio, pois preciso ter novidades para o show; do contrário, não agradarei ao sultão e seus convidados.

– Obrigada, Dim. Você é grande...

– Grande? Está brincando comigo! Nasci com esta deformidade e não chego a medir um metro.

– Grande como pessoa, quis dizer.

– Anão eunuco... Somente sirvo para distrair os convidados.

Jamile continuou a passear pelo jardim com Ondile, a garota nem percebeu a conversa dos dois, pois olhava encantada para uma borboleta azul royal que voava sobre as flores.

Enquanto distraía a garota, Jamile pensava: "Por que fazer destes homens eunucos? Por que tolher-lhes a virilidade? São verdadeiros escravos passivos de toda ação, apenas servindo e obedecendo aos amos. O professor Jonaste teria uma explicação para tudo isso; diria que em outras vidas esses homens devem ter abusado de suas liberdades viris e nesta espiam essa falta. Bem, o professor tinha um entendimento diferente de nós. Quem sabe um dia também entenderemos desta forma, quem sabe...."

Os dias se passaram, Abindar estava feliz com a recuperação de Jamile. Mesmo assim, não descuidava de dar orientações para Maína quanto à alimentação da moça, sabia que Jamile era de comer pouco, e nessa fase de saúde precisava se alimentar muito bem.

Os negócios com as pedras preciosas caminhavam cada vez melhor. Os lucros eram superiores ao que Abindar tinha imaginando ganhar. Haja vista que a cada 30 dias ele tinha que se ausentar do palácio para se reunir com outros sultões e programar as vendas a novos destinos.

Nestas ocasiões, chamava Fausi, orientando quanto ao comando da casa, podendo, dessa forma, viajar tranquilo, pois sabia da eficiência de seu secretário e amigo.

Fausi, por sua vez, nunca decepcionou o sultão, sempre estava atento a tudo que ocorria na casa. Ora era prestativo com a sultana e a filha doente, outra vez acudia a cozinha com suas necessidades e até mesmo os desentendimentos entre funcionários muitas vezes eram apaziguados por ele, que somente sossegava quanto tudo estava em perfeita ordem.

Era início da primavera, e as flores que desabrochavam nos jardins traziam ao pessoal do palácio muita alegria. Viam-se jarros com flores pelos salões, janelas abertas e cortinas esvoaçando pelos ares. Até mesmo Ondile ficava bem melhor com essa energia toda a se espalhar pelo palácio, embora Jamile também tenha descoberto uma maneira de acalmar a garota; lembrara-se de que certa vez o professor Jonaste ensinou a cuidar dos doentes irradiando para eles muita luz sobre suas cabeças, Jamile sempre que podia fazia isso para Ondile, o resultado era de imediato, a garota dormia tranquilamente até o dia seguinte.

Todavia, nem tudo correu bem naquela semana em que Abindar estava novamente ausente. Ondile, naquele dia lindo e claro, foi encontrada desmaiada na beira de sua cama.

Naomi, bem cedo, como era de costume, foi para os aposentos da jovem para iniciar a higiene matinal, quando a encontrou no chão. Foi um corre-corre total, a sultana foi chamada por Jamile, chegando ambas nervosas e trêmulas ao quarto de Ondile.

— O que aconteceu com minha filha? — perguntou a sultana assustada, pondo Ondile em seu colo com ajuda de Naomi.

— Não sei, senhora. Quando cheguei, encontrei Ondile caída e desmaiada — respondeu Naomi.

— Vamos passar compressas frias em seu rosto e no corpo para refrescá-la — disse Jamile, ao mesmo tempo em que Fausi dava um frasco forte para Ondile cheirar, o que fez a garota voltar a si.

Ao abrir os olhos, Ondile olhou tudo ao seu redor, como se procurasse alguém ou alguma coisa, agarrando-se ao pescoço da mãe. Todos perceberam que ela estava com muito medo.

— Filha, o que foi? Estou aqui, fique calma, veja, estamos com você — a sultana apontava os demais no quarto, tranquilizando a filha.

Ondile procurou Jamile, estendendo os braços para a serva, que logo se aproximou dela com carinho, emitindo luzes sobre a garota.

Jamile percebeu que ela queria dizer algo, como conseguia entender os sons e os gestos da enferma, pediu que todos ficassem quietos para que Ondile pudesse se expressar de sua maneira.

Ondile gesticulava e articulava sons, Jamile olhava para todos com o semblante de preocupação, mas ao mesmo tempo tranquilizava a garota, dizendo-lhe:

— Ondile, foi apenas um sonho, nada disso vai acontecer — porém Ondile tornava a repetir suas mímicas e sons, dando a entender que não fora um sonho. Quando parou de se comunicar, caiu novamente em sono letárgico.

A sultana, com a ajuda de Naomi, colocou Ondile na cama, questionando em seguida:

— Diga, Jamile, o que você entendeu? — perguntou a sultana preocupada com a filha.

— Não sei se entendi bem, mas me pareceu que ela viu gente cavalgando, lutando para entrar aqui no palácio, homens muito violentos, o intuito deles era de matar e depois fugir, foi o que ela percebeu.

— Foi um pesadelo que ela teve — falou Naomi.

— Fausi, tudo está sendo vigiado, não está? — perguntou a sultana.

— Sim, senhora, é claro que está. Todo o pessoal está sempre atento. Todo o palácio e a área que o circunda estão protegidos. Os nossos guardas estão alertas.

— Bem, agora vamos, deixá-la dormir um pouco, isso lhe fará bem — pediu Jamile.

Em seu quarto, Jamile andava de um lado para o outro pensando em tudo o que Ondile transmitira para ela. Em sua mente, via entre estes homens saqueadores a figura de

Hors a comandar a invasão no palácio.

— Por Alá... Será que é verdade tudo o que Ondile viu? — Não pode ser, deve ter sido um sonho mau... Mas o professor Jonaste dizia que podemos ter visões de futuros acontecimentos — Jamile caminhou até a janela que dava para o jardim e tentou olhar as flores e as plantas para se acalmar. "Meu jardim de tantas emoções... Melhor é me lembrar das coisas boas que me aconteceram, e me acalmar. Nada irá acontecer, tenho Abindar, que cuidará de mim para sempre."

A tranquilidade do palácio no dia seguinte havia voltado ao normal. Jamile retornara com Ondile ao passeio pelas alamedas cuidadosamente ornamentadas. Tal qual o sol que brilhava naquela manhã, tudo em sua alma também reluzia. Alegrias pela volta de Ondile à normalidade e por saber que Abindar chegaria no dia seguinte.

Depois que levara Ondile de volta ao quarto para os cuidados de Naomi, a jovem Jamile foi até o escritório de Abindar falar com Fausi. Ao entrar, Fausi levou um susto, pois ninguém, a não ser ele, tinha a permissão de adentrar aquele recinto.

—Jamile, que susto você me deu... O que você quer aqui?

— Desculpe-me, Fausi, mas quero saber mesmo se Abindar virá amanhã.

— Claro, foi a comunicação que recebi do mercador que nos entregou as compras do sultão. Mas por que esta preocupação toda com a volta dele?

— Por nada, apenas estou com saudade, falou Jamile, disfarçando o interesse em saber notícias do amado.

— Você ficou assustada com o que Ondile nos falou, não foi?

— É, fiquei.

— Não precisa temer nada, tudo aqui é vigiado pelos nossos homens, que são bem treinados para nos defender de qualquer ataque. Mas de quem você tem medo? —perguntou intrigado Fausi.

— Esqueça, Fausi, somente foi uma pergunta, nada mais. Estou satisfeita em saber da volta de Abindar. Obrigada, agora preciso voltar para os meus afazeres.

— Jamile, você não precisa prestar estes serviços mais, por que insiste em continuar Fazendo?

— Faz-me bem ajudar a sultana e colaborar com Maína na cozinha, me dá prazer. Também, continuo a ser uma funcionária desta casa, o que existe entre mim e o sultão é amor, não quero desfrutar de benefícios por causa desta união; por outro lado, já deixei de fazer muitas coisas que antes eram de minha incumbência, tenho muita regalia, isto me basta... Até daqui a pouco, obrigada Fausi.

Na manhã seguinte, quando ouviu os cascos dos camelos parando nos portões do palácio e os funcionários correndo para acomodá-los na guarida, logo avistando Abindar dentro da tenda, o coração de Jamile bateu mais forte de tanta satisfação, não podia correr de encontro a ele, tinha que se manter em seu quarto e deixar para a sultana o acolhimento do esposo de volta ao lar.

Passava das 15 horas, quando Abindar foi procurar Jamile em seu quarto. Havia antes almoçado com Oziadi e soubera de tudo o que acontecera com a filha na sua ausência. Depois do almoço se refez em seus aposentos, descansando da viagem, cansativa e do calor escaldante do deserto. Repousou por alguns minutos, logo em seguida pediu ao Fausi que lhe preparasse um banho e se refez por completo. Ansioso, foi à procura da amada.

— Quanta saudade de você, minha querida — entre abraços e beijos, os dois se cumprimentaram daquela ausência que, embora fosse de alguns dias, parecia ter sido de anos. — Oziadi me contou que Ondile teve um sonho estranho e que você traduziu para eles o que ela queria dizer, é verdade? — Jamile afirmou com a cabeça positivamente, ele continuou: — Conte para mim, quero saber de todos os detalhes — Jamile relatou todo o acontecido e Abindar, pensativo, falou: — De que você tem medo?

— Abindar? Por que me pergunta isso?

— Sinto que você está com receio de alguma coisa, do que é? Quero saber.

Jamile mais uma vez disfarçou e ele se esqueceu de voltar a perguntar, pois o amor tomou conta dos dois, e ficaram juntos até a noite chegar.

Abindar chamou Fausi para comunicar-lhe sobre o intuito de dar uma festa pela recuperação de Jamile.

— Fausi, agora que Jamile está bem e que tudo aqui no palácio está tranquilo, até mesmo entres as odaliscas existe harmonia; pois, graças ao desaparecimento de Hannele, todas já se conformaram em saber que Jamile é a minha favorita. Neste clima de felicidade quero dar uma festa, apresentar Jamile a alguns de meus amigos mais próximos. A maioria dos sultões tem mais do que três esposas e vão entender a minha nova escolha. Quero que Jamile me dê muitos filhos ainda. O que Oziadi não pôde me dar, quero ter agora com Jamile.

— Pode deixar por minha conta, providenciarei tudo, com certeza será uma linda festa.

Naquele mesmo dia Abindar comunicou a Oziadi a decisão de sua festa, o que foi acatado pela esposa com alegria.

— Abindar, fico feliz que você tenha encontrado em Jamile a parte que lhe faltava, estarei sempre ao seu lado, me regozijo com a sua alegria.

— Eu sei, minha querida, sou grato por tudo que você faz por nós e gostaria que você também fosse feliz...

Oziadi não deixou ele terminar e falou:

— Sou feliz... Houve época em que sofri muito com a sua displicência, hoje eu o entendo, sou feliz em viver aqui ao seu lado e por cuidar de nossa Ondile, com ela não vejo o tempo passar, tampouco me preocupo com as suas odaliscas ou com Jamile. Parece ser verdadeiro o que sente por ela, gosto dela. Jamile sempre foi muito prestativa com todos nós, é uma boa moça, melhor que seja com ela.

O palácio fora ornamentado e decorado por pessoas que vieram de Marrocos, que trouxeram também peles de carneiros, sedas adamascadas, almofadas de cetim. Tudo fora delicadamente espalhado pelos salões, entre as flores em jarros de porcelana vindos do outro lado do mundo.

Na cozinha, Maína dirigia os cozinheiros que foram contratados para a ocasião. O aroma da comida fazia salivar a boca só em pensar em degustá-las.

No quarto de Jamile, Naomi preparava o vestido nupcial da amiga e colocava sobre a cama, ao lado dos complementos que ela usaria, como joias e enfeites.

O vestido era lilás, bordado com fios prata em toda a volta do decote e na barra, ressaltando a pele morena de Jamile e contrastando com o negro de seus cabelos. Para complementar, algumas singelas joias, presentes de Abindar para usar nestas ocasiões.

Ao sair do quarto de banho, Jamile se surpreendeu com o traje sobre o leito e ficou parada a admirá-lo por instantes.

— Gostou, minha amiga? — perguntou Naomi, feliz em ter preparado o traje nupcial de Jamile.

Jamile começou a chorar de emoção e abraçou a amiga, somente parando ao ouvir a voz de Fausi, batendo à porta para deixar o aviso.

— Jamile, as horas avançam e você tem apenas 40 minutos para ficar pronta, o mestre de cerimônia virá buscá-la. Os convidados já estão chegando, a sultana já os recepciona.

— Obrigada, Fausi. Estarei pronta nesse tempo, virando para Naomi falou: — Minha amiga, obrigada por tudo. Você sempre será a minha companheira querida. Choro de felicidade, choro porque gostaria que meus pais estivessem aqui compartilhando deste momento especial, mas agradeço a Alá por toda essa felicidade.

As luzes de todo o palácio brilhavam, reluzindo as joias

nos pescoços das esposas dos sultões convidados. As vozes entoavam enchendo o ambiente de assuntos diversos.

Abindar estava nervoso, embora somente Fausi e Oziadi percebessem toda a sua inquietação. O sultão estava muito bem trajado. A túnica branca era ornamentada com desenhos em fios de ouro, e sobre sua cabeça um gorro que os sultões usavam nestas ocasiões, também bordado com ouro.

Oziadi era uma anfitriã perfeita, fazia a recepção com muita gala, recebia as esposas convidadas com sorriso permanente, pois eram poucas essas oportunidades de se verem; a maioria das festas era somente para os maridos, ficando as esposas em casa, assim todas estavam felizes em poder participar de um evento tão grandioso. Vendo que a principal da festa não chegava ao salão, Oziadi foi até Fausi saber de Jamile.

– Já fui avisá-la, senhora, estará pronta dentro de minutos.

Depois de alguns minutos, soou a batida do gongo pelo eunuco, forte e bem vestido, anunciado o início do show, abrindo as comemorações da noite.

As odaliscas entraram cada uma mais linda do que a outra em suas vestes transparentes e multicoloridas a esbanjar graça e sorrisos a todos os convidados, que já estavam sentados em seus devidos lugares. Dançaram ao som das cítaras e de outros instrumentos de percussão tocados pelos eunucos músicos do palácio.

Na mesa central, Abindar estava sentado, ao lado esquerdo dele Oziadi sorria para as amigas, e o lugar à direita de Abindar estava vazio à espera da nova esposa.

Quando as odaliscas acabaram de dançar, o gongo soou outra vez e a voz do mestre de cerimônia anunciou a entrada de Jamile ao mesmo tempo em que Abindar se levantava e se dirigia à entrada para esperar a sua favorita.

Todos se levantaram para receber Jamile, que entrara tímida porém belíssima, caminhando até Abindar que lhe ofereceu o braço, vendo o sorriso de felicidade estampado no rosto da amada.

Jamile quase não percebia as coisas acontecendo ao seu redor, tamanho era o receio de não ser aceita por todos. Acalmou-se um pouco mais quando segurou no braço de Abindar, e, vendo o sorriso dele, sentiu-se mais à vontade.

O mestre de cerimônia, apresentou Jamile aos convidados e por onde passava Jamile sorria, uma forma de cumprimento, até sentar-se no lugar reservado para ela ao lado de Abindar.

A música tomou conta do lugar novamente, as comidas foram servidas com todo o requinte possível e imaginário, agradando a todos os convidados.

As sultanas convidadas não falavam nada sobre a nova favorita de Abindar, sabiam que era sério,; pois, se estava sendo apresentada à sociedade, é porque ele a queria como esposa. Isso era comum entre elas, fazia parte das tradições.

Enquanto nos salões a festa transcorria dentro do que Abindar planejara, na ala da cavalaria do palácio aportava de volta Zamir.

Ao perceberem ser Zamir o recém-chegado, os outros empregados e colegas dele ficaram sem saber o que falar para o rapaz. Levaram-no para o alojamento deles e disfarçavam o constrangimento que sentiam em ver Zamir de volta bem na noite da festa de apresentação de Jamile.

– Bem, agora que já conversei bastante com vocês, quero ir ver Jamile – Zamir se levantou e foi puxado novamente para sentar junto a eles, o que deixou desconfiado. Neste instante, gritou: – O que está acontecendo aqui? O que vocês querem me esconder?

Neste instante Fausi aparece, havia sido chamado por um dos empregados e respondeu na hora a pergunta de Zamir.

– Meu rapaz, se acalme. Tentou fazer Zamir sentar, mas o rapaz retrucou e manteve-se em pé ao lado de Fausi, encarando-o e perguntando novamente:

– Fausi, me diga, o que está acontecendo aqui?

Fausi relatou ao rapaz tudo sem esconder nenhum detalhe. Os companheiros, quando começou a narração, foram se dissipando um a um, ficando somente os dois no local.

Quando Fausi acabou a narrativa, Zamir tinha os olhos cheios de lágrimas e um rubor tomou conta de sua face. Desiludido e decepcionado, disse algumas palavras que Fausi não entendeu, em seguida entrou rumo ao salão, não sendo alcançado pelo secretario de Abindar.

Fausi, de longe, deu sinal para o mestre de cerimônia, para que impedisse a entrada de Zamir, mas ninguém conseguiu e o tumulto fora feito, todos perceberam o intruso no salão de festa.

Jamile, ao ver Zamir, desmaiou, Abindar a socorreu, esqueceu-se de Zamir, que chegou bem perto dele, falando alto e grosseiramente:

– Foi para isso que o senhor me enviou a lugares longe

daqui? Queria ficar com minha noiva... Vocês me traíram, eu não merecia isso, sempre fui fiel ao senhor, grato por tudo que me proporcionou em estudos, trabalhos, e agora – Zamir apontava para Jamile, que neste momento começava a recobrar os sentidos – rouba a mulher de minha vida, mulher que me trai pelas costas

Jamile, se levantou e gritou com Zamir:

– Pare, Zamir, chega. Nunca lhe prometi nada, tampouco amor. Nunca o traí, pois nada havia entre nós...nunca lhe jurei amor, e você sabe muito bem disto. Sou grata a você por todo o bem que me fez, mas amo Abindar, é com ele que quero ficar.

Zamir saiu correndo ao ouvir essa declaração da ex-namorada, por quem tinha tanto sonhos, e pegou o cavalo, galopou em direção à casa paterna, pois precisava de um ombro amigo para atravessar aquele momento difícil.

O retorno ao lar paterno nunca fora tão longo e cansativo como naquela noite. Zamir não percebia o luar a clarear o deserto, nem mesmo sentia o vento soprando em seu rosto, misturando-se com os grãos finos da areia sobre a pele.

Era o rosto de Jamile que dominava sua mente e trazia para dentro dela as lembranças do passado. Relembrava o primeiro dia em que a conheceu; o dia do faquir, em que dera um esbarrão quando de lá saía; das aulas na casa do professor Jonaste; do primeiro olhar cheio de paixão; tudo isso vinha ao pensamento do rapaz, que não percebia a velocidade do cavalo em direção à casa do pai.

No palácio a festa fora interrompida com a chegada inesperada de Zamir e, embora os músicos tocassem logo em seguida para distrair a atenção dos convidados, Abindar pediu licença para se retirar com Jamile, levou-a para o jardim e andou com ela por entre as alamedas. A magia da noite estrelada com a luz do luar conspiraram em fazer Jamile chorar, sendo logo consolada por Abindar.

– Minha querida, o que há de tão sofrido em relação a você e Zamir? Parece-me que deve algo que jamais poderá pagar. Eu estou aqui, você pode confiar, abrir seu coração. Não tenho nada contra Zamir, realmente, tudo o que ele disse foi verdadeiro. Eu o afastei de meu caminho logo que descobri que a amava, isso não é crime... lutar por quem amamos não é crime. Foi o que fiz, lutei por você e lutaria mais ainda se fosse preciso. Bem, agora fale o que lhe causa tanta culpa em relação ao Zamir.

Jamile se afastou um pouco de Abindar, ficou pensativa por alguns instantes e depois voltou ao lugar em que ele estava, criando coragem falou:

– Você não sabe a minha história, nunca quis lhe preocupar com esses fatos e, se fosse possível, nunca iria saber. Devo realmente muito a Zamir. Devo a minha vida e a minha segurança aqui em seu palácio; pois, se não fosse por ele, hoje eu não estaria aqui, ou sabe-se lá onde eu estaria nesta hora.

Jamile puxou Abindar para um banco embaixo de um arbusto e começou a contar toda a sua vida, desde que chegou ao lugar onde conheceu Zamir. Falou sobre os pais, contou do algoz de quem eram reféns, relatou a vida de maldade que tinham com Hors e do que ele impunha à família para mantê-los sob a sua guarda. Disse que ela era a prenda que Hors cultivava e que isso o tornara o senhor de sua vida e de sua sorte. Nada Jamile esqueceu de relatar ao amado, inclusive do carinho e da amizade de Zamir, do pai dele, que tanto fez por ela, da acolhida na casa deles, escondendo-a naquele dia, antes de fugir da aldeia para o palácio, onde ela viveria com segurança.

Abindar abraçou Jamile, que chorava ao se lembrar de toda essa triste história, e falou comovido:

– Como você sofreu, minha querida. Quanta maldade deste homem, como Zamir foi bom para você.

– Vê por que sofro em magoar Zamir? Se tenho você, foi através dele. Foi ele quem nos aproximou.

– Você nunca o amou? – Abindar sentiu ciúme do passado, queria que Jamile nunca tivesse se apaixonado por ninguém antes dele, e insistiu: – Você algum dia amou Zamir?

– Fui apaixonada por ele, mas não era amor. Era um bom rapaz, eu gostava de estar com ele, de conversar. Cheguei até em pensar que um dia poderia me casar e formar uma família com ele, mas antes de o conhecer, é claro. Aqui no palácio, senti que não era Zamir o homem de minha vida. Meu coração era vazio, eu vivia com saudade de algo que não sabia bem o que era, mas sentia falta de alguma coisa que somente deixou de me incomodar no dia em que senti que dançava para você, embora ainda fosse um mistério. Sentia o seu olhar sobre mim, mesmo não o vendo. Amei você desde o primeiro dia, parecia que nós já tínhamos nos encontrado em algum lugar, você nunca foi estranho para mim. Já o amava, ou melhor, sempre amei.

– Meu amor – Abindar beijou os olhos molhados pelas

lágrimas de Jamile e falou amorosamente: – Vamos esquecer tudo isso e voltar ao salão para a nossa festa nupcial. Aqui estará sempre protegida deste Hors. Estarei ao seu lado, cuidando de você, viveremos para sempre juntos e seguros, não tema mais nada.

Na manhã seguinte, todo o palácio estava quieto. As vozes dos serviçais haviam diminuído. Parecia que todos sentiam a dor de Zamir e de Jamile.

Zamir era muito querido por todos; e quase que sussurando comentavam: "Ele não merece passar por isso." Em outro canto do palácio, mais comentários sobre o assunto: " Não podemos culpar Jamile, ela não ama Zamir; foi sincera com ele."

Na cozinha, Mainá estava providenciando o almoço, embora com tristeza estampada no rosto. Quando Naomi entrou com a bandeja de lanche de Ondile, percebeu algo errado com a governanta e tentou acalmá-la um pouco, indo até ela e a abraçando falou:

– Mainá, não sofra assim, tudo segue conforme Alá quer.

– Não é Alá que determina o que devemos fazer, certo ou errado, creio que nós somos os responsáveis pelos nossos atos.

– Então você culpa Jamile? – perguntou assustada com a conclusão que ouvira da chefe.

– Não. Não estou culpando ninguém, tampouco acredito que Alá seja o responsável por tudo o que fazemos. Acho mesmo que devem existir outras explicações.

– É... Jamile me disse que tinha aulas com um professor muito especial e que ele explicava as coisas da vida de uma forma bem diferente de nossos costumes. Dizia que via espíritos e que falava com a mãe que já havia morrido.

– Não sei se é verdade, mas também me pego questionando muitas coisas ligadas ao que aprendemos em nossos templos.

Jamile não fora ver Ondile naquela manhã. Ficara em seu novo quarto, mesmo após Abindar se levantar e ir tratar de assuntos em seu escritório.

Oziadi ficou preocupada quando não a viu e resolveu perguntar para Naomi, que voltara da cozinha para buscar Ondile para o banho, que já estava sendo preparado por outras serviçais.

– Naomi, você viu se Abindar já se retirou de seu aposento nupcial?

– Sim, senhora, o sultão já está em seu escritório com Fauzi há algum tempo – Naomi ficou pensativa sobre a pergunta da patroa e sem demoras recebeu a resposta por sua indagação.

– Ajude-me a vestir minha túnica, quero ir ver Jamile, não a vi ainda nesta manhã, será que está bem?

– Deve estar apenas descansando da noite conturbada que viveu ontem – falou a amiga.

– Por isso mesmo é que quero ir ver como ela está – Oziadi deu um beijo na filha e desejou um bom banho, em seguida recomendou às servas de Ondile muito carinho para com a garota.

Jamile sentiu-se inibida diante da primeira esposa de Abindar e fez reverência, sendo logo interrompida por Oziadi.

– Não faça mais isso! Agora somos iguais, diante de nossos costumes. Você também é esposa de Abindar e faço votos que encha essa casa de muitos herdeiros, coisa que eu não pude fazer.

– Senhora. Sinto muito por ontem à noite. Não imaginei Zamir de volta bem no dia de minhas núpcias. Da última vez em que esteve aqui, falei a ele que não o amava, que agradecia muito tudo o que ele fizera por mim, mas não era amor o meu sentimento por ele. Disse que era amor de irmão, era amizade verdadeira o que nos unia.

– É isso que me une a Abindar, amizade. Antes eu também o amei, mas com o decorrer do tempo e com o vazio que se fez dentro de mim, passei a sentir amizade por ele. Sempre foi bondoso comigo, embora tivesse suas odaliscas favoritas, tinha orgulho em me apresentar à sociedade, e assim o nosso casamento seguiu até hoje, em plena amizade.

– A senhora é muito especial, não sei se teria essa compreensão toda se estivesse em seu lugar. Como dizia o meu professor, Jonaste, terei que nascer muitas vezes.

– Deixe de falar bobagem, ninguém pode nascer de novo, retrucou Oziadi, quase na porta do quarto da nova esposa de seu marido.

Sozinha, Jamile sentou na cama e pensou: "Começo a acreditar no professor. Ninguém que vive somente uma vez poderia agir como Oziadi. Ela é boa, cuida de Ondile como se fosse sua verdadeira filha, há muito vem perdoando o marido e agora me recebe como se eu fosse a sua filha que casara, me felicita, sabendo que estou com Abindar. Somente alguém muito especial poderia agir assim, estou longe de ser como ela. Só em pensar que Abindar pode ter outra em seus braços, chego a tremer de medo. Mas é melhor eu me desligar disso e seguir a recomendação do professor, que advertia que em nossas angústias meditássemos pedindo ajuda ao céu. Jamile fechou os olhos e imaginou muita luz em torno dela, ficando assim alguns instantes; de repente, viu entrar em seus pensamentos a figura do professor, que lhe dizia: "Jamile, minha querida, quanta saudade. Ore muito, ore por todos desse palácio, dias difíceis virão. Lembre-se de que estarei sempre orando por você".

– Por Alá, o que será este aviso do professor? Acho que estou imaginando coisas. Abindar disse que tudo é vigiado aqui no palácio e ele me protegerá sempre, ainda mais agora que sou dele.

Neste instante Abindar adentrou o recinto da amada, entre carícias e beijos se prepararam para ir almoçar.

Capítulo 11
Quando tudo era Paz

CAPITULO 11

QUANDO TUDO ERA PAZ

Havia passado quase um ano desde a noite da festa de núpcias de Jamile. A felicidade era reinante entre todos os habitantes do palácio de Abindar.

Ondile tivera uma melhora grande, e a sultana Oziadi reconhecia que este mérito pertencia a Jamile, porque, desde que a favorita de Abindar começou a fazer meditação com a enferma e a envolvê-la em luz, Ondile melhorara.

Os dois apaixonados viviam felizes e os negócios do sultão prosperavam cada dia mais. Estava sempre contente, a cada viagem que fazia, voltava com muitas saudades e cheio de presentes para Jamile.

Tornara-se um pai afetivo com a filha, dizia que queria ter mais filhos com Jamile, este era o sonho que povoava a mente do sultão. As festas no palácio eram sempre requintadas e Jamile já sabia receber tão bem quanto Oziadi. Essa, muitas das vezes, não participava das reuniões, ficava feliz em saber que não faria falta, estava cansada das festas cheias de compromissos, preferindo ficar ao lado da filha, era mais proveitoso, segundo ela.

As odaliscas eram trocadas a cada seis meses, modificação feita pelo sultão, depois de seu enlace com Jamile. Dizia que queria sempre uma novidade para os convidados. Mandava buscar dançarinas que já tinham carreira em outros lugares, que eram trazidas e testadas por ele em suas artes, no entanto nunca mais se interessou por nenhuma, Jamile era seu par constante.

Jamile sabia agradar Abindar, não deixava que o cotidiano se tornasse monótono e repetitivo. Sempre que Abindar estava no palácio e não tinha reuniões de amigos, Jamile convidava o sultão para passear entre as alamedas do jardim, ora iam ao oásis e lá ficavam até altas horas da noite, deitados na beira do lago, a vislumbrar estrelas, a negritude da noite era tanta que possibilitava-lhes enxergá-las nitidamente. E assim passavam horas e horas a trocar juras e a imaginar o que teria além das estrelas.

Dim adoecera e não encontravam outro eunuco-anão, que fosse um artista tão bom quanto ele. Certa manhã um mensageiro de outro sultão amigo de Abindar chegou acompanhando por um rapaz, que foi apresentado como cantor e tocador de cítara, que o amigo sultão lhe havia encaminhado até que Dim melhorasse.

— Agradeça ao meu amigo Safir a delicadeza de ter me enviado este rapaz, assim que Dim melhorar, devolverei com as minhas saudações e reconhecimento.

A voz do rapaz era maravilhosa e quando ele começou a cantar para que o sultão avaliasse, o palácio inteiro ouviu a melodia tão harmoniosa na voz perfeita e linda que a todos agradou. Jamile estava com a porta da varanda aberta e, ao ouvir a melodia, correu para saber de quem se tratava. Logo lhes contaram a novidade, então ela se juntou a Dim, que também viera ardendo em febre para saber do cantor, ambos ficaram à espreita, ouvindo a maviosa voz do recém-chegado.

– Agora sei que meus dias estão contados – Dim falou quase que chorando.

– Deixe de ser bobo, você está doente, foi somente por isso que ele aceitou este rapaz, a festa que Abindar fará aos sultões se aproxima e não temos tempo para procurar mais ninguém.

Dim foi levado por Naomi para o seu aposento, deitou triste a ouvir a voz linda do novo músico que ecoava no salão.

Abindar levantou para abrir uma das janelas e viu Jamile no corredor, chamou-a para entrar e com ele assistir ao rapaz cantar.

Quando eles voltaram para os aposentos íntimos, Abindar estava inquieto e andava de um lado para o outro. Jamile percebeu a inquietação e perguntou:

– Meu amor, por que está aflito? A festa já está garantida com este cantor, ele é simplesmente maravilhoso.

– É justamente isto que me preocupa, este "simplesmente maravilhoso". Não gostei de como você olhou para ele.

Jamile começou a rir, a ponto de Abindar ter que segurá-la pelo braço, falando alto para ela parar:

– Jamile, pare de rir, você está me ofendendo.

Ela parou de imediato ao ouvir a voz grave de Abindar e quase caiu, tamanho foi o impacto que causara nela.

– Abindar, você está com ciúme de mim? Você acha que eu estou interessada neste cantor? Onde está a confiança que diz ter em mim? Já não lhe dei provas suficientes de meu amor e de minha fidelidade?

Abindar sentou na poltrona e colocou as mãos cobrindo o rosto, cabisbaixo.

— Amado meu, eu só tenho olhos para você. O ar que respiro é feito de você; se eu viver cem anos, haverei de amá-lo a cada segundo de minha vida; mesmo que o destino o roube de mim, vou amá-lo sempre; até mesmo se se engraçar por outra odalisca, estou convicta de que serei igual à sultana, ou melhor, serei mais ainda, pois seguirei o amando sempre.

Abindar se desculpou com ela e de tanto amor os dois se envolveram em carícias e beijos por toda a noite.

Dim melhorou, embora tenha ficado mais de um mês de cama. A festa foi realizada a contento do sultão e de seus convidados, o cantor agradou a todos, e no dia seguinte Abindar já estava devolvendo o rapaz ao amigo Safir, sultão da vizinhança. Na saída do palácio, o cantor chegou perto de Jamile e falou:

— Jamile, gostei muito de você. Agradeço a sua colaboração, você me ajudou a conviver com todos do palácio, me deu apoio na apresentação, preparou as dançarinas para que elas enfeitassem o meu número, vou lembrar sempre de você. Acho que o sultão não gostou muito de mim, mas pagou muito bem, volto agora para o meu lugar de trabalho. Obrigado, minha amiga, se você me permite chamá-la assim.

— Claro que pode, eu também tenho amizade por você, desejo que seja feliz e tenha muito sucesso, adeus.

E a paz reinou dentro do palácio, Abindar, mais tranquilo sem o cantor, voltara a ter a vida controlada e repleta de bons negócios, banhada pelo amor de sua Jamile.

Na noite da festa de núpcias, quando Zamir saiu do palácio, de volta ao lar paterno, tamanho foi o desespero do rapaz que atravessou o deserto sem sentir a areia a cobrir-lhe a face e a garganta, que ficara cheia de poeira. Somente a figura de Jamile a desfilar em sua mente, as lembranças dos momentos de namoro, dos beijos, do rosto da morena que tanto ele amava.

– Por que você fez isso comigo? Eu sempre a amei, meu pai enfrentou os criminosos de Hors por sua causa e você fica com o velho sultão!? Jamile, por quê?

Quando o dia estava raiando Zamir chegou à porta da casa do pai querido, o barulho do casco do cavalo fez o velho Nasceb e a mulher, Inám, abrirem a porta rapidamente, acolhendo o filho, que mal podia caminhar de tão cansado que estava.

– Filho, o que fizeram com você? Por que está tão acabado?

– Pai, me deixe dormir, preciso descansar, mas antes me dê um abraço. Preciso de sua benção, de seu carinho, depois conto todo o acontecido.

E, como todo bom pai, Nasceb acolheu o filho, sem lhe perguntar nada, apenas ajudou a se deitar e fazendo silêncio durante o descanso dele.

Nasceb várias vezes entrou no quarto do filho para verificar se ele estava realmente dormindo. Conferia a respiração do moço e retirava-se do aposento sem fazer barulho, deixando o filho no descanso tão profundo.

— Inám, deve ser muito grave o que aconteceu ao Zamir — falava à esposa, que, prestativa, ouvia o marido a quem aprendera a amar e respeitar durante os poucos meses em que estavam unidos. — Ele está deprimido, acabado. Nunca vi meu filho neste estado, sempre foi forte e destemido, já pedi a Alá por ele, sei que vai melhorar, ele é bom, sempre fez o bem a todos. Às vezes me parece distraído, quando fala que vê coisas estranhas, não sei se é dom ou invenção de sua cabeça.

Neste instante lembrou-se de quando Zamir estava no palácio do sultão a preparar o quarto da pequena Ondile e via coisas que não sabia ao certo explicar.

O descanso de Zamir durou mais de dez horas, e neste ínterim Inám preparou um jantar suculento e apetitoso para o enteado, que conhecia muito pouco.

Quando Zamir apareceu na porta do quarto, o rosto de Nasceb iluminou-se. Era a alegria de ver o filho recuperado do cansaço da viagem fatídica. Correu para ele e o abraçou carinhosamente.

— Pai, obrigado pelo acolhimento. Estou bem, um pouco fraco, devido ao esgotamento por que passei ontem. A estrada pareceu-me mais difícil do que sempre foi. Estava ofegante e facilitei que a poeira entrasse pela minha garganta, talvez seja esse o motivo de estar ofegante assim.

— Zamir, venha jantar, olhe o que fiz para você - Inám mostrava a mesa com a comida fumegando nas vasilhas.

— Obrigado, Inám, você é muito gentil. Essa lentilha deve estar deliciosa e os demais pratos também, vamos então jantar.

Após o jantar, os dois, pai e filho, foram se sentar na varanda da velha casa, enquanto Inám arrumava a cozinha.

— Pai, Sei que você quer saber o que me aconteceu — Nasceb não o deixou nem terminar a frase e retrucou:

— Filho, só quero saber se você achar que deve falar, caso contrário estarei ao seu lado quieto, desfrutando de sua companhia, que para mim já é o bastante.

Zamir relatou ao pai querido todo o ocorrido com ele lá no palácio do sultão Abindar. Nasceb se revoltou tanto que levantou do lugar e começou a caminhar nervoso pelo terreiro. Zamir, vendo a situação e não querendo que nada de mal acontecesse ao pai, tentou acalmá-lo, mas Nasceb falou bravo:

— Abindar? Como pode fazer isso com você? Você! Foi ele quem lhe deu a oportunidade de estudar, que confiou a reforma do palácio quando você ainda nem era formado. Ele que tinha tanto carinho por você, e agora rouba a mulher que você ama?

— Pai, ele não roubou a mulher que eu amo, foi ela quem me deixou por ele. Tudo bem que ele me afastou do palácio a fim de que eu não fosse um impedimento para que ele pudesse ficar só com Jamile. Isso eu não perdoo, mas a culpa não foi dele somente; ela foi quem me traiu.

— Zamir, ela amava você mesmo? — perguntou o pai.

— Acho que não. A maneira como falou do Abindar para mim revela claramente que ela amava mesmo o sultão, sei que também gosta de mim, mas... é só. Gosta como se gosta de um irmão.

Nasceb calou-se, ficou a meditar e depois falou brandamente.

— Sabe, filho, o destino muitas vezes prepara armadilhas

para nós, as quais no momento nos deixam em desalento, mas passando algum tempo, verificamos que foi bem melhor aquele desatino; então, começamos a compreender que novos caminhos se abrem para nós, e bem melhores.

Zamir passou vários dias pensando nas palavras do pai e refletiu muito sobre tudo o que o genitor lhe falara.

Certa noite em que estava a contemplar o firmamento, Zamir sentiu uma sonolência e teve a impressão de que iria dormir, mas em vez disso ouviu uma voz que lhe dizia: "Zamir, Jamile precisa de você. Ela corre perigo, não sei se você vai poder fazer algo para aliviar-lhe o sofrimento, mas achamos que poderá reconfortá-la neste momento. Com este apoio, ela poderá, mais tarde, entender melhor a mudança de vida, agora precisamos que você vá socorrer a nossa irmã".

Zamir pensou neste instante: "Como socorrer? Ela tem Abindar, me deixou por ele..."

A voz continuou: "Você tem sentimentos bons, não deixe de perdoar. Seu coração está repleto de amor ao próximo, Jamile é o seu próximo, não perca tempo, favoreça a sua amiga com esse reconforto. Lembre-se de que nunca sabemos se haverá outra oportunidade para estarmos fazendo o bem, aproveite este chamamento, é muito gratificante para nossas almas acalentar alguém, ainda mais se este alguém nos é tão querido".

– Zamir, acorde meu filho, já se faz tarde e você está aqui fora há muito tempo.

Zamir olhou o rosto meigo do pai e pensou: "Ele não deve saber de nada, já sofreu muito."

– Sim, pai. Já vou deitar. E seguiu para o quarto, onde

ficou a meditar sobre tudo o que ouvira lá fora e quase não dormiu a noite inteira.

Mal o sol raiava e Zamir já estava em pé a se preparava para a viagem. Nasceb, vendo que o filho ia partir, ficou triste e perguntou:

– Filho, você não vai brigar com o sultão, vai?

– Não, pai. Vou partir porque tenho que trabalhar, mas voltarei assim que for possível. Zamir evitou que o pai soubesse da sua ida ao palácio de Abindar para ajudar Jamile, ele não haveria de entender a sua visão da noite passada.

Assim, depois de ser abençoado por Nasceb, Zamir tomou rumo aos compromissos; primeiro foi ao palácio que estava reformando, se programou a ficar lá por volta de uns quinze dias no máximo, para depois ir ao encontro de Jamile, mas nem mesmo ele sabia o que por certo faria junto à ex-namorada.

Mas Zamir esqueceu-se de que muitas vezes programamos as coisas e a vida nos dá outro destino. Assim foi que quase um ano havia se passado, o serviço, absorveu-o tanto que mal tinha tempo para descansar à noite. A fama de Zamir em fazer grandes reformas em palácios cresceu tanto que começaram a surgir novos trabalhos, e alguns fora do país, foi o que aconteceu com um convite que recebeu da Espanha para reformar um palácio mouro. No momento ele ficou eufórico e feliz, mas antes quis saber o que o pai aconselhava.

Enviou uma carta ao pai querido, e quando o mensageiro trouxe-lhe a resposta, vibrou de alegria ao saber que o genitor aconselhava o filho a partir para novas terras, que teria as bênçãos dele, dizia mais ainda: "Meu filho, siga o seu coração e vá para este país que lhe abre as portas, peço a Alá que neste distante lugar encontre você a paz e o amor que tanto merece, siga com as minhas bênçãos."

No primeiro instante teve ímpeto de sair correndo e arrumar as malas, uma vez que o serviço naquele palácio já estava todo pronto, mas a lembrança da voz que naquela noite na casa do pai lhe falara para ir ao encontro de Jamile fez o rapaz pensar mais:

"Antes preciso ir ao encontro de Jamile e ver se de fato ela precisa de minha ajuda. Pode ser que tenha sido apenas um sonho e que nada seja verdade..."– pensou, descrendo do aviso da espiritualidade.

No palácio de Abindar, a vida transcorria em harmonia. Ondile tinha esporadicamente crises e, quando isto acontecia, a sultana logo chamava Jamile, que sempre acudia, lembrando das instruções do professor Jonaste, envolvendo a garota em luzes, pedindo com fervor aos céus que a protegessem, e em rápidos minutos a garota melhorava.

Todavia, Abindar se ausentava muito, devido aos negócios que cresciam, e cada vez redobrava mais ainda a guarda em seu palácio. Naquela manhã Abindar recebia Oziadi em seu gabinete, a sultana queria saber o porquê de tantos guardas ao redor do palácio e dentro dele também.

– Oziadi, precisamos ter cuidados com a nossa casa e com a nossa família. Aqui no palácio mantemos muitas preciosidades, ouro e pedras preciosas, sem falar de nossas vidas. Outro motivo foi que nesta última viagem que fiz a

Marrocos fiquei sabendo que há um grupo de saqueadores, que estão atacando as cidades e os palácios, comandados por um líder impiedoso.

Neste instante Jamile entrou no gabinete, ouvindo somente a última frase.

– De quem vocês estão falando? Quem é impiedoso? – perguntou Jamile chegando perto de Abindar e dando em seu rosto um beijo carinhoso.

Abindar, que já conhecia o temor da amada por Hors, tentou disfarçar a conversa.

– Nada com que deva se preocupar, minha querida. Falava com Oziadi que redobrei os guardas aqui no palácio para maior segurança de vocês, mas foi bom você chegar, pois quero dizer-lhe que devo partir depois do almoço.

– Outra vez, Abindar? Mal chegou e já parte.

– Estou negociando outras terras fora de nosso país. Quem sabe um dia eu resolva mudar daqui para um lugar que tenha água suficiente para todos, sem precisarmos rezar diariamente para cairem algumas gotas sobre nós.

– Com muita água ou com pouca água, ao seu lado estarei feliz. Mas, se tem que partir, meu querido, vá, ficarei à sua espera.

Oziadi olhou os dois, sentiu o quanto eles se amavam e pensou: "Vão viver até envelhecer se amando assim, que bom Abindar ter encontrado Jamile... nós também."

Cada volta de Abindar era uma alegria para Jamile, que se

desdobrava em carinhos e atenção ao amado. Cuidava ainda mais de seu cabelo, dos vestidos e dos perfumes que usaria para agradar o amado. Queria estar sempre bela para ele, Abindar tudo notava e se deliciava com toda essa oferenda. Por mais que os negócios crescessem todos os dias, Abindar estava inquieto a cada volta ao lar. Jamile e Oziadi notavam esse comportamento, mas nada falavam para não deixá-lo mais apreensivo com a observação das esposas.

Certa noite, depois de se amarem, Jamile não conseguia pegar no sono e levantou-se para ir até o terraço respirar a brisa da noite, que estava amena. Mal sentiu o ar entrando pelas narinas, ouviu vozes dentro do quarto, e ficou apreensiva, pois não havia ninguém entrado; por que então ouviria a porta se abrir? Correu para entrar, quando ouviu a voz de Abindar a falar bravo e rispidamente:

—Vocês não vão levá-la de mim! Nem ela e tampouco a minha filha. Saiam deste quarto.

Jamile olhou e não viu ninguém com o sultão, ficou pasma e assustada com o diálogo dele com outro ser que não via, mas a discussão prosseguia:

– Não roubei Ondile de vocês. Ela é minha filha. Se eu não dei mais atenção a ela, foi porque ela é doente e talvez nem sinta essa necessidade. Eu não tenho culpa desta horrível doença. Se vocês a perderam em outros tempos, eu não tenho nada com isso. Não sou esse tirano que dizem que sou. Naquele tempo ela era também minha, comprei-a de vocês, mas paguei o que me pediram, não fiquei devendo nada. Não fui o responsável pela prisão de vocês. Não fui eu o culpado, vocês eram criminosos e vendiam os filhos, apenas não os defendi, agora vão embora, saiam daqui... e não tentem tirar o meu amor, nem se aliar com os outros bandidos que querem nos fazer mal.

Jamile viu que Abindar sofria muito e o acordou:

— Abindar, você estava sonhando, meu amor, acorde... — e beijava seus cabelos tranquilizando-o carinhosamente.

—Jamile, que coisa horrível, eram duas pessoas que me acusavam, mas com eles havia uma turma grande que se divertia com a situação, e ainda instigavam mais a discussão.

— Quem eram eles? —Jamile perguntou apreensiva.

— Diziam ser donos de Ondile. Falavam que eu tinha tirado ela deles, que por isso iriam tirar você de mim também. Diziam que iriam aliar-se a outros a quem nós devíamos.

— Meu amor, tente se acalmar — neste instante Jamile pediu forças às luzes que ela conhecia, passou as mãos sobre a cabeça de Abindar e doou muito amor, tranquilidade a ele, como o professor faria por certo, foi o que se lembrou de fazer naquela hora.

Na semana seguinte, Abindar não quis viajar, mandou uma mensagem pelo empregado aos outros sultões que o aguardavam em reunião perto de Marrocos.

Aproveitou e foi com Jamile diversas vezes até o oásis para deitarem-se à beira do local, trocando carícias de amor intenso.

No palácio, Abindar também procurou se dedicar mais a Ondile, quando ele chegava perto, ela sentia o carinho e a sua proteção.

Abindar estava na dianteira de promover a escolha de novas odaliscas para o sultão Elchamir, primo de Oziadi, que estava inaugurando seu novo palácio, não tão longe do palácio de Abindar. Assim foi que, no dia da entrevista das moças, ele pediu para que Jamile não estivesse perto, pois sabia do ciúme da moça. Jamile não gostou, mas teve que aceitar, fazia parte da vida do sultão. Sempre que um novo sultão abria seu harém, era de praxe que um sultão mais velho escolhesse as odaliscas.

As moças estavam muito nervosas, Dim tentou tranquilizá-las, fazendo mágicas e acrobacias.

Na cozinha, Mainá preparava um leve lanche às candidatas, pois sabia o quanto eram difíceis os testes. Precisavam ser primeiramente bonitas, corpos esguios, cabelos sedosos e que tivessem sensualidade na dança, tudo isso para agradar o sultão que as analisava.

Abindar olhava a todas com severidade e em seu íntimo pensava: “Nenhuma tem o charme de Jamile, tampouco dançam igual a ela”. Realmente Abindar só pensava em Jamile. Ela, em seu quarto, preocupada, andava de um lado para o outro com receios de que Abindar se apaixonasse por alguma odalisca recém-chegada.

Depois da seleção feita, as não aproveitadas foram embora aos prantos por terem perdido a chance de ser as novas favoritas e ter uma vida em abundância, livre da miséria em que viviam. As escolhidas seguiram para o novo trabalho, contentes. Entre as felizardas, uma referência era feita a bela Abelim, a qual Abindar já sabia que seria com certeza a nova predileta de Elchamir. Ele conhecia o gosto dos amigos e também conhecia a esposa do sultão, pois todas eram idênticas, sempre eram escolhidas pela família. Verificando se iriam combinar com o filho, sabendo aceitar a conviver com um marido que seria dividido com outras mulheres em seu harém, suportando a presença das amantes lindas e sensuais, mas esta era a lei da época, e as sultanas eram felizes assim mesmo, aceitando este lugar que, sem dúvida nenhuma, era de destaque. Apenas eram procuradas pelos maridos nos primeiros anos do casamento para poderem dar um varão ao sultão, garantindo que assim o costume seguisse em frente. Os sultões ficavam felizes quando o primeiro filho era um menino, assim não havia mais a necessidade de estarem nos leitos da esposas, a quem, na maioria das vezes, conheciam somente na noite nupcial, e quando a mulher era estéril, aí então era abandona mesmo da atenção do sultão, como era o caso de Oziadi, passando a viver no palácio como uma peça importante do local.

Zamir, atarefado com seus novos compromissos, uma vez que tinha decidido partir para a Europa e ganhar a Espanha como a nova moradia, começou a se preparar, deixando seus auxiliares incumbidos de seguir com as reformas nos palácios com os quais ainda mantinha uma ligação, legando a eles toda a direção e a programação a ser seguida pelos jovens.

Na noite que antecedia a partida para Marrocos, de onde seguiria para a Espanha, Zamir teve novamente a sensação de que ouvia a voz, igual à noite em que estava na casa do pai: "Zamir, não esqueça de que Jamile precisa de você, vá ao encontro dela enquanto é tempo."

— Novamente este sonho... — Zamir sentou na cama e não mais dormiu pensando na voz e em Jamile. Pela manhã decidiu partir para o palácio de Abindar, pois a essa altura de sua vida, já havia perdoado tudo o que haviam feito, lembrando dela e do sultão.

Quando chegou à aldeia perto de onde haviam morado, entrou em um alojamento para descansar e depois seguir viagem, quando no bar do alojamento ouviu de dois frequentadores o seguinte diálogo:

— Ele disse que já mandou um enviado para dentro do palácio de Abindar, que será fácil pegar a moça e levar com ele para bem longe, queira ela sim ou não e se preciso for, matará quem atravessar a sua frente.

— Este Hors é terrível mesmo, coitado de quem entra em seu caminho. Disse o rapaz que já conhecia bem as maldades do guerreiro. Em seguida, Zamir saiu sem mesmo se alimentar e foi para o quarto muito nervoso:

— Será que dará tempo de eu chegar antes deste enviado? — foi rapidamente preparar a viagem mesmo estando muito cansado: queria ganhar o deserto, o mais breve possível. Apesar de todas as dificuldades que a região lhe oferecia, não podia perder mais tempo, Jamile corria perigo e ele tinha que fazer alguma coisa para socorrê-la.

— Senhor — era Dim no gabinete do sultão —, chegou o novo jardineiro que o senhor contratou.

— Jardineiro? Não me lembro de ter contratado ninguém,

falou Abindar metido entre seus papéis de negócios.

– O homem me disse que foi o sultão seu amigo do lado norte que o enviou.

– Bem, tenho tantos amigos... Deixe este jardineiro entrar, quero falar com ele.

O recém-chegado entrou todo sorridente, amável e foi logo saudando de longe o sultão, como era de hábito, e falou:

– Bons dias, senhor Abindar. Tenho aqui uma carta de referência do outro sultão, amigo seu, queira ler. Entregou a carta ao sultão, que foi prontamente aberta e lida por ele.

"Radans, homem que trabalhou para o meu palácio durante dois anos e cuidou do meu jardim neste ínterim, apresento-o a quem precisar..."

– A assinatura está borrada, falou Abindar notando o borrão que cobria o nome.

– Senhor, foi o vinho que tomei na noite passada que molhou este valioso documento. Mas se o senhor não precisar de meus serviços poderei ir para outro palácio.

– Senhor, o nosso jardim está sem cuidados desde que o nosso jardineiro ficou doente. Acho uma boa ideia de que o senhor permita ao candidato uma oportunidade de mostrar serviço – falou Dim prestativo.

– Pois bem Dim, leve-o até Fausi e faça ser preenchida a vaga dentro de tudo que o palácio precisa, Fausi aprovando, pode então contratá-lo.

Mal sabia o sultão que adentrava em seu palácio um aliado de Hors, tão boa fora a interpretação do recém-chegado.

Logo foi se dirigindo ao seu alojamento e como havia planejado, mostrou serviço rápido, trabalhando com afinco todo o dia, mostrando aos encarregados da manutenção, o quanto ele era bom como jardineiro, assim ganhou logo um pouco de confiança. O único que ficou cismado com ele foi Fausi, embora tenha contratado, pois a necessidade de cuidar dos jardins era maior que a sua intuição, todavia ficou na espreita para qualquer ocorrência que viesse haver com o novo contratado.

Capítulo 12
O Dia do Acerto

CAPITULO 12

O Dia do Acerto

O acampamento era distante da cidade, Hors e seus homens descansavam depois de uma luta sangrenta, que durou mais de dois dias, quando saquearam tudo o que puderam dos ricos da região e violentaram muitas moças, por conta da irracionalidade que neles ainda existia.

Bebiam, riam do feito realizado e do ouro que tinham conseguido. Hors separava a quantia que cada um receberia, o que não deixava ninguém do grupo feliz, eram sempre ludibriados pelo chefe e, se caso tivessem oportunidades, eliminariam Hors sem compaixão nenhuma. Eram homens rudes e sem piedade, por isso é que Hors os contratava, mas sempre estava de olhos bem abertos sobre todos eles.

– Chefe, quando será a próxima luta? – perguntava-lhe o encarregado do grupo, que estava comendo um naco de carne bem suculenta e sorvendo a bebida, que derramava pelos cantos da boca.

Hors ao mesmo tempo em que também enchia a boca com a carne, tomou um grande gole da bebida forte que sempre acompanhava o grupo, dando a eles a embriaguez que tanto apreciavam, respondeu:

– Logo, logo, respondeu ao colega, porém essa será

muito especial para mim. Terei além da riqueza do sultão, a minha prenda, que está foragida há anos de mim, mas que desta vez não terá como fugir ou se esconder atrás de nenhum protetor. Mesmo porque, se alguém de atravessar o meu caminho, será morto num piscar de olhos.

— Não sei o porquê desta cobiça toda por essa moça — comentou o encarregado. — Com tantas mulheres que você já teve e tem na hora que quiser, por que esta perseguição toda?

— Você não tem inteligência para compreender isso. É melhor calar essa boca e continuar a entupi-la com carne, alimento que, é bom lembrar, fui eu quem providenciou a vocês.

Em um canto à parte Hors, pensou: "Quem vai entender isso? Nada me interessa se algum dia alguém vier a entender essa minha obstinação. Nem mesmo eu entendo. Tenho a impressão de que ela me deve muito mais do que a ajuda que dei a sua família naquele dia que seu pai furtou. Parece que é coisa de muito antes".

Naquela noite Hors dormiu embriagado e teve novamente o mesmo pesadelo. A mesma mulher, jovem, rica, impiedosa que mesmo vendo a acusação que era feita sobre ele naquela praça pública, não se apiedou, mesmo sabendo que ele era inocente. Entre a humilhação e a dor física ele proferiu baixinho a sua ira e sua maldição. "Um dia você, me pagará, essa humilhação que estou sofrendo, e, quando este dia chegar, sentirei prazer em fazê-la sofrer, porque terei você como minha prenda, vou possuí-la e você será minha propriedade."

Hors teve um rápido despertar, mas uma sonolência novamente apoderou-se dele, que caiu em seguida em estado letárgico, não sabendo se estava dormindo ou acordado, ouvia nitidamente uma voz feminina chamando como se fosse um apelo sentimental, coisa para qual ele não dava a menor importância, no entanto aquele apelo foi forte demais e quando se deu conta, estava em sua frente um vulto de mulher que lhe falou:

"Filho ouça-me, por favor. Sei que também não tenho ainda condição de lhe falar de virtudes, uma vez que falhei no meu papel de mãe, quando você ainda era criança, mas começou a despertar em mim a vontade de renovar-me diante da Justiça Divina depois que sofri nos vales de lágrimas. Tenho sido ensinada, mesmo sem ter merecimento, por esses bons amigos que vêm ao meu socorro, diante de tanto que tenho rogado, pois o sofrimento de que padeci nestes vales, mostrou-me que tudo o que fiz, fingindo não perceber as tendências ruins que havia em você, pensando estar fazendo o melhor, somente contribui ainda mais para os erros nossos e para as aflições que abraçaria na espiritualidade. Perdoe-me, meu filho, peço que esqueça essa moça e essa vingança do passado. Vá para longe e comece outra vida, diferente desta que estás vivendo, enquanto ainda há tempo. Eu lhe rogo, não se perca nas trevas da maldade, não imagina o amargo vale que esperam por quem pratica tais atos. Os malfeitores lhe cobrarão por toda uma eternidade e sofrerá muito. Filho, acorde para o bem, ainda tem tempo, evite sofrer tanto".

Hors acordou sobressaltado e molhado de suor, sentando na cama, desabafou dizendo: – Era a minha mãe? Mas faz tanto tempo que ela morreu. Por que tive este sonho com ela? Já não lembro dela há muito, homens como eu não se agarram nas saias das mães, é melhor esquecer este pesadelo e voltar para a luta.

Mas os olhos dele estavam marejados de lágrimas, coisa que fingiu não perceber, o fato é que o coração materno sempre atinge o seu alvo; mexendo com a emoção. Faz com que os sentimentos aflorem, mesmo que sejam como relâmpagos. Hors, porém, passou o dia inteiro amuado e sem conversar com o pessoal do grupo.

Hors e seus homens, a cada chegada de uma luta, comemoravam com muitas bebidas e mulheres a vitória sangrenta e somente no dia seguinte, com a cabeça fria e descansada, o líder dos terríveis guerreiros começava planejar outro ataque, entretanto naquela manhã seus aliados o encontraram sentado, cabisbaixo e pensativo. Perceberam que algo estava incomodando e aos poucos foram se aproximando do chefe, tentando apoiá-lo, porém foram recebidos com grosseiros insultos o que afastou todos, que, também com muita raiva, saíram xingando o chefe, embora o fizessem baixo para que ele não escutasse nada.

– Ora, vejam só... Até em meus pensamentos tenho que dar contas para eles, que são meus empregados...Vão se danar e me deixem em paz.

Paz era coisa que Hors não possuía nunca. Este era realmente o motivo da cabeça baixa e pensativa daquele momento.

– Será que dessa vez eu pego aquela maldita. Foge de mim como se foge de um deserto antes da tempestade de areia. Quantas mulheres dariam tudo para ficar comigo e ela foge. Mas desta vez o tempo dela está chegando ao fim. Será minha ou não será de mais ninguém, palavra de Hors.

Neste instante ele se levantou e foi pegar uma garrafa de bebida, estava nervoso, e, quando ficava assim, somente a companhia da bebida o acalmava, infelizmente não sabia que nestas horas juntavam-se ao seu redor espíritos que também necessitavam daqueles goles, e assim fortaleciam os seus pensamentos para o mal.

"Isso mesmo, vai ao encontro daquela ingrata e traga para o seu convívio, arrastada pelos cabelos." – inspirava um ao seu ouvido.

"Ela é mesmo uma miserável" – dizia outro – "E merece morrer, se for preciso."

Hors, pela negatividade de seus pensamentos, absorvia tudo e se fortalecia ainda mais, envolvido naquelas inspirações nefastas.

– Isso mesmo, ela merece o que for de pior, se ela não me quiser.

Bebeu até cair e foi levado pelos seus homens para a cama estendida no chão, lá ficou a noite inteira a roncar e falar coisas sem nexo para os companheiros que dormiam ao seu lado.

Seus sonhos foram conturbados e o corpo estava agitado, cansado de tantas lutas. Recordava em flashes o sonho que sempre o acompanhava, o da praça pública, da mulher que o espezinhava, negando dizer a verdade, deixando ele entregue aos soldados.

Quando isso acontecia, ao acordar, trazia a sensação de ódio muito presente e as horas seguintes do dia com certeza seriam as piores para ele e para os que o seguiam.

E seguia ele nesta perturbação mental. A única maneira para despertar bem, embora ele não desse conta disso, era quando nos sonhos a mãe aparecia e suplicava-lhe que esquecesse aquele passado longínquo, que voltasse para o caminho do bem, que perdoasse a mulher que lhe fizera sofrer tanto.

Esses momentos eram para o seu espírito um bálsamo que durava muito pouco e logo dava lugar ao guerreiro atrás de sua prenda.

Jamile andava pensativa e melancólica porque se lembrava do sonho agitado que tivera com Abindar, no qual ele dizia que aquelas pessoas, as do sonho, queriam separá-lo dela. Por mais que tentasse não se recordar disto, volta e meia estavam as lembranças em seu pensamento, e ficava triste e sem ânimo, temia perder seu amor. Essa situação inquietava a todos no palácio, que pensavam que o motivo das preocupações eram as viagens constantes de Abindar.

Oziadi procurava sempre ocupar a moça com os problemas da filha, para que assim ela se esquecesse um pouco da ausência do sultão, todavia, graças à dedicação de Jamile, Ondile estava a cada dia melhor, e as crises há tempos não apareciam.

Percebendo que estava deixando a todos preocupados com seu comportamento, procurou esclarecer melhor aos amigos. Como não queria contar a verdade sobre sua inquietação, justificou tudo pondo a culpa na seca que afligia a todos.

— Calma, pessoal. Estou bem, este calor é que está nos matando e tirando a vontade de se fazer alguma coisa. Esta estiagem afetou o único oásis que temos. Água escassa, tempestade de areia tornando-se parte do cotidiano, nem mesmo gota de leve chuva Alá faz cair para nós. Será que Ele quer nos castigar?

— Por que Alá faria isto? — perguntou Mainá, atravessando o salão onde estava Jamile a olhar pelo vidro da janela, vendo o jardim ressecado e sem brilho.

— Mainá, que bobagem você está dizendo, e por acaso eu sei a resposta para a sua pergunta? Aliás, fui eu quem questionou primeiro.

— Neste caso, o único que poderia responder para você seria o seu velho professor — respondeu a governanta amiga, tentando dar um fim àquela situação.

À noite, enquanto tentava conciliar o sono, Jamile lembrou-se do que Mainá falou sobre o professor e pensou:

— Professor Jonaste, onde estará neste momento?

Nesta hora em que se lembrou do querido professor, Jamile sentiu um calafrio a percorrer todo o seu corpo, puxou sobre si o lençol e murmurou:

— Que frio foi este que senti dentro de mim, se o calor está intenso?

Naquela noite, Jamile sonhou com o professor. Estava ela a percorrer um vasto campo verde, no qual havia espaçadamente alguns bancos, todos eles vazios. Jamile observava tudo. E depois de algumas voltas, resolveu sentar, mas no momento em que se preparou para sentar, viu o professor, já estabelecido em um dos bancos a sorrir para ela, dizendo: "Sente-se, Jamile, sente-se aqui ao meu lado". Jamile obedeceu e sentou-se, contemplando o velho amigo e mestre. Não entendia como ele sentou no banco que estava vazio sem ela perceber.

"Sempre a mesma menina, fazendo as eternas perguntas; 'Como isso... Como aquilo...' Não se prenda nestas questões, minha filha, apenas me dê um abraço, estou saudoso de você."

Jamile acordou com essa frase do professor, sentou na cama agitada, bebeu um gole de água e pensou: "Nossa! Este sonho parecia realidade. Tive a impressão de estar com o professor Jonaste. Senti até o calor de seu abraço. E que abraço! Cheio de amor e carinho. Nunca meu pai me abraçou desta maneira. Parecia até um abraço de pai para filha. Como ele foi bom para mim. Nunca vou esquecê-lo, e se eu conseguir fazer Abindar me deixar ir até a aldeia, irei ver o professor, se é que ele ainda está lá.

Com esta expectativa de tornar a ver o amigo querido, Jamile adormeceu tranquilamente, acordando na manhã seguinte com novo aspecto, mais sereno e esperançoso.

De manhã, foi tomar o desjejum, o que deixou Mainá feliz, aproveitando para preparar os bolinhos que tanto Jamile gostava de comer pela manhã.

– Você vai me acostumar mal – brincou Jamile se referindo às guloseimas que Mainá punha em seu prato.

– Coma. Você precisa ficar forte para receber o seu sultão, que deve chegar por estes dias.

Os olhos de Jamile brilharam felizes ao ouvir Mainá se referir ao seu amor.

Logo após a refeição matinal, Jamile correu para o

quarto de Ondile, e Naomi já havia preparado a jovem para o passeio no jardim.

– Naomi, bons dias. Deixe que eu leve Ondile para passeio ao sol. Estou feliz e quero fazer um belo passeio por entre as alamedas, que nesta manhã estão também radiosas.

– Devem estar radiosas, porque tivemos um leve chuvisco nesta madrugada.

– Não percebi nada, dormi como uma pedra.

Ondile se alegrou toda com a presença da amiga, que não era somente a querida de seu pai, mas dela também, como se fosse a irmã mais velha. Empurrando a cadeira de Ondile com carinho, Jamile conduziu-a, cantarolando uma alegre canção. Ondile batia palmas de contentamento e cantava também na sua maneira de se expressar.

Durante esses passeios ficava a observar a jovem, que vivia uma vida complicada. Não falava, a não ser por gestos e ruídos de voz. Não andava, às vezes mal conseguia dar alguns passos amparada nas servas da casa. Jamile pensava: "Por que Alá permite uma pessoa viver deste modo?" E mais uma vez se lembrou do professor Jonaste: "Tenho a certeza de que ele explicaria essa situação dizendo 'que todos nós nascemos com um destino a cumprir, que através deste destino começaremos aprender a nos amar como irmãos, pois Alá criou todos os filhos para fazerem parte de uma família'. Mas eu pergunto: como poderei um dia amar Hors? Nunca... Mesmo que eu vivesse mil anos."

– Jamile, acorde mulher! – exclamou Dim, chegando todo suado dos exercícios que acabara de fazer. – Parece que está nas nuvens, desce à terra e fale com os mortais – e riu para as duas moças que ficaram olhando Dim em suas palhaçadas.

– Desculpe-me, meu amigo, estava a observar a nossa Ondile, tenho a certeza de que ela entende tudo mais do que nós. O que vemos de Ondile é somente o que ela não pode fazer, mas eu pergunto: sua mente, como deve ser? É disto que falo, Ondile deve entender tudo, apenas não consegue transmitir o que vê ou pensa.

– Deixemos de tantas filosofias e vamos falar de coisas da terra. Jamile, veja, treinei essa nova acrobacia com este aro de ferro que fundi e quero que você veja se vai ficar bom, se o sultão vai gostar.

Enquanto Dim executava o número novo que havia inventado, Jamile pensou consigo: "Creio que Dim faz parte do mundo de Ondile. Eles são pessoas especiais que vivem paralelos ao nosso mundo. E eu me pergunto; em qual destes mundos sofremos menos?"

Enquanto Jamile divagava em seus pensamentos, não percebeu a chegada de Naomi, anunciando que um dos mensageiros do palácio trouxe notícias de Abindar, o que fez Jamile entregar Ondile aos encargos da moça e correr para dentro do palácio em busca da correspondência do amado sultão.

Dizia a carta que Abindar voltaria dentro de três dias, que havia comprado tecidos finos, bordados em fios dourados para Jamile ficar cada vez mais bela. Comentava rapidamente do lugar em que estivera, e que esperava encontrar Ondile bem de saúde, como todos do palácio.

A noite chegou amena, pois um vento leve, trazia uma brisa fria e gostosa, que fez Jamile ter vontade de ir até o jardim. Quando lá chegou, não viu que era espiada pelo vigia de Hors, disfarçado em jardineiro do palácio.

Jamile começou a rodopiar bem devagar por entre as folhagens do jardim, sentindo imensa saudade de Abindar, a saudade era tanta que a fez desistir da dança e voltou logo para o quarto, deitando-se em seu leito, e de pronto começou a pensar no sultão.

Lá fora, como um bicho na espreita, o guerreiro feito jardineiro comentou entre sorrisos de malícias:

– Por isso que o chefe quer essa prenda, ela realmente é muito bonita e sedutora. Imagina só deitar com essa mulher... Mas tenho mesmo é que tirar esses pensamentos da cabeça e vigiar tudo, se o chefe souber que desejei a mulher dele, me matará como a um animal, melhor é esquecer que vi essa mulher dançando, vou para o meu alojamento.

Na manha seguinte, após a notícia da chegado de Abindar, foi um corre-corre dentro do palácio. Fizeram uma limpeza geral, deixando tudo bonito e cheiroso, ornamentando todos os vasos com flores novas. O escritório do sultão era limpo sob a fiscalização de Jamile ou de Oziadi; quando uma saía, a outra tomava o comando, ali eram guardadas as particularidades do sultão, como dinheiro, documentos e outros pertences que não poderiam cair em mãos alheias.

As odaliscas vieram correndo perguntar à Jamile se elas podiam ensaiar antes de os empregados limparem o salão principal.

– Claro, devem preparar algo bem bonito para ele, podem ir. Mais tarde passarei por lá para ver a dança.

Mainá programava os quitutes mais saborosos da culinária regional e nada iria faltar do que o sultão gostasse.

Quase no final da tarde Jamile foi até o salão para ver se a limpeza estava terminada e encontrou as odaliscas descansando um pouco da fadiga da dança.

— Jamile, eles terminaram já faz tempo, os funcionários limparam tudo, agora venha sentar-se aqui e veja o que preparamos para o nosso sultão, falou uma das moças.

Elas começaram a dançar, suas roupas, embora sendo de ensaio, eram lindas, os lenços coloridos e esvoaçantes bailavam no ar, despertando em Jamile certa vontade de estar junto das moças e dançar muito para o sultão. Sentiu ciúme delas, mas conteve-se e aplaudiu a todas, se retirando para um banho demorado, com muitas ervas aromáticas, para perfumar todo o seu corpo.

A espera do amado deixou-a inquieta. Jamile andava de um lado para o outro e as horas não passavam, tampouco vinham anunciar a chegada de Abindar.

Penteou os cabelos mais uma vez, olhou no espelho para ver se tudo sobre o seu corpo estava bem arrumado. Sentou, levantou da poltrona várias vezes. Decidiu então dar uma volta no jardim para se acalmar.

As plantas, as flores e as palmeiras enormes, as quais Abindar mandara vir de outra região, traziam a Jamile um bem-estar grande, acalmava-a e diante delas não sentiu o tempo passar, até que ouviu a voz do sultão bem próximo dela dizendo, quase em um sussurro:

— Meu bem, cheguei e você nem percebeu a minha presença...

Jamile virou e num ímpeto incontrolável lançou-se sobre

Abindar, abraçando, beijando, sem dar fôlego para ele falar.

– Jamile, calma minha querida, o que está acontecendo com você? Por que esta agitação toda? Não vê que estou aqui e estarei sempre ao seu lado?

– Oh, meu amor, que saudade! Essa viagem parece que durou séculos. Não quero você ausente mais de mim, nunca mais.

– Por que essa insegurança toda? O que aconteceu com você em minha ausência?

– Nada, mas sempre tenho a impressão de que vão me separar de você. É como se a vida toda eu corresse para estar com você e no final nos afastam. Lembro-me do professor Jonaste que dizia que nasceríamos várias vezes, assim é a minha sensação... de que por muitas vidas me separarão de você... por quê?

– Venha, vamos entrar, a saudade a fez imaginar coisas e acreditar em fantasmas. Eles não existem, lembre-se sempre disso, eu sou seu e serei sempre, nada vai nos separar, acredite.

Os dois entraram e foram diretos ao aposentos deles, enquanto Abindar se banhava, Jamile se preparou para recebê-lo no leito, repleta de amor.

– Oh, que surpresa feliz, antes do jantar você me quer?

– Eu o quero a qualquer hora do dia, você me faz feliz sempre, venha logo antes que nos chamem para o jantar especial que preparamos para o seu regresso.

As odaliscas dançaram quase que a noite inteira, deixando

Abindar alegre por terem preparado aquele espetáculo. A sensualidade presente nas moças fazia o sultão vibrar, todavia aconchegava-se mais ainda em Jamile, fazendo ela sentir que, por mais que tudo fosse bonito, naquela hora o mais importante era os dois estarem juntos, e ele se entregava por inteiro à amada.

Jamile sentiu que as moças mexeram com a sensibilidade de Abindar, o ciúme veio, mas logo foi disperso ao toque do abraço de Abindar.

Desta forma, a noite de boas-vindas ao sultão terminou em harmonia. Como o cansaço já o dominava, amparado pelos braços de sua favorita, ambos se dirigiram ao quarto e deitaram para uma noite de profundo sono, Jamile, abraçando-o fortemente, adormeceu.

Na espreita da noite e no silêncio do palácio, o espião de Hors adentrou o gabinete de Abindar, vasculhou tudo que foi possível em busca de valores, que não repartiria com o chefe; mas, para o seu desapontamento, tudo era muito bem fechado. Ouvindo passos no corredor, fugiu rapidamente para o seu alojamento.

– Esse sultão não perde por esperar. Está chegando a hora de o chefe pegar o que é dele por direito. Aí então vamos levar tudo de valor deste palácio. Estou até vendo o grupo todo correndo por estes desertos, com os cavalos carregados de joias, dinheiros e, na garupa do cavalo do chefe, a sua prenda sendo carregada para fazê-lo feliz. Isso eu quero ver, vai ser uma belezura, eu também vou roubar uma destas odaliscas e levar comigo; se o chefe pode eu também posso. Se bem que há mulher para todos do grupo, preciso logo ir ao encontro deles e dar o mapa da mina, já sei de todas as maneiras de se entrar aqui no palácio, como manejar os seguranças, vai ser fácil, fácil.

Na manhã seguinte Fausi entrou no gabinete do sultão todo agitado e falando rapidamente:

– Senhor, ele fugiu, levando com ele o nosso melhor cavalo, o danado fugiu como um ladrão que foge com medo de ser pego.

– De quem você está falando, Fausi? – perguntou Abindar.

– Do jardineiro, o novo jardineiro, para quem tanto me empenhei em arranjar um lugar aqui no palácio.

Jamile entrou e ouviu o final da conversa.

– Bem que eu nunca gostei dele. Sempre achei muito esquisito e não confiável. E agora?

– Agora arrumaremos outro jardineiro e vamos pôr um ponto final nisto tudo. Fausi, verifique se mais nada foi roubado, além do cavalo.

Fausi saiu como entrou, rapidamente, logo estava com outros empregados a vasculhar o palácio todo para ver se nada havia sumido.

– O que traz você em minha sala agora pela manhã, minha querida?

– É Ondile, está agitada novamente. Demos chá calmante, banhamos, mas nada a acalma, gostaria que você fosse até ela. Quem sabe conseguirá uma melhora, coisa que eu nem a sultana conseguimos.

O quarto de Ondile estava em desordem total. Empregadas entravam e saíam apressadamente, tentando atender os pedidos da sultana, que queria tudo ao mesmo tempo, tentando acudir a filha que se debatia e gritava entre seus sons. De sua boca uma espuma branca saia, e que a mãe com todo carinho e dedicação limpava.

Abindar entrou e deparou com essa cena impressionante; amparado em Jamile, respirou firme e dirigiu-se à enferma, que começou a se acalmar ao toque dele.

– Filha, estou aqui para ajudá-la, não tenha medo, me dê as suas mãos.

Ondile estendeu as mãos ao pai e seu corpo acalmou-se da agitação, mas ainda chorava muito. Jamile chegou perto da garota e falou com ela:

– Ondile, tente nos mostrar o que está acontecendo com você.

A garota emitiu sons e fez gestos mostrando a porta, gesticulando como se pessoas entrassem no quarto, bateu com força em Jamile como se acertasse um golpe fatal. Nesta hora, Abindar gritou com a filha e foi advertido por Jamile.

– Abindar, não grite com ela, não vê que ela está tentando dizer que pessoas estavam aqui e queriam agredir a ela e a todos nós.

– Como é que você entende isso tudo através dos gestos de minha filha?

– Há muito convivo com ela e aprendi a entendê-la. Ela teve um sonho, ou melhor, um pesadelo.

Ondile puxou a mão do pai, segurando com força, e de seus olhos lágrimas caíram, molhando os dedos de Abindar Nesta hora ele se lembrou do sonho que tivera com aqueles bandidos que queriam levar a filha e Jamile, e pensou: "Não posso deixar me influenciar por sonhos e pela doença de minha filha, todos nós estamos exaustos; é isso, exaustos."

Zamir galopava sem mesmo perceber os percalços do caminho. Rosto coberto para evitar a poeira, cabeça protegida com capuz branco, para se proteger do sol escaldante a acompanhá-lo naquela jornada. Lembrava-se do pai querido, agora ao lado da nova companheira, Inám. Isto o tranquilizava, pois o pai estava feliz sendo cuidado por ela, que também era sozinha e precisava de uma companhia, agradecia a Alá por esta benção, e continuava a pensar:

"Assim poderei ir tranquilo para a Espanha e fazer a minha vida lá. Um dia virei visitar meu velho pai e, quem sabe, se ele quiser, irá morar comigo em terras estranhas. Mas agora a minha missão é com Jamile, embora nem saiba bem como poderei ajudá-la. Se eu agir assim, estarei colaborando com o sultão Abindar, que a roubou de mim, mas acho que ninguém rouba ninguém; ela o ama realmente, e eu tenho que me conformar com isso, mesmo porque não posso ser injusto com ele. Abindar foi meu guia na carreira que abracei, ele foi o primeiro que confiou em mim, tenho que ser justo e agradecido a ele sempre. Que Alá me proteja nesta missão, possa eu chegar em tempo de ajudá-los.

O deserto, como sempre, era difícil de viajar, mas Zamir tivera sorte, não pegara nenhuma tempestade de areia, o que facilitou a sua jornada.

Somente quase no final da estrada, ele percebeu que seu cantil estava ficando vazio, mal daria para tomar uma vez mais um gole de água. Lembrou-se do oásis que havia perto do palácio do sultão e a esperança fez o rapaz cavalgar mais rápido ainda, não percebendo que seu cavalo estava em exaustão completa, devido ao longo caminho sem descanso.

O trote foi ficando mais lento, por mais que Zamir comandasse com voz e com os arreios, o pobre do animal estava com sede e sem forças para aceitar o comando. Zamir avistou a distância um cacto, desceu da garupa do cavalo e caminhou até a planta, poupando o animal de seu peso sobre ele, pois o pobre andava bem lento. Lá chegando, tirou da cinta um punhal, cortou o cacto ao meio e deu para o cavalo lamber.

O líquido foi refrescando o pobre do animal, e essa operação foi repetida por Zamir algumas vezes, até perceber que o cavalo relinchava e virava a cara, evitando beber mais.

Zamir sentou ao lado do pé de cacto, retirou para ele um pedaço da planta e solveu também o precioso líquido, refrescando-se.

Na volta, não exigiu mais do cavalo do que ele podia dar, e a viagem demorou um pouco mais do que o previsto.

O sol começava a ficar mais ameno, a tarde começava a cair, o palácio de tantas idas e vindas já se fazia avistar ao longe. Zamir sentiu um frio a percorrer o corpo. Misto de medo e alegria em saber que veria Jamile de novo; dúvidas percorreram sua mente por não saber o que deveria fazer.

O oásis chegou bem antes do que esperava, pois seus pensamentos tomaram conta dele, não vendo o caminho chegar ao fim. Aproveitou para lavar o rosto, enquanto seu cavalo se saciava da sede. Sentado à beira do lago, pensou em tudo que já tinha vivido com Jamile, lembrou-se de

Ondile e das visões que tivera no quarto da garota, quando lá trabalhava. Relembrou as vozes que lhe advertiram da necessidade de ir ao encontro deles e olhou para os céus, rogando a Alá que lhe desse forças para cumprir o esperado.

Zamir não via, mas neste momento três vultos luminosos se aproximaram dele, estendendo-lhe as mãos o abençoaram, desaparecendo em seguida na tarde que findava.

Os portões se abriram assim que os seguranças reconheceram o ex-reformador do palácio e protegido do sultão.

Zamir era querido por todos. Quando lá trabalhou, fez muitas amizade. Fausi, que a tudo observava, sempre vigiando o palácio, ao perceber que alguém chegava correu para saber quem estava entrando no palácio.

— Ora, ora, por Alá. Que bons ventos o trazem de volta para o lar? — Fausi mal esperou Zamir pular do cavalo e foi logo abraçando o querido companheiro.

— Que Alá ouça e transforme a minha chegada em bons ventos — riu recebendo a carinhosa acolhida.

Fausi levou Zamir para a cozinha, e Mainá, ao ver o rapaz entrar, iluminou o rosto de alegrias, porém ao mesmo tempo uma nevoa cobriu-lhe os olhos, ao lembrar que Zamir se encontraria com Jamile e isso causaria ao rapaz profunda tristeza em saber que ela não mais lhe pertencia.

— Mainá, venha me dar um abraço, ou eu não mereço mais este seu carinho? — falou Zamir, estendendo-lhes os braços e levantando Mainá no alto em um rodopio relâmpago.

— Ponha-me no chão, não fui feita para o ar, tenho que sentir o solo sob os meus pés! E por falar em pés, você deve estar precisando de um bom banho para tira-lhe essa poeira do deserto – Zamir correu obedecendo à cozinheira querida e amiga, realmente ele estava precisando se banhar e descansar um pouco.

Depois de refeito e de ter feito a sua refeição com os demais empregados, Fausi perguntou ao recém-chegado:

– Zamir, você quer ver o sultão e Jamile, por certo?

– Não, acho melhor deixar que eles durmam bem esta noite, amanha pela manhã você pode marcar uma reunião com o sultão, porém somente com ele, por ora.

– Alguma coisa de ruim você trouxe para nós? – perguntou Fausi sentando e arregalando os grandes olhos preocupados.

– Amanhã, Fausi, vai dormir, amanhã saberá...

Dentro do palácio tudo corria perfeitamente, seguindo a mesma rotina de quando não havia festas.

O sultão e Jamile já haviam se retirados aos seus aposentos, Abindar namorava Jamile ao mesmo tempo em que vislumbravam juntos, através do vidro da janela, a luz do luar.

– Você foi o presente maior que recebi em toda a minha vida. Toda essa riqueza, este conforto, esta posição, de nada me valeria se você não tivesse chegado para mim. Sempre me senti vazio, mesmo tendo todas as odaliscas para me agradarem. Participava de tudo como se fosse uma obrigação que meus pais passaram para mim como herança, mas não havia nenhuma emoção dentro do meu peito, tudo era externo, nada me comovia ou me emocionava; ao contrário do que acontece quando estou com você. Jamile, se eu pedir-lhe uma coisa, você fará por mim? – Abindar beijava os cabelos de Jamile e falava quase que sussurrando.

—Jamais me neguei atender um pedido seu, o que quer de mim? O que me pedir será uma ordem e não um pedido —Jamile sedutoramente respondeu ao sultão.

—Jamais lhe dei uma ordem e nem agora lhe daria uma, o que eu peço é que, a lua está tão linda, e lembrei-me de quanto a vi dançar pela primeira vez neste jardim, sob as sombras das árvores, gostaria que você me presenteasse com a sua dança, estou com saudade daqueles tempos, do quanto sofri até saber quem era você. Lembro-me de que ansiava pela chegada da noite, esperava por você como se fosse um jovem rapaz.

— Para mim, você não tem idade, meu amor, é apenas o tempo do amor, mas espere um pouco, vou até o meu quarto, quero que você fique perto da janela, como se não soubesse o que vai acontecer.

Jamile se preparou com esmero. Vestiu uma túnica de tecido solto e transparente, deixando ver as curvas do corpo esguio através do tecido. A cor branca do tecido realçava seu corpo moreno, o cabelo solto caído sobre os ombros dava maior destaque à sua sensualidade.

Desceu ao jardim e, por entre as palmeiras sombreando o chão, escolheu um arbusto com muitas folhas e entrou no meio delas, se escondendo para aos poucos sair ao ritmo que soava dos snujs, usados delicadamente por seus dedos. Todo o seu corpo acompanhava a batida do instrumento que estava preso nas mãos sensuais e a impelia para a dança.

Jamile sabia que Abindar a observava e o prazer foi maior em dançar para ele, seu corpo era como uma oferenda de amor, feito em melodia, a lua no alto dava o toque mágico para aquela apresentação apaixonada.

A leve brisa fazia os fios dos cabelos desalinharem, emoldurando mais ainda seu rosto, dando um ar de constante sedução. Abindar, no quarto, atrás da janela, sentia todo o seu corpo se inflamar de amor, e desejo e, não se contendo, foi até o terraço, abriu a porta, saltou a mureta, apanhou Jamile na dança, entrelaçando por entre seus braços e pernas, em profundo ímpeto de possuí-la sob a luz do luar.

— Senhor Abindar. Posso entrar? — era Fausi que na porta do gabinete do sultão pedia licença para lhe falar.

— Adentre, Fausi, o que lhe trouxe a essa hora da manhã em minha sala? Vejo o seu semblante preocupado. Entre e fale, pois esta me preocupando também.

Fausi relatou a presença de Zamir e os motivos que o trouxeram ao palácio. Abindar nervoso, imediatamente ordenou ao empregado de confiança que fosse buscar Zamir para falar com ele.

— Senhor...

— Entre, Zamir — Abindar foi logo apontando a cadeira para que o rapaz sentasse e começasse a falar tudo.

Zamir nada escondeu do sultão. Relatou tudo desde início até aquele dia anterior, quando encontrara os dois guerreiros de Hors a conversar no bar da aldeia. Fausi estava presente e a tudo ouvia com devida atenção; de repente, após ouvir Zamir falar dos homens na aldeia, deu um grito que assustou o sultão e Zamir.

— Então era ele o espião deste Hors! O falso jardineiro!

– Sim, Fausi, você tem razão – falou Abindar.

– De quem vocês estão falando? – perguntou Zamir sem entender a conversa.

Fausi contou ao rapaz tudo em relação ao empregado que se abrigou, dizendo ser jardineiro a mando do outro sultão, cujo nome nunca nos falou.

– Como era ele, Fausi? – Zamir pediu para que o fiel servidor relatasse o feitio físico do suposto jardineiro.

Depois de ouvir a descrição, verificou que era o mesmo sujeito que esteve com ele no outro palácio, apenas para saber onde estava Jamile, o qual também sumira subitamente. Tudo isso os levou a compreender toda a trama que havia por trás daquilo.

– Por Alá, tudo isso é muito sério, Jamile corre perigo de vida!

– Não só Jamile, senhor, mas toda a sua família e também o palácio todo.

– Ele é apenas um homem e nós estamos com um verdadeiro batalhão aqui no palácio, a nossa segurança é grande.

– Senhor, ele não está sozinho, com ele está um verdadeiro exército de homens sem escrúpulo nenhum. Verdadeiros guerreiros implacáveis que tudo destroem sem piedade de nada.

Abindar andou de um lado para o outro e pediu para ficar sozinho, para tentar pensar em uma forma de se livrar destes malfeitores, mas antes pediu que nada fosse dito a ninguém do palácio, principalmente a Jamile, pediu silêncio sobre o assunto.

Zamir foi até o jardim e encontrou Jamile passeando com Ondile, conversaram um pouco e, na saída das moças, Jamile falou-lhe:

– Vejo que está assustado, meu amigo. Posso fazer alguma coisa para ajudar?

– Não, minha querida... amiga... nada. Talvez eu que esteja em posição de lhe fazer alguma coisa. Entre, vá cuidar da pequena, é melhor.

Jamile percebeu que algo estava acontecendo, mas Zamir não queria dividir com ela; assim, respeitou o rapaz e entrou com a garota.

– Zamir! – Fausi gritou da porta que dava para o jardim, esquecendo todas as boas maneiras com que fora treinado para atender os sultões. –Venha, Zamir, o sultão espera por você, ande meu rapaz, ande enquanto há tempo.

Atrás do biombo coberto de tecido adamascado, Jamile a tudo ouvia, com as pernas tremendo, pois sabia que algo muito ruim estava acontecendo. No mesmo instante sentiu um aperto no peito; dos olhos, lágrimas caíram, antevendo uma desgraça. Correu em direção a eles e, quando a porta ia se fechar, Jamile se pôs no meio e falou:

– Eu quero saber o que está acontecendo, seja o que for! Estou pronta para tudo, pois há alguns dias pressinto algo ruim no ar.

Abindar tentou fazer com que ela ficasse fora da sala, mas vendo que nada tiraria Jamile da conversa, cedeu a ela a contragosto.

Depois de ouvir o assunto que estava preocupando a todos, do empregado que se fazia de jardineiro para levar a Hors o paradeiro dela, Jamile caiu sentada na poltrona, chorando em desespero:

– Não quero este homem perto de nós. Ele é mau, vai querer me levar com ele. Abindar, ele quer nos separar, ele não vai permitir nunca que eu fique com você.

– Calma, minha querida – Abindar foi ao lado de Jamile, abraçou-a e tranquilizou-a contando o plano dele.

– Fausi, não sabemos quanto tempo teremos. Mande abrir o porão especial – Abindar se referia ao porão que ficava sob o piso em que guardavam os cavalos e camelos, e continuou: – Remova o solo, retire o baú que guardamos lá e coloque nele todas as nossas joias e peças de valor. Transporte também deste cofre o ouro que está guardado por anos – Abindar se dirigiu a um quadro e retirou-o da parede, rasgando uma camada de argila pintada, que pareceria camada de tijolos, abriu o cofre dentro da parede falsa e tirou alguns sacos de couro, repletos de ouro, e entregou ao rapaz, que quase que não aquentou o peso ao segurar, saindo cambaleando para seguir as ordens do sultão.

Virando para Zamir, solicitou:

– Zamir chame o encarregado da segurança, peça para ele ir até o palácio de meu primo o sultão Alchimés, do outro lado do continente, no alto norte, ele sabe onde fica. Quando lá chegar, que ele relate ao primo o acontecido e anuncie a minha chegada com minhas esposas, filha e empregados, que ele guarde esses meus bens que Fausi vai preparar para a viagem. Diga para Mainá preparar baús com roupas e objetos de nosso uso pessoal para serem levados também. Peça para o encarregado ir com dois cavalos a fim agilizar a chegada. Peça também para levar o que puder a mais. Vá, Zamir, ande logo, não podemos perder tempo.

Abindar falava de tudo ao mesmo tempo, se atropelando com as ordens que transmitia a Zamir, entretanto o rapaz compreendeu e saiu para cumpri-las.

Jamile continuava em choque. Chorando, tremendo muito. Abindar percebeu que havia se esquecido dela com tantas preocupações a delegar. Vendo que falhara, correu até ela e a abraçou com carinho, dando-lhe total proteção.

–Jamile, nada vai nos acontecer de ruim, confie em mim. Já tomei as devidas providências e meus homens já estão em guarda para proteger todo o nosso palácio. Partiremos daqui a dois dias, hoje espero a chegada de meus compradores que foram até Marrocos e trarão mantimentos, através deles ficaremos sabendo se há algum grupo, saqueando as estradas, vindo em nossa direção.

– E se não der tempo de fugir? O que faremos? Eles vão nos destruir, Hors está se vingando por todos esses anos que fugi dele.

– Dará tempo sim, se aquiete. As tendas para a viagem já estão sendo montadas, os nossos animais escolhidos, os melhores para fazer essa viagem. Não usaremos camelos, são mais lentos, pegaremos os cavalos de raça, bons para as grandes viagens e para levar pesos.

Zamir estava examinando todo o preparativo para a viagem. As caravanas já estavam montadas. Sobre cada dois animais, uma tenda confortável abrigaria quatro pessoas. Os escolhidos de Abindar para irem com ele em sua tenda eram: Jamile, Oziadi, Ondile. Na outra caravana iriam, Fausi, Mainá, Naomi e Dim, este a pedido de Jamile, que se apiedou do amigo.

A noite que antecedia a viagem chegara triste para todos os que ainda estavam no palácio. Os empregados que faziam a segurança e os eunucos de confiança do sultão partiriam depois da saída das caravanas. As odaliscas haviam sido levadas para o harém de dois sultões amigos de Abindar, não muito longe dali.

Ondile estava calma, não percebia o que de grave estava ocorrendo em sua volta. Oziadi nervosa perguntava a Jamile como era esse Hors, repetindo a pergunta várias vezes e sempre a resposta de Jamile tranquilizava a sultana:

– Estamos seguros, nada vai nos acontecer.

Mas sozinha ela chorava, temia que o pior chegasse para eles. Olhou a noite através da janela do quarto, sentiu saudade daquele lugar que tanto bem lhe fizera, e agora ela era a responsável por toda aquela tragédia.

– Alá nos proteja, não deixe que nada aconteça com eles, com o meu Abindar. Ajude-nos a fugir deste perseguidor implacável e conduza-nos aos nossos destinos seguros.

Abindar procurou-a para uma leve refeição e encontrou a amada chorando sobre a cama.

– Jamile, não se desespere assim, minha querida. Vamos fugir e viveremos felizes longe daqui. Tenho negócios que nos proporcionam condições de manter a nossa vida igual a que temos aqui.

– Não é com isto que me preocupo, Abindar. É como coloquei vocês neste conflito todo, vocês não têm nada com isto, é a mim que ele busca, vocês não têm que sofrer por mim.

– Quanta bobagem você está falado, Jamile. Como não temos nada com isso? Você também é minha esposa, nós agora somos a sua família, estamos todos juntos nesta hora.

Depois da leve refeição, todos se retiraram para seus aposentos, Jamile não conseguia dormir, mesmo tendo Abindar na sua cama naquela noite, levantou sem acordar o companheiro e se dirigiu à cozinha, para tomar um copo de leite, lá encontrou Zamir que tomava uma xícara de chá de erva calmante, preparada por Mainá.

— Não consegue dormir, Jamile?

— É... parece que não sou eu somente. O que há com você, Zamir? Por que ainda não foi embora?

— Vou esperar a caravana sair, aí então seguirei o meu rumo. Você é feliz com ele? — Zamir perguntou sobre a relação dela com o sultão.

— Claro que sou. Zamir, eu também gosto muito de você, sou grata por tudo que você e seu pai, o querido Nasceb, fizeram por mim.

— Não quero o seu agradecimento por nada, fizemos e faríamos tudo novamente se fosse preciso. Sabe que no fundo de meu coração você ainda está presente.

— Peço a Alá por você nesta nova terra, que você seja feliz lá.

— Obrigado, Jamile, obrigado. Bem, agora acho que o chá fez efeito, estou com sono, boa noite, minha querida.

— Boa noite, Zamir.

— Uns dizendo boas noites e eu chegando agora para conversar — era Dim que entrava na cozinha e foi logo aproveitando o resto do chá que Zamir deixara na panela, servia-se e conversava ao mesmo tempo. — Jamile, vai ser bom irmos, você vai ver... Por que está tão triste?

– Nada, Dim, nada.

– Você é a única amiga que eu tenho. A única que nunca riu de mim, sempre me assistiu por gostar do que eu faço; ao contrário dos outros, que me veem como uma aberração. Até mesmo os que me namoraram, ou melhor, os que me usaram, fizeram para satisfazer os desejos de ver como era estar com algo dantesco, ninguém via em mim um ser que também tinha um coração, que tinha dor, alegrias, que já sofria o bastante com a deformidade, que precisava de um pouco de compreensão; você me deu tudo isso, eu sou grato a você e serei sempre.

– Dim, meu querido me dê um abraço – Jamile estendeu os braços e envolveu aquele pequeno grande ser. – Não se deixe entristecer com os outros, você é importante para todos nós. A alegria que nos dá é o que importa, nem todos têm o dom de alegrar as pessoas, você tem.

A agitação reinava dentro do palácio naquele dia da viagem inesperada, mais fuga do que viagem. Mainá se atrapalhava toda em preparar as merendas para o percurso, que não seria curto. Cantil com água fresca e outros com refresco de frutas da época eram preparados com rapidez pelos empregados, sob as vistas da governanta, que a tudo observava, para que nada faltasse ao sultão e a todos que estariam na viagem.

A alimentação de Ondile era a que dava maior preocupação a Mainá, pois a garota somente comia coisas leves e pastosas. Enfim, a eficiência dela não deixou que nada faltasse à agitada jornada.

Dentro dos aposentos, Oziadi estava aflita e sem coordenar as coisas, dava a mesma ordem várias vezes, confundido a cabeça de Naomi, que também estava nervosa, pois conhecia Hors pelas conversas que Jamile tivera com ela e sabia o quanto de cruel ele era. Assim, a preocupação dela se tornava maior.

Jamile preparava algumas roupas e pertences, os de mais necessidade para ela. Os pensamentos estavam conturbados, lembrava-se dos pais e dizia a si mesma: "Onde estarão eles? Como gostaria de ir ao encontro deles".

A voz de Abindar a tirou deste transe e a fez respirar um pouco. Abraçou o sultão, e ele, vendo o temor estampado no rosto da amada, começou a falar de coisas agradáveis, acalmando a moça.

— O lado alto do norte é muito bonito, estaremos perto do oceano e você verá como é bom molhar os pés nas águas frias e salgadas. Nós, que sempre vivemos na seca, daremos maior valor para este paraíso que, com você ao meu lado, vai se tornar o céu para mim.

Jamile pouco ouvira de tudo que Abindar falou; mas, para deixá-lo contente, disse:

— Sim, meu amor, será um paraíso com certeza.

— Vamos, chefe, andemos rápido, porque eles podem prever a nossa chegada e fugir. Falava o homem que foi o espião no palácio para Hors, que limpava a flecha, arma de sua preferência, embora carregasse as outras também.

— Não fugirão, nem mesmo sabem do que estamos

preparando para eles.

– E o que o senhor está pensando em fazer? Matá-los?

– Isto é pouco, vamos nos divertir um pouco antes do fim.

– Mas não é a sua prenda que o senhor quer?

– Sim. Mas todos contribuíram para esconder ela de mim todo este tempo, por isso todos eles terão castigo. Antes, porém, prenderemos o sultão e faremos as odaliscas dançarem para nós... nuas. Comeremos do bom e do melhor que houver em sua despensa. Ao meu lado, Jamile estará sentada a apreciar o que eu sou capaz de fazer, aí sim, depois de estarmos saciados, daremos fim em todos e trarei a minha prenda comigo, por bem ou por mal. Mas agora reúna o pessoal para receberem as instruções deste ataque de amanhã ao cair da noite. Neste horário não haverá chances de ninguém vir ao socorro deles.

Todos prestaram a maior atenção nesta nova tarefa que o chefe lhes passava, pois sabiam que, se algo saísse errado, a cabeça de muitos rolaria pelo chão. Assim,a escuta foi acirrada até o final, quando foram dormir, embriagados e ávidos da nova luta que se apresentava, grande e perigosa.

A tarde chegava ao fim e algumas estrelas começavam a cintilar no firmamento. As caravanas estavam na porta do palácio, sob o controle dos seguranças que iriam acompanhar. Estavam programados a se dividir em dois grupos; quatro homens ficariam para proteger cada tenda. Dentro de cada uma, estariam as outras quatro pessoas escolhidas por Abindar na preparação da viagem. Ele queria que Jamile fosse dentro da sua tenda, mas a moça retrucou, explicando:

— Abindar, veja, Ondile precisa estar perto de você caso ela passe mal durante a viagem, Oziadi não pode se afastar da filha, pois é nela em quem Ondile mais confia. Naomi é a serva que sempre cuidou diretamente de sua filha. Assim, meu bem, eu irei protegida na tenda atrás com os outros. Sempre me dei bem e confio no Dim, na Mainá e no Fausi, estaremos seguros, tenha certeza, além do que os seguranças estarão nos acompanhando, dando toda a proteção e avisando dos perigos.

— Sabe que quero você perto de mim, mas desta maneira que você colocou as coisas, penso que tem razão, só me resta confiar no destino.

— No destino não, confiaremos em nossa segurança, feita por homens bem treinados — Jamile riu, tentando amenizar a situação.

Fausi verificou o palácio para ver se nada havia sido esquecido, deu sinal de que tudo estava pronto para a partida. Jamile e Abindar ainda estavam fora das tendas, enquanto que os demais já estavam posicionados em seus devidos lugares.

— Senhor. Vamos logo, tudo está sob os nossos controles, dizia o chefe da segurança, mostrando que todos estavam armados e em seus postos.

— Vamos, Jamile, entre em sua tenda, que eu ajudarei a subir, falou delicadamente Abindar, disfarçando a inquietação.

— Sim, meu querido. Vamos.

Quando Jamile ia subir, ouviu a voz de Zamir a chamá-la.

— Jamile!

Zamir em pé na frente da porta do palácio esperou Jamile pedir ao sultão para se despedir dele, o que Abindar consentiu, assistindo de lado a despedida.

– Zamir, adeus, meu amigo, e obrigada por tudo...– estendeu as mãos com lágrimas nos olhos.

– É isso mesmo que você quer? – perguntou outra vez, Zamir, lembrando-se de que outrora já fizera essa mesma pergunta.

– Zamir, é ele que amo. Quero seguir com ele para onde for... seja feliz, meu amigo.

O rapaz olhou para o sultão e voltou a olhar para a moça, que segurava as suas mãos, comprovando que perdera Jamile para Abindar, e tristemente aceitou a situação e se despediu da moça, não conseguindo falar mais nada, a não ser o triste adeus.

Abindar, depois que colocou Jamile na tenda junto dos outros, fez várias recomendações sobre o cuidado para com ela e, virando para a outra equipe, recomendou também o mesmo desvelo com sua esposa e filha. Olhou mais uma vez para o palácio e ainda avistou sobre o cavalo Zamir, que também o observava, fez um gesto de adeus ao rapaz em quem também aprendera a confiar, ambos tomaram seus caminhos diferentes, embora o intuito fosse o mesmo: a busca de novas terras.

– Miseráveis! Miseráveis! Fugiram antes de nossa chegada – Hors chutava tudo o que via pela frente, ia quebrando e destruindo as coisas que estavam em sua frente.

Encontraram o palácio completamente vazio, vasculharam tudo, e nada encontrando, prepararam-se para ir atrás deles.

– Vamos rápido – vendo que um de seus homens pegara uma garrafa, deu um soco na mão do companheiro e quebrou o vasilhame, derramando o vinho, que tingiu todo o chão de mármore branco. – Agora é hora de luta e não de comemorações, o vinho será depois. Subindo no dorso do cavalo que estava à espera dele na entrada do palácio, tomou em disparada o rumo da estrada, seguindo as pegadas das carroças e dos cavalos. – À luta seja ela qual for!

– À luta! – todos gritaram quase que juntos.

Galopavam sem tréguas, sem pensar no caminho, seguiam a poeira e as marcas, deixadas pela caravana no chão.

Dentro de seus pensamentos confusos e incontroláveis, o chefe do grupo, tinha somente um desejo; ter Jamile com ele, fazê-la sentir o quanto ele esperou por aquele momento. Ele que havia protegido a família dela, aqueles dois imbecis que também fugiram para nunca mais saber do paradeiro deles, mas eles que morram onde estiverem, se é que ainda estão vivos. "Jamile, sim, está viva e bem perto de ser minha." – Embalado por esses pensamentos, Hors chicoteava e esporeava mais ainda o animal.

A carroça da tenda de Jamile, que ia um pouco atrás da de Abindar, pelo caminho, começou a perder a velocidade e foi se afrouxando, quando um dos seguranças percebeu, avisou o condutor, que diminuiu o galope, para verificarem o estado da roda. Antes, porém, o chefe da guia, pediu para um companheiro ir até a tenda do sultão e relatar o acontecido e tranquilizá-lo de que dariam um jeito rápido, que eles não parassem por nada.

Abindar ficou preocupado, olhou entre a fresta da tenda e viu a tenda de Jamile parada, seus homens consertando a roda, teve ímpeto de fazer a sua carroça voltar, mas viu Ondile, Oziadi, ambas assustadas, e pensou que o melhor era seguir, pois os seguranças estavam a postos e o caminho era tranquilo. Assim, com o coração apertado em angústia, dividido entre a filha e Jamile, seguiu viagem pensando: "Pedi tanto a Jamile que viesse em nossa tenda."

— Vamos, depressa, tenho a impressão de que ouço ruídos de cavalos — falou o chefe do grupo para os que estavam no chão, bem na hora em que tinham acabado de colocar a roda no lugar. — Vamos rápido! Falou firme e deu ordem ao condutor para seguir a viagem.

Dentro da tenda, Jamile chorava baixinho e era consolada por Dim.

— Filha, vai dar tudo certo, você verá — dizia Mainá, e Fausi, olhando pela abertura da tenda, confirmava também.

Neste momento em que Fausi acabara de confirmar o que Mainá disse, gritou sem poder controlar a voz:

— Por Alá, eles estão se aproximando!

Dentro da tenda todos se levantaram e foram espiar o que Fausi dizia, vendo que, a pouca distância, um grupo galopava e ganhava estrada, e por certo os alcançariam rapidamente.

Mainá desmaiou, Dim começou a gritar e Jamile ficou como anestesiada com a situação, não conseguia pensar em nada, até mesmo seus pensamentos pararam de existir.

Os quatro seguranças foram avisar o grupo, dando imediatamente ordem para que a carroça andasse mais rápido. Os fiéis homens de Abindar formaram uma proteção na parte de trás da carroça, expondo-se na frente dos guerreiros, que diminuíam distância cada vez mais.

— Corra, Seul, vá rápido até a tenda do sultão, avise para que eles não parem na estrada por nada, diga que estamos protegendo o pessoal daqui.

Neste meio em que ele dava as ordens para o ajudante, uma flexa de Hors atingiu o peito do chefe, que caiu sobre as areias sem nada mais poder fazer.

Os outros três tentaram ir contra os guerreiros de Hors e tiveram a mesma sina. O empregado do palácio que dirigia a caravana nada percebeu de imediato, pois a altura da tenda impedia que ele visse a estrada atrás, e foi seguindo seu curso com precisão. Fausi, ao contrário, a tudo assistia, acompanhado por Jamile, que, vendo os homens de Abindar caídos sobre as areias, os guerreiros e Hors se aproximando, pensou em Abindar, em Ondile, em todos que estavam naquela viagem e viu que não podia deixar mais nenhuma desgraça acontecer.

— Fausi, me deixe descer — gritou para o amigo, que guardava a entrada da tenda.

— Você ficou louca? Eles vão matá-la se você descer; fique aqui dentro, estou cuidando de vocês.

— Eles não vão me matar! Ele me quer viva, e, se isto

acontecer, vocês estarão salvos, acreditem. Olhe só o Dim, não consegue fazer Mainá acordar do desmaio, venha ajudá-lo a fazer a nossa amiga recuperar os sentidos... Por favor Fausi.

Fausi, vendo o desespero de Dim com Mainá desacordada, correu atendendo ao apelo de Jamile, que se atirou por entre as fendas de pano da tenda e caiu sobre as areias, que nesta hora já estavam frias, devido à noite que chegara.

A queda nas areias macias não deixou Jamile se machucar, assustada com a própria atitude, levantou-se cambaleando à espera de Hors, gritando num histerismo sem controle.

— Hors, é a mim que você quer, pois venha, aqui estou!

— Hors mandou seus homens ficarem a distância e galopou mais perto dela, quando estava quase perto, gritou:

— Agora você não escapa mais.

Jamile olhou para a direção em que a tenda seguia viagem e não viu mais sinal deles, pois sumiam devido às ondulações das dunas de areias. Sentiu que eles haviam conseguido fugir a tempo. Nesse momento uma vertigem muito forte tomou conta de sua mente e a fez cair novamente sobre as areias. Via Hors tão perto. Ele rodopiava o cavalo, verificando sua prenda sem possibilidade de fuga, olhou para seus homens, que estavam a distância e caminhou até eles para dar-lhes uma nova ordem, quando lá chegava, ouviu Jamile gritando:

— Prefiro morrer a ir com você! — Jamile se levantou e começou a correr em disparada; Hors, sem pensar, atirou-lhe nas costas sua flecha assassina, atingindo profundamente Jamile, que caiu no chão agonizando.

— Chefe, você matou a sua prenda? Falou um de seus homens, atemorizado com a fúria do chefe.

Os demais companheiros estavam pasmos diante do acontecido, e pensavam: "Tanto empenho por nada?"

Olhando de longe a moça caída na areia, Hors falou friamente:

– Ela preferiu a morte a mim, pois então que fique com ela – dando ordens ao grupo, disse:

– Vamos voltar ao palácio, ainda há muitas coisas que poderemos saquear – e, após o grito de guerra aos companheiros, seguiram em direção a mais uma conquista de suas lutas.

Jamile, em sua agonia, olhou a lua que a tudo testemunhava e relembrou algumas passagens de sua tão curta vida:

"Parece que vejo novamente aquele dia. O barco que nos trazia. Meus pais. Hors no comando de tudo... A aldeia. Hanna, querida amiga. O professor Jonaste... as visitas aos doentes, a pequenina Ondine, quase o mesmo nome da filha de Abindar, meu querido Abindar, meu amado, alma gêmea de minha alma." – neste momento Jamile se via dançando nos jardins do palácio, assistida pelo sultão.

"A lua, sempre a lua a me assistir, linda, luminosa..."

As forças foram se acabando e as imagens começaram a fugir de sua mente, o nada se fez presente. Sentia somente o frio das areias sob seu corpo. As areias brancas do deserto que naquele momento se tingiam de rubro e nada mais.

Em outra dimensão...

— Professor, o senhor quer acompanhar a nossa irmã às colônias? — perguntava a mentora, dirigindo aquela operação tão dolorosa para a recém-chegada.

— Sim, minha irmã. Eu quero acompanhar a acolhida e o tratamento para a nossa Jamile. Ela deu sua vida em troca de quem amava. Mas antes, se for possível, gostaria de fazer uma prece por ela.

A mentora acenou com a cabeça afirmativamente e se pôs também em orações.

"Pai, receba em sua pátria espiritual essa filha que retorna de uma jornada de lutas. Não somos ninguém para julgar seus atos, se foram bons ou não. Somente queremos pedir por ela, pela sua recuperação na pátria da imortalidade. Sabemos que outras lutas a esperam na esfera terrestre, que novamente vão se encontrar e o amor falará mais alto dentro deles, amores e desamores ocorrerão em novas jornadas. Sofrerá novas dores diante deste que escolheu, ou que os compromissos de outras existências fizeram com que se ligassem por laços de amor. Aprenderá que o ódio somente se apagará através do perdão pela porta bendita da reencarnação. Esses mesmos espíritos voltarão a se encontrar, e, um dia, diante de tantas oportunidades, que "o senhor" nos concede, vão aprender a se amar fraternamente, descobrindo que o amor verdadeiro é livre, pleno em tudo que o concerne, que de um inimigo, feroz perseguidor, poderemos fazer um amigo, diante de nossa conduta reformada, através das reencarnações a nós permitidas... Assim, Senhor, acolha essa nossa irmã, e que louvado seja a Sua misericórdia para todo o sempre."

No deserto...

Dentro da caravana do sultão, Ondile tivera um espasmo e rapidamente Naomi socorreu a garota com os remédios costumeiros. Oziadi cansada a segurava no colo, erguendo a cabeça de Ondile para que Naomi desse os goles do medicamento.

Abindar, inquieto, não tinha posição. Ora ficava em pé, sentava logo em seguida, tossia demais pelo nervoso que estava passando, fazendo com que Oziadi se preocupasse com ele.

— Calma, Abindar! Creio que o pior, já passou. Agora é seguir viagem até o nosso destino.

Mas, dentro do peito, seu coração batia descompensadamente, e muito aflito falou:

— Olhei há pouco a estrada e não vi a caravana de Jamile. Por que essa demora em nos alcançar?

Levantou novamente e, agitado, abriu a cortina da tenda e viu a estrada toda iluminada pela lua e pelo brilho das estrelas, emoldurando toda aquela paisagem, que tanto encantara os dois apaixonados, foi quando, emocionado, avistou sob o clarão do luar a caravana de seu palácio vindo na mesma reta deles.

— Por Alá! Eles estão salvos! Logo estarão conosco em terra firme.

Mais calmo por ver a caravana, olhou o céu e sentiu o luar a se compadecer de seu momento."A lua me assistindo, como assistiu sempre a minha Jamile."

Em seus pensamentos, via o rosto de Jamile sorrindo para ele e pensou: "Meu amor, nada irá nos separar, nunca!"

Fim.

Impressão e Acabamento

Prol Editora Gráfica